KB150664

우리들의 일곱 번째 이야기

해바라기는 밤에도 피어 있다

해바라기는 밤에도 피어 있다

초판 1쇄 인쇄_ 2023년 02월 10일 ┃ **초판 1쇄 발행_** 2023년 02월 15일

지은이_경화여고 학생들 ┃ **엮은이_**박세황

펴낸이_진성옥 외 1인 ┃ **펴낸곳_**꿈과희망 ┃ **디자인・편집_**박경주

주소_서울시 용산구 한강대로 76길 11-12 5층 501호

전화_02)2681-2832 ┃ **팩스_**02)943-0935 ┃ **출판등록_**제2016-000036호

E-mail_ jinsungok@empas.com

ISBN_979-11-6186-130-2 43810

※ 책 값은 뒤표지에 있습니다.

※ 새론북스는 도서출판 꿈과희망의 계열사입니다.

우리들의 일곱 번째 이야기

경화여고 학생들 씀 · 박세황 엮음

해바라기는 밤에도 피어 있다

2022년
문예창작
작품집

꿈과희망

머리말

    2015년도부터 시작한 문예창작 과정의 8년을 마무리하면서, 제가 학생들과 함께 만드는 마지막 작품집이 되었습니다. 학생들뿐만이 아니라 과정에도 정이 참 많이 들었는데, 선지원을 받지 못하게 되면서 더 이상 과정을 운영하는 것이 어려워 재지정을 신청하지 못하고 이렇게 마무리하게 되었습니다. 어느덧 첫 해에 입학했던 학생들이 벌써 대학을 졸업을 하였습니다. 백여명의 졸업생들과 함께했던 8년 동안의 모습들이 자꾸만 떠오르면서, 서문을 쓰면서 키보드 자판의 누름들에 아쉬움이 가득 눌러지며 손끝이 떨어지질 않습니다. 교사 생활을 상당히 긴 시간을 문예창작 과정과 함께 했는데, 이제는 마무리를 해야될 때가 된 것 같습니다.

    사윤수 시인님 이나리 소설가님 덕분에 8년 동안 학생들에게 도움을 줄 수 있는 문예창작 교육과정을 잘 운영할 수 있었던 것 같습니다. 올해 문창반 담임을 맡아서 열심히 도와주신 이수진 선생님, 이은정 선생님과 담당 업무 부서 부장님 문현정 선생님, 교장 선생님의 관심과 배려 속에서 문예창작 과정을 잘 운영하고 이렇게 또 한 권의 책을 만들어 출판하게 되었습니다. 모두 감사합니다.

서툴더라도 글에는 항상 진심이었던 우리 학생들 항상 고맙게 생각해. 덕분에 교사로서의 보람을 늘 느낄 수 있었던 것 같아. 모두가 글을 쓰는 작가나 관련 일을 하지는 않겠지만, 문예창작반으로 생활하면서 배웠던 것들이 인생의 소중한 추억이 되고, 중요한 경험이 될 수 있길 빌게.

올해도 대구광역시교육청 책쓰기 프로젝트 덕택에 이렇게 출판을 할 수 있게 되어 감사합니다. 예쁜 작품집을 만들어 주신 꿈과희망 출판사에도 감사드립니다.

교사 박세황

산문

산문

운문

가로등

김
소
연

가로등들은 저마다 벌레 사체를 품고 있다

벌레들에게 동그란 가로등이란 새로운 행성이며
나가는 길 따위 없는 단단한 터전을 발견한 기쁨에 물들었겠다

벌레는 작은 행성에서 넓은 비행을 위해
들뜬 날개를
겨울잠에서 깨어난 개구리의 뒷다리처럼 쫙 펴고 퍼덕인다
그리고 머지않아 마주한다

벽,

벽,

벽,

벽,

벽.

벌레는 하늘의 생기를 마실 수 없다는 슬픔에

가로등보다 더 동그란 눈물을 흘렸겠다
몇 날 며칠을 오래된 전구처럼 찌르르 울다
동그랗게 누워 오래오래 잠들었겠다

수많은 가로등이 어둠을 삼킨 거리
가로등들은 저마다 동그란 사체를 품고 있다

석류

김
소
연

붉은 해파리 떼 같은 석류들이
나무에 묶여 있네

공허한 가을 바람을 혼자서 맞던 나무에게
찾아온

속이 꽉 찬 석류는 몸이 무거워
이만 내려오려 하는데
나뭇가지가 붙잡고 놔주질 않는다

빗방울이 간지럼 태워도
바람이 머리를 때려도
석류는 나무에 단단히 묶여 있네

수많은 붉은 이를 꽉 물고 굳세게

나는 생각한다

김소연

나는 생각한다
생각하지 않기 위해 생각한다
목요일마다 만나는 나의 파란 시인은
시를 쓸 때 생각을 멈추라고 한다
생각하지 않는 법을 잊은 것처럼 뇌가
절룩거린다 더듬이가 없는 개미 같다
선생님 저는 문을 열어 준 적도 없는데
시보다 머리가 먼저 들어와요
문지기를 고용해야 하나
문지기는 생각하지 않는 법을 알까
생각이 지네처럼 슬금슬금 올라오면
찬물을 끼얹어야겠다
아니
밧줄로 묶어 버려야지
비로소 나는
생각하지 않는 시인이 되었다
나는 완전히 생각 없는 사람이 되었다

달에게

송유정

북쪽 하늘엔 대량실업 먹구름이 몰려오고
그믐달은 실직자의 눈물이다

식솔마저 외면하는 무급휴직 대상
실직자의 비참한 나락
빈 월급봉투의 기대처럼 달을 본다

벼랑 끝에 선 실직자의 유서는
낙엽 떨어지듯 쓸쓸한
잔인한 해고가 회사를 경영하고

나뭇가지에 걸린 그믐달
명절은 다가오는데
웃는 보름달처럼
우리 달은 언제 뜨려나

해고된 빈터 앞에서
환히 솟는 보름달을 바라본다

호롱불

송유정

고향의 밤은
하늘에 별빛만 반짝일 뿐
주위는 캄캄하다

호롱불 켜들고
장에 가신 아버지 마중을 나간다
마을 어귀를 지나 산마루에 오르면
어떤 어두운 소리가
들리는 듯 하고
불빛따라 깜빡이는 길
아버지 장날
손에 들린 선물에 두려움도 잊는다

오늘도 멀리 한 잔 술에
우리 남매 키우느라
호롱불처럼 까맣게 탄
아버지의 노래가 들려오는
산마루로 밤 마중을 가고 있다

뻐꾸기, 밤에 울다

송유정

꽃 무덤가 뻐꾸기는
외로워서 운답니다

임 잃은 사람처럼
외로이 밤에 우는 나는
뻐꾸기 같습니다

뻐꾹뻐꾹 내 님은 그리움만 남기고
해는 빛을 잃고 달은 어두워지고
자연 산골도 깊어진

반겨줄 이 없음에
고개 떨구고
꽃 무덤가 뻐꾸기는 외로워서 운답니다

목련 할머니

김
아
연

꽃바람 불어오는 목련나무 길을
목련 할머니는 걸어간다
흰 머리카락은 목련길 홀로 걸어온
굳센 할머니의 은빛 훈장
뒷짐지며 내보인 손바닥에 주름은
앞으로 걸어갈 따뜻한 목련길 지도
목련 잎 잡은 그 손길로
내 머리칼 다정히 쓰다듬으면
달보드레한 바닐라 냄새가 어렴풋이 난다
꽃잎과 함께 맞잡은 목련길 지도가 작더라도
이 하얀 길 할머니와 함께 걸어가리

가을 잔향

김아연

단풍나무 잎사귀들은

노을 하늘 물감 묻혀 치장하고

학교 담장에 핀 국화는

가을 열매 색을 입고

강을 지나가는 기차는

가을을 맞이하는 사람을 태운다

가을을 맞이하는 사람들은

단풍나무, 국화를 따라 알록달록 예쁘고

가을 냄새가 나는 옷은

사랑하는 사람을 맞이하러 간다

가을은 빨리 자취를 감추고

그 잔향은 오래도록 남아

우리의 품 안으로 들어온다

거울

유
성
채

거울은 내 대역과 같다

각 부서마다 나의 얼굴과 신체를 가지고

내가 만족할 때까지 모습을 흉내 낸다

내가 기뻐하면 함께 입꼬리를 올려야 하고

슬퍼하면 눈물을 죽죽 흘려야 한다

조금이라도 오차를 내면

공포에 질린 내가 거울을 깨뜨릴지도 모르기 때문에

그들은 항상 긴장하고 있어야 한다

내가 거울에서 멀어지면

보이지 않는 곳에서 몰래 쉬고 있는 건 아닐까

어울리지 않는 옷을 입고 예쁜 척하는 나를 보며

속으로 고개를 젓고 있는 건 아닐까

어쩌면 거울 속의 나도

나와 완벽하게 같은 삶을 살면서

같은 컴퓨터로 같은 글을 쓰면서

모니터에 비치는 서로를 흘깃거리며

똑같은 생각을 하고 있을지도 모른다

목련

유성채

젓가락 같은 나뭇가지에 매달린

바닐라 향이 나는 매끄러운 꽃잎 하나

더운 날 바닥에 쌓이면

달콤한 냄새를 풍기며 끈적하게 스며들 듯한 그런 꽃잎 하나

질기고 두꺼운 아이보리 색 도화지처럼

수수하게 배경이 되어도 좋을 넓직한 꽃잎 둘

하나에 또 하나를 붙여서

세월이 그릴 그림을 커다랗게 담아낼 그런 꽃잎 둘

구름을 먹고 자란 봄에 핀 목화솜처럼

모으고 뭉쳐서 인형의 뱃 속에 넣으면 생명을 줄지도 모르는 꽃 잎 셋

곪고 허약해질 때면

자신이 낳은 생명과 함께 묻혀 갈 그런 꽃

허
나
윤

보석들을 두르고 있던 그때는
내 주변이 가득 차 있었지

하지만 보석이 다 진 지금은
텅 빈 곳을 지키고 있지

그래도 괜찮아

난 이제
쨍쨍한 빛에 초록빛이 반짝이고
소나기에 샤워하는
여름을 맞이할 준비 중이니까

석류

허
나
윤

새빨간 석류를 땄다
모두 다 잘 익었을 거라고
생각했다
하지만 반을 똑 갈라보니
안에 알맹이가 하나도
익지 않았었다

겉보기에 다 익은 나를 보고
모두 다 자랐을 것이라고
생각하겠지만
아직 내 안에 알맹이가 하나도
익지 않았다

내년 가을에는 내 알맹이들이
모두 새빨갛게 익어 있길
바란다

한마음

허
나
윤

사랑 한 컵

행복 세 바구니

분노 한 장

그리움 두 병

희망 다섯 줌

슬픔 두 뼘

기쁨 열네 겹

외로움 한 숟갈

기다림 네 권

한마음에 들어 있네

산문

해피엔딩을 쓰는 방법

김
다
은

연정은 오래된 습관을 하나 가지고 있었다. 마음이 불안해지면 손톱으로 손가락 끝의 살을 할퀴고 잡아 뜯어 엉망으로 만들어 놓는 습관. 일종의 자해였다. 그 때문에 연정의 손끝은 종종 피투성이가 됐다. 연정의 전 애인은 벌게진 손끝을 보며 반창고를 붙여 주곤 했는데, 그럴 때마다 애인의 찌푸린 미간이 연정에게 꽤 거슬렸다. 그는 손으로 먹고사는 직업을 꿈꾸고 있으면서 이렇게 손을 함부로 다뤄도 되냐며 연정에게 핀잔을 줬다. 연정은 손끝이 아려도 글은 쓸 수 있다고 말하는 대신 다시 한번 손톱으로 손끝을 꾹 눌렀다. 벌어진 상처 사이로 피가 맺혔고, 흐르지 못한 채 고였다. 피가 방울처럼 매달려 있다가 그가 들고 있던 휴지에 닿으며 터지듯이 스며들었다. 전 애인은 한숨을 쉬었고 그건 분명 걱정의 의미였다. 하지만 연정은 그럴 때마다 자신이 이해받지 못하고 있다는 느낌을 받았다. 연정은 그에게 이별을 고했다. 꼭 손끝의 상처 때문만은 아니었다.

연정이 애인과 헤어지고 한 달이 채 지나지 않은 주말에, 오랜만에 도희를 만나 점심을 같이 먹었다. 동네에서 버스를 타고 십 분이 조금 넘게 걸리는 파스타 가게였다. 분위기 좋은 가게를 찾아다니며 사진을 찍는 걸 좋아하는 도희 때문에 언제나 식당 선택은 도희의 몫이었다. 도희는 연정이 가게에 들어오자 창가의 테이블에서 손을 흔들며 연정을 반갑게 맞았다. 연정이 자리에 앉자, 도희는 연정의 표정을 살폈다. 그건 연정과 도희가 같은 반이었던 고등학교 일학년 때부터 이어져 온 도희의 버릇이었다.

김연정. 애인이랑 있을 시간 뺏어서 화난 거 아냐? 표정이…….

연정은 미묘한 웃음을 지으며 시선을 피했다. 도희는 눈치를 챘다는 듯이 눈살을 찌푸리며 경악인지 탄식인지 모를 소리를 냈다. 그리고 기다렸다는 듯이 전 애인에 대한 욕을 퍼붓기 시작했다. 내가 말했지, 걔 너랑 안 맞아도 너무 안 맞다고. 볼 때마다 티격태격하더니. 걔가 찼어? 아니, 내가. 연정은 아무렇지도 않다는 듯이 대답했다. 도희는 그러면 됐다는 듯이 표정을 풀었고 직원을 불러 주문을 했다. 알리오 올리오 하나랑, 까르보나라 하나. 매운 음식을 잘 먹지 못하는 연정은 언제나 같은 메뉴를 먹었다. 여긴 오일 파스타가 맛있는데, 도희가 다른 메뉴를 권했지만 연정은 고개를 저으며 그냥 평소에 먹던 거 주문하겠다고 말했다.

연정아. 넌 줏대가 있는 건지 없는 건지 모르겠다. 다른 사람한테 끌려다니는 것 같으면서도 고집은 은근 세. 연애할 때도 그렇고…….

연정은 도희의 말 뒤에 생략된 얘기가 무엇인지 짐작할 수 있었다. 연애할 때뿐만 아니라 자신의 모든 인간관계가 그런 방식이라는 말이었다. 상대방에게 모든 걸 맞춰주는 것 같으면서도 어느 부분에서는 고집을 부렸다. 자신이 바뀌어야 하는 부분 말이다. 예를 들어 오래돼서 고치기 힘든 나쁜 버릇이나, 글을 쓸 때의 나쁜 습관 같은 것들. 지적한 사람에게 나를 바꾸려고 들지 말라며 도리어 화를 내고 싶어지는 것이었다. 그들이 연정을 생각해서 해준 말이었을 텐데도.

넌 옛날부터 그랬잖아. 고등학생 때도. 너랑 자주 붙어 있던 애 이름 뭐였지? 암튼 걔랑도 그걸로 자주 싸웠어. 걔도 이번에 동창회 나온다던데, 너 갈 거야? 근데 너 걔랑 되게 친했던 거 같은데 요즘은 연락 안 하나 봐. 연정이 대답을 얼버무리고 있던 참에 주문한 파스타가 나왔다. 연정의 앞에 매운 소스로 요리된 파스타가 놓였다. 도희는 휴대폰을 들고 사진을 찍어대다 연정의 앞에 놓인 파스타를 보고 잘못 나온 게 아니냐고 물었다.

잘못 나온 거 같긴 한데 지금 바빠 보여서. 다시 달라고 하기 좀 그렇다. 그냥 먹을게. 연정은 파스타 면을 조금 덜어 포크에 감아 입에 넣었다. 매운 향이 코끝을 찌르는 듯한 느낌이 들었다. 연정은 컵에 얼른 물을 따라 급하게 들이켰다. 답답하다, 답답해. 도희가 자신 앞에 놓인 파스타를 여유롭게 한 입 먹고 연정을 보며 혀를 찼다. 연정은 피클 두 개를 포크로 찍어 입에 넣었다. 아삭거릴 때마다 연정의 입속에 신맛이 퍼졌다.

* * *

연정은 사람으로 가득 찬 고깃집 문 앞에서 잠깐 머뭇거렸다. 말이 동창회였지, 연락이 되는 친구들을 몇 불러서 같이 술이나 마시자 이거였다. 고등학교를 졸업하고 이 년쯤 지났을 때부터 발이 넓었던 아이 하나가 연락을 돌리기 시작했고, 그때부터 지금까지 거의 매년 비슷한 방식으로 약속이 잡혔다. 연정은 한 번도 참석하지 않았다. 도희는 동창회를 하자고 연락을 돌린 친구와 친했기 때문에 거의 매년 약속에 불려갔었다. 동창회가 있었던 다음 날마다 연정은 도희의 전화를 받아 내년에는 불러도 안 갈 거라는, 한 달 동안 먹을 술을 다 먹은 거 같다는 투정을 들어주곤 했다. 연정은 시끌벅적한 분위기를 별로 좋아하지 않아서 연락이 닿을 때마다 바쁘다는 핑계로 거절하곤 했는데, 도희의 말을 들어보면 연정과 비슷한 핑계를 대는 사람이 꽤 있는 것 같았다. 그중 한 명이 수현이었을 것이다.

연정은 고깃집 반대 방향으로 몸을 돌려 천천히 걷기 시작했다. 수현을 다시 만나고 싶다는 마음은 예전부터 있었지만, 만나서 무슨 말을 할지는 정리가 되지 않았던 것이다. 연정은 수현이 온다는 얘기를 들었을 때부터 동창회에 나가야겠다고 생각했다. 전부터 연락을 하려면 할 수 있었으나 지금껏 아무 일도 없었던 건 연정이 우연에 기대어 문제를 해결하고자 하는 수동적인 사람이기 때문이었다. 마침 우연히 도희가 수현의 얘기를 꺼냈고, 우연히 동창회 날에 시간이 비었다. 그뿐이었다. 연정은 걸음을 멈췄다. 횡단보도 건너편에 수현이 있었고, 연정은 수현을 보자마자 목에 뭔가 무거운 것이 걸린 듯한 기분이었다. 신호등에 초록불이 들어왔고 수현은 그 자리에서 움직이지 않았다. 결국 먼저 발을 뗀 건 연정이었다. 연정은 손톱으로 손끝의 살을 지그시 눌렀다.

* * *

　새로운 시작 앞에서 막 열일곱이 된 아이들은 가끔 자신이 뭐든지 할 수 있을 것 같은 착각에 빠지곤 한다. 열일곱이 되던 일월 일일에 연정은 종소리를 들으며, 중학교 때와 달리 뭐든 나서 보자고 자신과 약속했다. 그해, 연정은 우연히 반 배정이 잘 돼 반에 친구들이 많았고, 출석번호 일 번인 탓에 임시반장이었고, 담임 선생님의 마음에 드는 아이였다. 연정은 그대로 반장 선거에 나가 세 표 차이로 반장이 됐고 세 표 차이로 떨어진 아이는 그대로 부반장이 됐다. 그 아이가 수현이었다.

　연정이 수현의 얼굴을 제대로 본 것은 그날이 처음이었다. 담임 선생님은 칠판에 적힌 연정과 수현의 이름을 각각 동그라미 치며, 반장과 부반장은 앞으로 잘 지내 줬으면 좋겠다고 웃으며 말했다. 반 아이들이 박수를 쳤고, 연정은 긍정의 의미로 수현을 보며 웃었지만 수현은 웃지 않았다. 굳은 얼굴로 칠판에 적힌 제 이름과 연정의 이름을 번갈아서 쳐다볼 뿐이었다.

　연정과 수현은 그 후로 개인적인 대화를 나눈 적이 없었지만 둘 다 작가가 되기를 희망하고 있다는 사실을 자연히 알게 되었다. 주변 친구들이 쟤는 어떻다더라 하고 서로의 얘기를 떠들어대던 것이었다. 그 때문에 연정과 수현이 글짓기 동아리 홍보 포스터 앞에서 만난 건 둘에게 그다지 놀랍지 않은 일이었다. 연정은 중학교 삼학년 때 국어 교사였던 담임 선생님께 글을 잘 쓴다는 칭찬과 함께 백일장에 나가보라는 제안을 받았다. 그리고 금상을 거머쥔 후, 작가의 꿈을 갖게 된 것이었다. 반면 수현은 아주 어릴 적부터 글 쓰는 걸 자신의 업으로 생각하고 살아온 모양이었다. 동아리에 들어간 첫날, 돌아가면서 자신의 꿈에 대해 말하는 시간을 가졌고 수현은 돌아가신 할아버지가 소설가였다고 말하며 눈가가 빨개졌다. 할아버지와 같은 분야에서 성공하는 것이 꿈이라는 말을 하면서는 작게 훌쩍이는 것도 같았다.

　연정은 수현이 그림으로 그린 듯한 사람이라는 생각이 들었다. 그런 사연을 가진 사람이야말로 언젠간 성공하게 되지 않을까 했다. 수현은 누가 봐도 자기 일에 진심인 사람이었고 연정은 그런 수현과 경쟁해야 한다는 사실이 조금 두려웠다. 연정은 수현이 자신과 같은 꿈을 가졌지만, 그 깊이를 감히 비교할 수 없을 거라고 믿기도 했다. 얼마 지나지 않아 교내 글쓰기 대회에서 연정이 수현을 제치고 대상을 받기 전까지는 말이다.

　대회 결과가 발표된 날 연정은 선생님과의 상담 때문에 학교에 늦게까지 남아 있었다. 상담이 끝난 연정은 교무실 문을 열고 나와 조금 들뜬 채로 중앙계단을 내려갔다. 어쩌면 자신은 처음부터 글쓰기에 재능이 있었으며 단지 조금 늦게 발견된 게 아닐까 하고 생각했다. 답지 않게 거만한 생각이었다. 가벼운 발걸음으로 일 층에 다다른 연정의 앞에 수현이 있었다. 연정을 기다린 모양이었다. 연정은 이때야말로 수현이 자신을 향한 적대심을 드러낼 것이라고 생각했다. 연정이 수현의 상황이었으면 연정이 못마땅했을 거라고 믿고 있었기 때문이었다.

나는 네 글 좋아해.

수현의 입에서는 뜻밖의 말이 나왔다. 연정은 무슨 말인지 이해할 수 없다는 표정으로 수현을 내려다봤다. 수현은 계단을 올라오며 얇은 책 한 권을 내밀었다. 연정이 출품했던 백일장 당선작 모음 책자였다. 수현은 입학하기 전 우연히 연정의 글을 봤고, 제 마음에 들었고, 연정과 같은 학교 같은 반이 된 것이었다. 연정은 책자에 박힌 홀로그램 글자가 수현의 움직임에 따라 다르게 빛나는 걸 보고만 있었다.

그래서, 오늘 축하해 주고 싶어서 기다렸어. 수현은 그 말을 끝으로 뒤돌아 걸어갔다. 평소보다 발걸음이 빨랐다. 연정은 수현이 운동장 한가운데를 가로질러 갈 때쯤 발걸음을 뗄 수 있었다.

* * *

연정과 수현은 산책로를 따라 걸었다. 해가 산등성이에 걸려 반대쪽 하늘은 어느새 푸르게 물들고 있었다. 수현은 입을 다문 채 시선을 내리깔고 있었다. 연정은 해가 넘어갈 듯 말 듯 일렁이는 걸 바라보다가 먼저 말을 꺼냈다.

책 냈더라. 읽어봤어.

수현은 놀란 듯이 연정 쪽으로 고개를 돌린 채 천천히 끄덕였다. 연정이 자신의 책에 대한 얘기를 꺼낼 거라고는 전혀 상상하지 못했다는 눈빛이었다. 연정은 일부러 밝게 웃으며 책을 잘 봤다고 칭찬하기 시작했다. 수현은 연정의 말이 끝나자 고맙다고 한마디하더니 바로 말을 돌렸다.

동창회 안 가봐도 돼? 아까 약속 잡은 식당 쪽에서 오는 것 같던데.

괜찮아. 오늘은 컨디션이 안 좋아서 그냥 집 가려고 돌아가는 중이었어.

연정은 거짓말을 했다. 수현을 보러 평소에는 나오지도 않던 동창회에 왔다고 솔직하게 말하면 부담스러워 할 것 같았다. 하지만 지금껏 한 번도 참석하지 않았던 건 수현도 마찬가지였다.

너 오늘 왜 왔어? 애들한테 들어보니까 처음 나오는 거라던데. 네 성격상 술 마시고 놀고 싶어서 왔을 거 같지는 않고.

연정은 말을 끝마치고 괜히 아는 척을 했나 싶었다. 안 본 지 몇 년이나 됐는데 그 새 성격이 달라졌을 수도 있는 일이었다. 수현은 연정의 질문에 제대로 대답하지 않고 뜸을 들였다. 그냥, 마침 할 일도 없고 해서. 수현의 시선이 다시 바닥으로 내려가다 연정의 손에서 멈췄다. 연정의 손끝에서 피가 새어 나오고 있었다. 수현은 두 손으로 연정의 손을 잡아채더니 자신의 눈 앞으로 가져갔다. 연정과 수현은 걸음을 멈춰섰다.

* * *

수현이 연정의 입상 소식을 축하해 준 뒤로 연정은 자신이 수현과 꽤 친해졌다고 생각했다. 하지만 수현은 친해지고 싶은 사람이 있다고 해서 살가워지는 성격이 아니었다. 연정이 글을 쓸 때마다 눈을 반짝이며 쳐다보거나, 동아리 시간이 되면 연정에게 가자, 라고 말을 먼저 걸 뿐이었다. 연정은 그런 수현에게 어떻게 다가가야 할지 몰랐다. 어쩌면 자신의 글에 대해 잠깐 흥미를 가졌던 것뿐 자신과 친해지고 싶었던 건 아닐지도 모른다고 생각했다. 연정은 고민하다 나름대로 결론을 내렸고, 입학 첫날에 자신에게 말을 걸어준 도희와 더 가깝게 지내기 시작했다.

연정은 열 명의 친한 친구가 있어도 신경 쓰이는 한 명이 있으면 그 한 명에게 마음을 쓰는 사람이었다. 도희를 비롯한 친구들이 있었고, 밥을 먹을 때도 놀 때도 그 친구들과 함께였지만 자기의 글을 좋아한다고 말하던 수현을 언제나 신경 썼다. 연정은 수현과 함께 자신의 글에 대해 얘기할 수 있는 동아리 시간을 기다렸다. 다른 친구들과 있을 때 연정은 친구들이 하자는 대로 했다. 어딜 가나 자기 주관 없이 사람들이 말하는 대로 따르는 사람이 있기 마련인데 연정은 어떤 무리에서든 그런 포지션을 맡고 있었다. 수현은 그런 연정이 글을 쓸 때만큼은 본인을 드러낼 수 있도록 해줬다. 말하고 싶은 이야기가 뭔지, 왜 이런 표현을 했는지, 연정이 수현의 말을 잔소리로 여기게 될 정도로 많은 질문과 피드백을 해줬다. 연정은 그런 수현의 참견이 싫지 않았다. 보통 누군가 연정의 의견을 묻고 연정이 모르겠다고 대답하면, 상대방은 자신의 얘기를 이어나가기 마련이었다. 수현은 연정이 자신도 몰랐던 자신의 마음을 찾아내 구체화할 때까지 물어보고 또 물어봤다. 연정은 수현이 자신을 이렇게까지 신경 쓰는 이유가 궁금했다. 수현은 연정의 질문을 받을 때마다 항상 똑같이 대답했다. 내가 이렇게까지 너를 궁금해하지 않으면 너는 언젠가 글 쓰는 걸 그만둘 것 같아.

　도희가 언젠가 연정에게, 수현과 친한 네가 신기하다며 의아한 표정으로 수현에 대해 물어본 적이 있었다. 연정은 그제야 수현이 같이 다니는 몇몇 친구들과 자신을 제외한 다른 아이들에겐 신경을 잘 쓰지 않는다는 것을 깨달았다. 도희는 수현과 연정이 진로 말고는 공통점이 없는데 어떻게 친한 건지 항상 궁금해했다. 연정은 도희의 말을 듣고, 같은 길을 걷고 있다는 건 생각보다 인생의 많은 부분을 공유하고 있다는 게 아닐까 하는 생각이 들었다. 도희의 말대로 연정과 수현은 성격부터 살아온 환경까지 모두 달랐지만 향하고자 하는 방향이 비슷하다는 이유로 서로를 믿었으니 말이다.

* * *

　수현은 연정의 손을 잡고 주변을 두리번거렸다. 가까이 있는 벤치에

다가가 연정을 앉히고 들고 있던 작은 가방의 앞주머니를 열었다. 수현이 휴지를 꺼내 손가락 끝의 피를 닦아내고 반창고를 뜯어 붙이는 동안 연정은 어색하게 시선을 피하고 있었다. 나 이러는 거 한두 번 보는 것도 아닌데 왜 이렇게 호들갑이야. 연정이 괜히 툴툴거렸다. 수현은 연정이 그런 습관을 고쳤을 줄 알았다고 했고, 연정은 습관이 그렇게 쉽게 고쳐지는 줄 아냐며 삐죽거렸다. 내가 잔소리를 얼마나 했는데. 수현이 말하다 멈칫했다. 연정은 수현을 올려다보고 조금 뜸을 들였다. 수현이 동창회에 참석하는 대신 자신을 따라온 건 자신에게 듣고 싶은 얘기가 있어서였을 것만 같았다. 설령 그렇지 않더라도 연정은 말해야 할 게 있었다.

* * *

　연정과 수현이 다른 동아리원들과 마찬가지로 공모전 준비를 하느라 바쁠 시기였다. 둘이 처음 만난 후로 시간이 꽤 흘렀고, 이제 서로에게 조심스러운 말을 주고받을 사이는 아니었다. 수현은 연정의 글에서 좋은 점보다는 고칠 점을 더 많이 말해 주기 시작했고, 연정은 쉬이 고치기 힘들었다. 연정이 수현의 말을 수용하지 않아서 그랬다기보다는 그냥 연정이 그런 사람이었다. 상대방에게 모든 걸 맞춰주는 것 같으면서도 어느 부분에서는 고집을 부렸다. 자신이 바뀌어야 하는 부분 말이다. 하지만 수현은 여전히 연정의 글을 좋아했고 연정도 수현을 응원했다. 다만 둘의 건강한 관계가 주변 사람들에게까지 좋게 보이지는 않았다. 연정의 친구 중 몇 명은 수현이 연정에게 열등감을 느끼면서 아닌 척하는 거라고 수군댔다. 수현의 친구 중 몇 명은 연정이 자기보다 좋은 성적을 거두지 못하는 수현을 깔본다고 떠들었다. 물론 그런 소문을 퍼트리고 다니는 아이들은 실제로는 당사자들과 그렇게 친한 사이도 아니었다. 그들은 자기 입맛대로 말을 바꾸고 과장하며 즐기곤 했다. 하지만 소문이 돌고 돌아 당사자들의 귀에 들어갈 수밖에 없었고, 경쟁할 수밖에 없는 상황에 놓여 있는 청소년들에게 그런 문제는 예민하게 다가왔다.

연정은 그 당시 수현이 예민한 상태라는 것을 알았다. 수현의 꿈을 옛날부터 응원해오던 친구들은 이번에야말로 수현이 좋은 성적을 거두길 바랐다. 교내 대회와는 다르게 대입에 큰 영향을 끼칠 수도 있는 공모전이었다. 수현의 친구들은 학교에서 너보다 잘하는 사람은 없을 거라는 식으로 수현을 응원했지만, 수현에게 그 말은 지금까지 자신의 기록을 제쳐왔던 연정의 존재를 지우려는 것으로 들려왔다. 수현도 사람이고, 미성숙했다. 자신보다 노력을 덜 들이는 것 같은 연정을 보며 가끔은 불공평하다는 생각이 들었다. 수현은 연정의 글을 좋아했지만, 자신의 글보다 좋아하는 것이 있다는 건 가끔 괴로운 일이었다. 그 글이 언젠간 자신의 노력과 비교 대상이 돼야 한다는 사실이 수현을 선택의 기로에 서게 했다.

하지만 연정은 자신의 글을 좋아해 주던 수현에게 모든 걸 공유해도 괜찮다고 생각했다. 공모전 마감이 얼마 남지 않은 날, 연정은 수현에게 글을 쓸 소재를 정리해 놓은 노트를 보여주고 싶어 교실에 들고 갔다. 잠깐 자리를 비운 사이 노트가 펼쳐져 있지만 않았더라도 연정은 이상하게 생각하지 않았을 것이다. 수현이 자기 노트를 보지 않겠냐는 연정의 물음에 굳이 거절하지 않았더라면 연정은 수현을 의심하지 않았을 것이다. 공모전에서 상을 탄 건 수현이었고, 연정은 수현의 글이 자신의 아이디어 노트에 있던 소재와 비슷한 소재라는 걸 느끼지 않을 수 없다. 그 후로 연정은 수현에게 말을 걸지 않았다.

수현은 연정이 자신을 피하는 것을 느끼고 처음에는 연정을 붙잡아 대화하려고 했다. 연정은 수현에게 어떤 말도 들을 자신이 없었고, 어떤 대답도 해줄 수 없었다. 수현은 포기했고 졸업식 때까지 둘은 대화를 나누지 않았다. 연정은 그 후로 몇 번 공모전이나 교내 대회에 나갔지만,

글을 쓸 때마다 속이 울렁거리는 듯한 느낌이 들었고 자신이 뭘 말하고 싶은지 알 수가 없었다. 손끝에 상처를 내는 버릇은 그때 가장 심했다. 그리고 수현은 언제나처럼 글을 썼다. 오히려 전보다 더 열심히 살았다. 연정과 다른 반이 되고 반장이 됐으며, 글짓기뿐만 아니라 시험 성적도 상위권을 유지했다. 연정은, 원래 올라갈 일만 남았던 수현이었는데 자신이 붙잡고 있던 바람에 성장이 더딘 것이었는지, 아니면 자신을 받침대 삼아 더 먼 곳으로 갈 수 있었는지 결론을 내리지 못했다. 결국 연정은 관련된 학과를 포기했고 자신의 성적과 적성을 고려하여 적당한 곳에 입학했다. 수현은 예전부터 가고 싶어 하던 학교의 문예창작학과에 입학했다. 졸업식 날, 연정은 마지막으로 수현의 얼굴을 봤고, 수현이 별로 행복해 보이지 않았기 때문에 더욱 비참해졌다. 차라리 웃고 있었다면 행복을 빌어 주기라도 했을 텐데.

* * *

그래도 그 후로 공모전도 내고 그랬어. 잘 안되더라도 글은 계속 쓰고 싶었거든.

연정은 어느새 자신의 옆에 앉은 수현을 쳐다보지 못하고 말했다. 연정은 그 후로 여느 대학생처럼 지냈고, 수현은 얼마 전 등단했다. 원하는 대학교에 가고 다양한 사람들을 만났다. 연정과 떨어져 있던 몇 년 동안 수현은 꿈에 부쩍 가까워졌다. 수현의 등단 소식을 접했을 때, 연정은 수현의 책을 샀다. 수현의 손끝에서 뻗어져 나왔을 글을 읽으며 연정은 뒤늦게 수현과 대화하고 싶어졌다.

수현아, 그래서 나는 네가 나한테 사과해 줬으면 좋겠어. 계속 기다렸어.

연정은 기어들어가는 목소리로 겨우 말을 이었다. 수현을 원망하는 감정은 지워진 지 오래였다. 오히려, 수현의 이름으로 나온 책을 보고 잘됐다고 생각했다. 서점 한 켠에 놓인 수현의 책을 보면 반가웠다. 공모전에서 수현이 자신에게 저지른 짓은 언젠가부터 아무래도 좋았다. 졸업식을 하던 날 본 수현의 표정이 머릿속에서 되풀이됐고 그것만이 연정을 힘들게 했다. 수현이 자신에게 가질 미안함이 싫었고 차라리 없었던 일로 만들고 싶었다. 그래서 연정은 수현의 사과 한마디로 모든 걸 끝내자고 애원하는 것이었다. 누군가는 비합리적이고 바보같다고 말할지도 모를, 연정다운 생각이었다.

수현은 연정을 쳐다보지 못하고 괴로운 듯이 고개를 떨궜다. 수현은 눈을 한번 세게 감았다 떴다. 수현의 눈에 연정의 손에 난 상처가 들어왔다.

미안해. 수현은 한 마디로 끝내지 않고 길게 사과했다. 연정의 마음에 맺힌 응어리가 풀릴 수 있도록 최선을 다하여.

* * *

해가 점점 짧아지는 계절이었다. 더위가 가시고, 밤에 외투를 입지 않으면 으슬으슬 떨며 걸어야 했다. 동창회가 있었던 날 이후로 연정은 수현과 다시 연락하며 지내는 사이가 되었다. 서로의 글을 읽으며 대화하고, 서로를 이해할 사람은 서로밖에 없는 것처럼 굴기도 했다. 고등학교를 졸업한 지는 한참 지났고 연정과 수현은 이제 서로가 모르는 각자의 세상을 가지고 있었는데도 말이다. 그래도 연정은 수현과 전처럼 마음을 터놓고 얘기할 수 있게 된 것이 마냥 좋았다. 무엇보다도 수현은 연정의 세상을 넓혀 준 사람이었으니 말이다.

연정은 수현의 도움을 받아 공모전에 낼 글을 완성한 참이었다. 둘은 카페에서 글을 쓰고 연정의 집으로 향했다. 고등학교를 졸업하고 몇 년 동안 연정과 수현의 인생은 좁혀지기 힘든 만큼의 격차가 생겼지만 여가 시간을 공유하기 힘들 정도는 아니었다. 둘은 서로의 글을 읽는 것뿐만 아니라, 주말이면 고등학교 때 미처 해보지 못했던 것들을 하며 놀러 가기도 했다. 연정은 그제야 숨을 쉬는 기분이 들었다. 수현은 더 놀다 가자는 연정을 춥다고 달래며 집으로 들여보낸 후 자신의 집을 향해 걸었다. 수현의 손에 들린 전화기가 진동했다.

여보세요. 웅, 저번에 얘기했던 고등학교 친구랑 놀았어. 내가 사과했다던. 아니, 내가 잘못한 건 없지. 나는 걔 노트 본 적도 없다니까. 근데 그냥 사과했어. 그래야지 걔가 앞으로 내 얼굴 편하게 보지. 걔 노트? 나야 모르지. 근데 걔는 원래 적이 많았어. 나 말고 다른 애였을 거야. 짐작되는 애들 몇 명 있는데 뭐. 근데 걔한테는 굳이 안 말했어. 알았어, 내일 봐. 끊어.

수현은 전화를 끊고 짧게 한숨을 내쉬었다. 그리고 전화기를 외투 주머니에 넣었다. 바보같이 군 게 누구인지는 수현이 더 잘 알고 있었다. 수현은 가끔 거짓말이 더 나은 수단이라고 생각했다. 연정이 수현의 글을 자신의 노트에 적혔던 소재와 닮았다고 생각한 건 소재가 그렇게 특별한 것도 아니었을뿐더러, 연정과 수현이 대화를 나누며 수현이 던지듯이 말했던 소재였기 때문이었다. 연정은 생각보다 수현의 영향을 많이 받고 있었고 연정은 본래의 자신과 영향을 받은 자신을 구별하지 못했다. 굳이 구별하지 않았다고 보는 게 더 맞는 표현일 것이다.

사실대로 말했다면 연정은 그날 공모전에서 떨어진 건 수현 때문이 아닌, 자신의 어중간한 재능 때문이라고 평생 곱씹으며 살게 됐을 것이었다. 수현과 별개로 연정도 공모전에 글을 냈을 테니 말이다. 그럼 연정은 더 이상 글을 쓰려고 하지 않았을 것이다. 수현은 연정의 글을 좋아했다. 연정이 자신을 바라보며 웃어주는 순간을 좋아했다. 수현은 그 모든 것을 다시 되돌려 놓고 싶어서 하지도 않은 잘못을 사과한 것이었다. 수현이 그 모든 일을 자신의 잘못으로 돌린 것은 연정이 자신을 아주 쉽게 용서해 줄 거라는 비겁한 믿음을 기반으로 했다. 연정은 수현이 설령 잘못했다 하더라도 결국에는 수현을 위해 잘못을 묻어줄 사람이었으니 말이다. 하지만 수현은 결국 꿈을 이뤘고, 연정은 다시 수현과의 관계를 회복했다. 수현과 연정 둘 다 만족하는 결과였다. 수현은 그 사실을 면죄부로 삼았다. 수현은 연정 곁에 자신이 있어야 비로소 완전해질 수 있었던 것이라고 내심 생각했다. 수현은 거짓말을 했지만, 이후로 그 사실을 후회한 적은 없었다. 수현의 사과를 들은 연정이 금방이라도 울음을 터트릴 것 같은 얼굴로 괜찮다고 말했고, 그날 이후로 연정이 더이상 자신의 손끝을 상처내지 않았기 때문이다.

저주라는 이름의 수호신

김
지
현

'모든 물건에는 영혼이 깃든다.'라는 말을 들은 적이 있다. 물건을 소중히 아끼며 사용하라는 취지에서 나왔을 법한 문장이다. 조금 판타지처럼 느껴지는 이 말을 처음 들었을 때 나는 그냥 '그렇구나.' 하고 별생각 없이 흘려들었었다. 아마 다른 사람들도 마찬가지일 것이라 생각한다. 현실적으로는 일어날 수가 없는 일이니까. 당연한 반응이라고 생각한다.

나는 내가 생각해도 그리 생각이 깊은 성격이 아니다. 그날 기분이나 들었던 말에 따라 즉흥적으로 행동하는 경우도 적지 않다. 어렸을 때 한 번씩은 해봤던 신호등을 건널 때는 흰 블록만 밟아야 한다는 어린 아이들의 이해할 수 없는 법칙. 또래에 비해 키가 작았던 나는 절대 할 수 없을 것이라 놀리는 같은 반 친구 덕에 무척 기분이 상해 유치원을 졸업할 때까지 신호를 건널 땐 흰 블록만 밟고 건넜던 것만 봐도 그렇다. 지고 싶지 않다는 기분 하나만으로 유치원을 다니는 내내 혼자 그 법칙을 지키고 다녔었다. 아무도 신경 쓰지 않는데도.

그런 식으로 즉흥적으로 행동하는 일이 많으니까, 오늘도 그냥 기분이 내켰을 뿐이라고 생각한다.

비 한 방울 내리지 않아 아스팔트 도로를 뜨겁게 달군, 여름 방학 내내 폭염주의보 뉴스를 듣게 하던 한여름의 뜨거운 태양이 이제 물러가려는지 방학이 끝나기가 무섭게 늦은 태풍이 찾아왔다. 아침부터 심상찮은 분위기를 자아내던 구름은 점심시간이 지난 뒤 본격적으로 비를 퍼붓기 시작했다. 하늘에 구멍이 뚫렸다는 말 외에는 표현할 수 없을 정도로 무섭게 쏟아지더니 순식간에 운동장에 여러 웅덩이를 만들었다. 운동장을 사용할 때는 평평해 보이는데 왜 비가 오면 생기는 웅덩이는 항상 비슷한 곳에 생기는 걸까. 그런 시답잖은 생각을 하며 멍하니 창밖을 응시했다. 마지막 교시라 그런지 피곤한 기색이 역력한 교실 앞에는 학생들과 마찬가지로 피로 가득한 얼굴로 칠판에 공식을 적는 선생님이 보였다.

보는 사람마저 답답하게 만드는 의욕 없는 수업 시간. 얼마 뒤 교실에 있는 모든 사람들이 원하던 마침 종소리가 울리고 선생님이 앞문을 나가시자 눈에 들어오지도 않는 글자 가득한 교과서를 덮었다. 그와 거의 동시에 바닥에 의자가 끌리는 소리가 교실을 가득 채운다. 집에 가는 길에 분식집에 가자거나 pc방에 가자며 소란스러워지는 주위를 무시하고 가방과 우산을 챙겨 밖으로 나왔다. 비가 이렇게 오는데도 놀러가자며 소란을 피우는 반 아이들이 이해가 되지 않는다. 비 맞고 놀면서 감기라도 걸리려고 그러나.

신발을 갈아 신고 문 앞으로 나오자 창밖으로 보던 것보다 훨씬 거센 비바람이 눈에 들어온다. 집에 가는 길에 우산이 부러지지는 않을까 하는 생각이 들 정도로 쏟아지는 비를 보며 다시 운동화에서 슬리퍼로 바꿔 신고 학교를 나섰다.

큰 길 하나와 작은 골목 몇 개를 지나야 하는 익숙한 하굣길. 비가 많이 와서 그런지 평소엔 골목골목을 뛰어다니며 소리치고 있을 아이들이 오늘은 한 명도 보이지 않아 하굣길이 조용하다. 우산까지 쓰고 노는 아이들은 없구나. 어린애들도 안 하는 걸, 우리 반 애들은 하겠다고 아까 그 소란을 피웠나? 죽은 듯 고요하다 순식간에 소란스러워지던 교실을 다시 떠올리며 발걸음을 옮겼다. 우산 위로 떨어지는 빗소리 이외에는 아무 소리도 들리지 않을 만큼 큰 도로와 떨어지자 도시 전체를 물바다로 만들 것 같던 빗줄기가 조금 수그러든 것이 느껴진다. 이 정도면 침수되진 않겠다. 라는 시답잖은 생각을 하며 혼자 안도하고 있을 때 무언가가 눈에 들어왔다. 빌라 화단과 전봇대 사이 좁은 틈에 버려진 봉제인형. 전봇대에 기대어 앉아 있는 인형은 버려진 지 오래 되지는 않은 듯 아직은 깨끗한 몰골로 처량하게 비를 맞고 있었다. 흡사 버려진 강아지처럼. 평소엔 딱히 신경 쓰지 않았을 텐데 오늘은 유독 신경이 쓰여 그냥 지나치지 못하고 인형을 주워 들고 집으로 왔다. 물을 잔뜩 먹어 흡수한 비가 방울져 떨어지는 인형을 그대로 화장실에 넣고 비누를 사용해 조심히 빨았다. 길거리에 버려진 인형엔 진드기 같은 벌레가 잘 들러붙는다고 들은 적이 있는데, 설마 이 인형에도 있는 건 아니겠지. 혹여나 인형에 붙어 함께 따라온 초대하지 않은 손님들은 전부 죽이겠다는 생각으로 구석구석 꼼꼼하게 빨았다.

'일단 씻고 어느 정도 말리긴 했는데⋯⋯.'

인형을 적당히 건조시킨 후 책상 위에 내려놓고 책상 앞 의자에 앉아 방금 말려 보송해진 인형을 물끄러미 바라보았다. 포근한 연갈색의 털과 목에 달린 커다란 리본, 무표정해 보이면서도 귀여운 전형적인 테디베어 상의 인형이다. 조금 오래된 듯 흰 리본의 끄트머리가 조금 변색되어 있고 등 뒤에 바늘 자국도 조금씩 보이지만, 그 이외에는 모난 곳도 없는 것이 이 인형의 주인이 꽤나 소중히 간직하고 있던 인형인 것처럼 보인다. 이런 인형이 왜 그런 구석에 버려져 있던 걸까. 보통은 헌옷수거함에 버릴 텐데. 소중한 물건이었으면 타인에게 물려주는 경우도 있고. 두고 간 게 아닌가 하는 생각도 잠깐 들었지만 흙먼지 같은 것을 뒤집어쓰고 있던 것을 보면 생각보다 버려진 지도 꽤 시간이 지난 듯 보였다.

어쨌든 버려져 있었으니 누가 가져가도 상관없겠지. 그런 생각을 하면서 에어컨을 키고 가방에서 교과서를 하나 꺼내었다. 수업 시간에 거의 멍 때리고 있었던 탓에 기억나는 건 거의 없지만 내일까지 숙제라고 했으니 풀어야겠지. 근처에 답지와 문제풀이용 노트를 두고 서늘해지기 시작한 방에서 열심히 샤프를 움직였다.

'아 진짜, 또 없어.'

등교 후 도서관에서 빌린 책을 꺼내려 서랍에 손을 넣었더니 텅 빈 채 아무것도 없는 서랍이 더듬어 진다. 속으로 욕 짓거리를 삼키고 자리에서 일어나 교실 뒤쪽 쓰레기통 뚜껑을 신경질적으로 열자 아니나 다를까, 쓰레기와 뒤엉킨 도서관 책이 쓰레기통 속을 구르고 있다. 내 책도 아니고 도서관 책인데. 허탈하게 책을 내려다보고 있으니 뒤쪽에서 작게 웃음소리가 들린다. 그래, 역시 또 너희들이니. 앞문과 가까운 곳에 삼삼오오 모여서 뭐가 그리 재미있는지 입가를 가리고 열심히 키득거린다. 저러면 안 들릴 거라 생각하는 걸까. 울컥 올라오는 짜증을 억누르고 책을 꺼내자 맨손으로 꺼낸 탓인지 더럽다며 웃는 소리가 더 커진다. 시끄러 죽겠네, 진짜. 너희가 꺼내든가 그럼. 책에 붙은 먼지를 손으로 털어내면서 자리로 돌아왔다.

'내 실수다, 내 실수. 무시하자. 저런 이상한 애들은 안 엮이는 게 상책이다.'

평소엔 조례 30분 전쯤 등교하는데 어제 숙제를 하느라 늦게 잔 탓인지 늦잠을 자버려 등교를 평소보다 조금 늦게 했다. 그 결과가 이것. 나를 놀리고 싶어 안달난 애들이 서랍 내용물을 그대로 쓰레기통에 털어버린 것 같다. 아마 중앙에서 가장 크게 웃고 있는 저 전학생의 제안이겠지.

혹시 저런 양아치 같은 행동을 가르쳐주는 학원이 있는 걸까. 인터넷에 떠도는 큰 일진 무리들이나 우리 학교 일진 꿈나무들이나 하는 행동이 똑같다. 정말 진지하게 학원이 없는지 찾아보고 싶을 정도로. 저런 비윤리적인 행동이 결코 좋지 않은 것이라는 것을 알고 있을 텐데 왜 저렇게 행동하는지도 정말 이해가 안 된다. 그냥 저 애들 눈엔 일진 놀이가 멋져 보이는 걸까. 이래서 어른들이 우리에게 인터넷을 금지시켜야 한다고 말하는 건가 하는 생각이 들 지경이다.

특히 중앙의 전학생은 예전부터 꾸준히 행동했던 건지 전학을 오고 일주일 만에 자연스러우면서도 얍삽 빠르게 무리의 중앙에서 일진 행세를 하고 있다. 매점을 가자면서 지갑을 안 가져왔으니 사달라거나, 볼펜 같은 사소한 물건을 빌려가서 돌려주지 않거나. 대놓고 돈을 빌려 달라 한 적도 있었다. 전학 온 지 얼마 되지 않았을 때, 별로 친하지도 않은 나에게 부탁할 정도로 돈이 급한가 싶어 돈을 빌려주었는데 그 뒤로도 되돌려 준 적 없이 계속 빌려가기만 했다. 적은 금액도 아니었건만 계속 빌려가기만 하고 돌려주질 않아서 이제 더 못 빌려주겠다고 나름 조심스럽게 이야기 했더니 그 뒤로 본인 친구들과 함께 저런 허접한 일진 놀이를 하며 즐거워하고 있다. 머리 검은 짐승은 거두지 말라더니, 친절도 베풀면 안 되는 것이었나 보다. 친절도 베풀지 말라고 누가 속담 좀 고쳐줬으면, 물에 빠진 놈 구했더니 목 조르면서 가진 돈 다 내놓으라고 하는 거랑 뭐가 달라.

무슨 정신으로 오늘 수업을 다 들었는지도 모르겠다. 멍하니 칠판을 응시하다 종소리가 들려 시계를 보니 벌써 하교 시간이었다. 오늘은 평소보다 시비가 많이 걸렸던 것 같은데. 체육 자율 연습시간에 일부러 내 쪽으로 공을 던지거나 내 책상을 치고 가며 책을 다 떨어뜨린다던가 하는 식으로. 유치하기 짝이 없었지만 은근 신경을 거스르면서 귀찮게 하는 것이 짜증난다. 아주 그냥 내가 동네북이지.

집이 가까워지자 오늘도 비가 오려는지 하늘이 어두컴컴해지기 시작했다. 집에 다 왔을 때 흐려져서 다행이다. 그렇게 생각을 하며 현관으로 들어오자 습한 공기가 확 다가왔다. 날씨는 많이 풀렸지만 여름은 여름이라는 듯 덥고 습한 공기가 얼굴에 확 와 닿는 것이 썩 기분 좋게 느껴지지는 않는다. 환기가 필요하다고 외치는 듯한 내부 공기에 자연스럽게 얼굴이 찌푸려진다.

"짜증나."

오늘 정말 재수 옴 붙은 날인가 보다. 안 그래도 바닥이던 기분이 괜히 더 아래로 처지는 느낌. 땅이 꺼져라 한숨을 쉬면서 문을 열고 방으로 들어가자 책상 위에 있는 인형이 눈에 들어온다. 그렇게 작지도 않고 크지도 않은 인형이 책상 모서리에 기대어 앉아 있는 것이 퍽 귀여우면서도 낯설다. 가방을 내려놓고 그대로 인형을 들어올렸다. 방에 돌려둔 제습기 덕에 어제 말린 그대로 보송한 인형의 머리를 살짝 쓰다듬으며 그대로 침대에 뛰어들었다. 아침에 정리하지 않은 탓에 어지럽게 침대 위에 널브러져 있던 이불과 옷이 침대 아래로 떨어진다. 이따 주워 올리지 뭐. 머리 위로 손을 높게 뻗어 인형을 올려다보니 인형의 검은 눈동자 속에 내가 가득 찬 것이 보인다. 그게 왠지 마음에 들어 팔을 내리고 품에 꼭 안았다.

"넌 오늘 집에서 혼자 뭐 했니…… 난 학교에서 하루 종일 갈굼 당하다 왔단다."

팔에 닿는 털이 부드럽다. 쓰다듬을 때와는 다른 느낌으로 유들거리는 게 마음에 들어 얼굴을 폭 파묻고 숨을 들이마시고 내쉰다. 평소엔 안 하던 헛짓거리를 하다니. 오늘 내가 정말 피곤하긴 했나 보다. 아니, 피곤하기보단 짜증나는 건가. 내가 뭘 잘못했다고?

"지는 뭐가 그리 잘났다고. 걔는 그냥 나 괴롭히는 맛에 학교 나오는 것 같다니까. 네가 생각해도 그렇지? 오늘만 해도 서랍에 있던 책이 전부 쓰레기통에 처박혀 있다던가, 자리 잠깐 비웠더니 노트가 찢겨 교실에 흩뿌려져 있다던가 했고. 초등학생, 아니 유치원 다니는 어린애들도 안 할 장난 아냐?"

계속 속에 담아 삭힌 탓인지 말을 할수록 짜증이 올라온다. 괜히 인형을 안은 팔에 힘을 주고 꽉 끌어안았다. 마음이 심란할 때 타인과 포옹하면 나아진다는 이야기는 들은 적 있는데 인형에도 적용되는 듯 술렁거리던 마음이 조금 진정되는 것 같다. 조금만 이러고 있다 교복 갈아입자. 한 번 더 크게 한숨을 내쉬며 눈을 감자 제습기 소리 이외에는 아무 소리도 들리지 않던 어두컴컴한 방 안으로 큰 천둥소리가 새어 들어왔다.

매일 편지나 우편만 쓰던 사람이 문자라는 기술을 처음 접한 후 그 뒤로 두 번 다시 편지를 쓰지 않게 된 사람의 심정이 이런 느낌이었을까. 비유가 이상한 것 같지만 지금의 내 마음을 설명하기엔 충분하다 생각한다. 이런 이야기를 하면 그 뒤로 따라오게 될 동정이나 참견 같은 것들이 귀찮아 혼자 삭히고 지냈는데 힘들고 짜증난다는 생각을 입 밖으로 뱉어내는 것만으로도 왠지 속이 후련해진다는 것을 알게 된 후로는 하교 후 인형을 붙잡고 학교에서 있었던 일을 말하는 것이 이젠 일상이 되었다. 오늘 학교에서 무슨 일이 있었고, 숙제가 많아 귀찮고, 그 애가 또 어떤 바보 같은 장난을 했는데 그게 어땠고, 넌 오늘 뭐 했니. 등등 쓸데없는 이야기이지만 말하는 것만으로도 속에 뭉쳐있던 응어리가 풀리는 것 같다. 특별한 생각 없이 충동적으로 주워 온 인형이지만 이만하면 잘 주워 온 것 같다는 생각까지 들 정도였다.

"요새 그 애 좀 피곤해 보이더라. 저번 주만 해도 쉬는 시간엔 팔팔했던 것 같은데 요샌 쉬는 시간에도 자고 있고. 덕분에 번거로운 장난은 생각 안 하는 것 같아서 좀 편해졌어. 뒷담 같은 건 좀 늘었지만 귀찮게 치우거나 찾아다니는 일은 없거든."

괜히 기분이 좋아 책상에 엎드리고 인형을 쓰다듬자 언뜻 인형의 검은 눈에서 무언가 움직임 같은 것이 보인 것 같은 착각이 든다. 창밖에 새라도 지나간 건가. 별생각 없이 비가 추적추적 내리는 밖을 한번 쳐다보고는 가방에서 숙제가 있는 교과서를 꺼냈다. 내일 주말이니까 빨리 끝내고 영화나 한 편 볼까. 요새 저주 같은 것들 소재로 한 공포 영화 유행인 것 같던데. 여름이 완전히 지나기 전에 하나 봐야겠다. 볼 만한 영화는 무엇이 있나 간추리며 영어 지문을 정리해간다.

혼잡한 출근 시간과 겹치는 등굣길에서 친구들과 삼삼오오 모여 함께 등교하는 아이들의 목소리가 골목을 가득 메운다. 월요일 아침부터 참 활기차네. 월요병 탓에 피곤에 절어버린 나와 달리 생기 가득한 얼굴로 끝도 없이 대화를 이어나간다. 솔직히 등굣길에 귀만 열고 있어도 요즘 유행 같은 건 거의 다 알 수 있을 것 같다.

"그 종이 쪼가리 같은 부적, 의외로 효과 좋대."

"그래도 역시 피가 들어가야 좋지 않아?"

"그렇긴 한데 솔직히 내 피 넣고 하는 건 찝찝하잖아."

옆에 서 있으려니 왠지 엿듣는 기분이라 좀 뛰어갈까 같은 생각을 하던 중 이상한 대화가 들려온다. 부적? 피? 이게 도대체 무슨 말이야. 부적만 놓고 보면 시험 결과 잘 나오게 해 달라 같은 소망 부적처럼 느껴지기는 하는데 피라니. 갑자기 이게 무슨 말이람. 어안이 벙벙한 상태로 귀를 기울이니 예상치 못한 대답이 들린다.

"그럼 도서관 가서 다른 방법도 없나 책 찾아보자. 요새 이런 강령술 같은 귀신 부르는 거 유행이라 이번에 도서관에 들어온 새 책 중에 이런 책 좀 있대."

좋은 생각이라 대답하더니 웃음보를 터뜨리며 다른 대화를 시작한 아이들이 나를 앞질러 가고, 그 아이들의 뒤를 따라 학교에 도착하자마자 곧바로 도서관으로 향했다. 이번 주에 새 책이 들어온다고 했던 게 오늘이었구나.

아까 그 애들의 말대로 강령술 같은 무서운 이야기나 주술 같은 게 요즘 유행하고 있는 듯 이번에 새로 들어온 책은 무서운 이야기들이 압도

적으로 많았다. 강령술의 유래나 도시 전설 모음 같은 것들이 신작 코너에 줄줄이 있는 것을 보니 왠지 묘하다. 이런 거 학교 측에서 별로 안 좋아할 것 같은데 용케 전부 들어왔네. 싶어서 뭔가 신기하다.

가장 먼저 손에 잡히는 책을 들고 초반 부분을 펼쳐보니 강령술에 대한 설명이 적혀 있었다. 강령술이란 본디 물체에 깃들어 있던 영혼이나 떠돌아다니는 귀신들을 불러 부탁을 하는 느낌의 의식이었다고 한다. 그것이 와전되어 저주 같은 지금의 형식으로 남은 거라고. 뭐지, 인터넷에 돌아다니는 말이랑 조금 다르지 않나? 집필자의 생각인 건가. 이래저래 쓸데없는 생각을 하며 뒷장을 넘기자 또 다른 내용이 나온다. 이름을 주는 이는 제 2의 부모와 같은 것이라는, 아무리 강한 원한을 지닌 매개체든 귀신이든 이름에 저주를 받지 않은 이상 이름을 준 제 2의 부모에게까지 손찌검을 하지 못할 것이라는. 이런 책이 학교 도서관에 왜 있는 거지? 싶을 만큼 당황스러운 내용만 가득하다. 인기가 무섭긴 무섭구나. 이런 책이 학교 도서관에 막 들어오고.

그러고 보니 이름이라. 딱히 물건에 대한 애정이 그렇게 깊지 않아서 물건에 이름을 붙여 준다는 발상 자체를 해본 적이 없었는데. 그런 생각이 들자 자연스레 그 연장선으로 테디베어 인형이 떠올랐다. 주워 온 인형이긴 하지만 우리 집에서 내 하소연 가장 들어주기도 하고, 문득 이름 하나 정도는 붙여 줄까 하는 생각이 들었다. 어떤 이름이 좋을까. 비가 올 때 주워 왔으니 레인 정도로 할까. 음, 괜찮네.

좀 성의 없어 보이긴 하지만, 이게 내 성격인 걸 어떡하니. 네가 이해하렴. 레인아.

그러고 보니 지금 들어온 신 도서에 강령술에 관련된 책이 적지 않은 것을 보니 유행하기 시작한 지 꽤 된 모양이다. 보통 신도서는 적어도 한 달 전부터 신청을 받으니 적어도 한 달은 되었다는 뜻이겠지. 이런 게 도대체 왜 유행을 타는 거람. 여름이라 그런가. 지금은 계속 비가 와서 그리 덥지도 않지만. 여전히 비가 쏟아지는 창밖에 잠시 시선을 주고는 손에 쥐고 있는 강령술에 관한 책을 빌려 가방에 넣고 조용히 도서관을 나섰다.

"걔 오늘 진짜 이상했어. 덕분에 오늘은 엄청 조용해서 좋았지만."
집에 돌아오자마자 책가방에서 책들을 꺼내고 습관처럼 침대에 뛰어들어 인형, 레인을 품에 안았다. 보드라운 털을 쓰다듬으니 저절로 기분이 좋아진다. 애니멀 테라피 같은 거 솔직히 헛소리 같다고 생각했는데 전부 철회해야겠다. 그래도 애정이 생겨서 그런지 이것도 이것 나름대로 테라피가 되는 것 같다. 유들거리는 배에 얼굴을 파묻고 깊게 숨을 들이마시고 오늘도 평소처럼 학교에서 있었던 일들을 이야기한다. 오늘 학교 급식 진짜 맛없었고, 수행평가 몰아서 내주는 선생님들은 대체 왜 그러는 걸까. 우리 몰래 짜고 같은 날짜로 잡는 건 아닐까. 대학생도 아닌데 나는 왜 벌써 '우리 교수님은 내가 본인 수업만 듣는 줄 아시는 것 같아.' 의 유사 버전을 체험하고 있는 걸까. 같은 말 한다고 해결되는 건 아니지만 푸념하고 싶어지는 것들을 계속해서 읊었다. 푸념하다 보니 수행 같은 건 주말에 좀 해둘 걸 그랬나, 하는 생각이 조금 들긴 했지만 주말에 준비를 해도 수행 전날 전부 갈아엎을 것 같다는 생각이 함께 들어 딱히 후회감이 들진 않는다. 내가 날 알지. 난 절대 미리 해두고 여유롭게 있을 사람이 못 된다. 평소처럼 두서없이 이것저것 푸념을 내뱉었지만 마지막에 하는 이야기는 항상 비슷하다. 처음에 시작할 때 나오는 말들과 달리 어떻게 보면 내 스트레스의 가장 큰 근원인 전학생의 이야기를 끝으로 푸념이 종료된다. 이렇게 매번 이야기하면 얘도 질리겠다. 그래도 그 애가 제일 짜증나니까 어쩔 수 없지만. 네 팔자라 생각하고 참으렴.
"오늘은 교실 들어오자마자 뻗더니 냅다 자는 것 같더라. 선생님이 계시든 말든 계속 자고. 솔직히 중간 중간 쉬는 시간 종 칠 때 잠깐씩 몸

떨면서 일어나는 것 말고는 쭉 자서 진짜 세상이 다 조용했어. 매번 시끄럽던 웃음소리도 없고, 욕도 없고."

솔직히 피곤에 절어 힘들어 하는 애한테 이런 식으로 말해도 되나 하는 생각이 잠깐 들었었지만 매번 남 뒷담 하는 게 일상이던 애라 자업자득인 것 같아 이젠 딱히 걸리지도 않는다. 며칠 전부터 눈에 띄게 피곤해하는 기색이더니 요즘은 선생님이 오셔도 책상에 엎드려 있거나 보건실에 가서 잠을 자는 듯 숨기려는 노력도 없어졌다. 왜 그러나 몰라. 아마 난 평생 그 애를 이해 못하겠지만. 테라피를 하듯 인형의 머리를 부드럽게 쓰다듬다 이내 인형을 들어올려 눈을 마주하고 입을 열었다.

"나, 너 이름 정했어. 레인 어때? 나쁘진 않지? 매번 얘기 들어주니까 특별히 이름 지어 줄게."

유치원생들이나 사용할 법한 문법이지만 상관이 있으랴. 별 없는 우주가 잠들어 있는 것 같은 새카만 눈동자에 내 눈을 비추며 최대한 밝게 미소 지어 보았다. 잠깐이지만 공허한 우주 속에 별이 깃들었던 것만 같은 착각이 일었다.

"야, 너지."

뜬금없이 무슨 소리람. 수업이 끝난 후 여느 때와 같이 집에 가려 가방을 챙기고 있을 때 갑자기 전학생이 말을 걸어온다. 석 달 내지 넉 달 만에 나누는 대화 치고는 상당히 말이 생략되어 있지 않나. 무슨 말인지는 모르겠지만 쓸데없이 시비 걸지 말라는 뜻을 담아 인상을 구기고 가만히 쳐다봤더니 어이가 없다는 듯 코웃음을 친다. 아니 지금 어이가 없는 게 누군데.

"너, 나한테 무슨 저주 같은 거라도 걸었어? 솔직히 우리 반에서 니가 젤 음침해서 귀신 잘 꼬일 것 같은데."

뜬금없이 뭔 헛소릴 하나 했더니 이젠 그냥 대놓고 눈앞에서 까기로 마음먹은 건지 위아래로 이리저리 훑어보면서 품평하듯 말하는 꼴에 기가 찬다. 본인은 연예인만큼 예쁘다고 생각하는 건가? 진지하게 안과에 가보는 걸 권하고 싶다.

"지금 거의 3주째 잠을 자면 비슷한 악몽을 꿔서 무슨 액이라도 씌였나 싶어서 무당 찾아가 봤는데 나보고 썩 꺼지라고 문간에서부터 소리를 지르더라. 그러는 거 보면 빼박이지. 요새 저주 같은 거 유행한다고 나 저주한 거야? 진짜 음침하고 기분 나쁘다 너."

혼자 멋대로 생각하고 이미 결론까지 내렸으면서 나에게 묻는 저의가 뭘까. 대체 내가 무슨 말을 해주길 원하는 건지 모르겠다. 가방을 어깨에 바로 메고 뒷문 쪽으로 걸어갔다. 무시하고 내버려두면 자기들끼리 또 소문 만들어서 며칠 시끄럽고 잠잠해지겠지. 여기서 괜한 대답했다가 귀찮은 일에 엮이는 것보다는 이게 훨씬 나을 것 같다.

"어디 가!"

귀가 떨어져 나갈 듯 큰 소리가 귓청을 때리더니 이윽고 머리에 둔탁한 고통이 밀려온다. 아오, 뭐야 이게. 뭘 던진 거야 저 또라이가. 가시지 않는 고통에 뒤통수를 잡고 뒤를 돌아보니 씩씩거리는 전학생과 바닥에 떨어져 있는 두꺼운 영어사전이 보인다. 미친, 저 사전 하드 표지인데 지금 저걸 나한테 던진 거야? 모서리 맞았으면 피 날 것 같은 저거? 드디어 정신을 완전히 놓은 건가? 지금 내가 처한 상황이 너무나도 어이가 없어서 그저 웃음밖에 나오지 않는다. 무시하지 말라는 건가? 왜 모른 척해 줘도 불만이야, 짜증나게. 그냥 전처럼 니들끼리 가십거리 만들어서 희희덕거리라고. 대답? 그래 해줄게. 그놈의 대답.

"너 전학 오기 전 학교에서도 이런 식으로 일진 놀이 하고 다녔지? 안 봐도 비디오네. 양심에 손을 얹고 생각해 봐. 네가 원한 사고 다닌 사람들이 이런 게 유행할 때 너를 안 떠올릴까?"

뒤통수가 얼얼하다. 왜 법대 학생들이 하드 표지 되어 있는 전공 책을 무기로 쓰는지 알 것 같다. 혹 나겠네. 저런 식으로 행동하는데 모든 사람이 재를 곱게 봤을까. 적어도 난 아니라고 본다.

"난 저주 같은 판타지적인 이야기 안 믿는데 네 꼴 보니까 그 저주란 거 생각보다 통쾌하다 싶어. 이럴 줄 알았으면 나도 진작 해볼 걸 그랬네."

비웃듯이 웃음을 한 번 내보이고 반을 빠져 나왔다. 재가 암만 정신이 없어도 선생님들 다 계시는 교무실 앞에서 소리를 지르진 않겠지. 나도 저주할 거라며 악을 내지르는 전학생을 무시하고 조용히 신발을 갈아 신었다.

집으로 올 때까진 별 특별한 일 없었다. 평소와 같이 비가 내리고, 골목은 조용하고, 차도 적어 도로도 한적했다. 문을 열고 집에 들어간 뒤 평소처럼 바로 방으로 가지 않고 거실에 있는 거울 앞으로 갔다. 뒤통수라 거울로 보이진 않는데 아까와는 달리 만졌을 때 살짝 부풀어 오른 것이 혹이 난 성 싶다. 아 진짜 짜증나. 내가 왜 재 때문에 이딴 꼴이 되어야 하는 건데. 온갖 짜증을 담아 크게 한숨을 내쉬었다. 한숨에는 사람을 진정시키는 효과가 있기는 개뿔. 짜증만 더 솟구친다. 신경질적으로 문을 열고 방에 들어가자 평소와 같이 책상 위에 얌전히 앉아 있는 레인이 눈에 들어온다. 역시 나한텐 너밖에 없구나. 책상에서 채어와 품에 안고 그대로 침대로 뛰어들었다. 이러다 침대 스프링이 고장나는 건 아닌가 싶지만 지금 내 알 바는 아니지. 인형 속에 얼굴을 파묻고 웅얼거리듯이 오늘 있었던 일을 하소연했다. 솔직히 오늘 학교에 있을 땐 딱히 짜증나는 일이 없어서 나름 만족스러웠는데 그 애 때문에 다 망했다. 진짜 짜증나.

"걔가 나보고 자기 저주했냐고 물으면서 사전 던지더라. 덕분에 머리에 혹 생겨서 아파."

이제 그냥 막 나가나 봐. 덕분에 한 주가 시작되고 이제 이틀째인데 이번 한 주 기력은 다 쓴 것 같다. 레인에게 말을 함과 동시에 입을 크게 벌려 하품한다. 오늘따라 정말 왜 이렇게 피곤하담. 순식간에 밀려오는 피로에 감기는 눈을 이기지 못하고 그대로 잠에 빠져 들었다.

일어나 보니 온 세상이 새카맣다. 아니, 정확히 말하자면 방은 그대로 인데 어둠이 짙어졌다. 나도 모르는 사이에 벌써 동짓날이 되었나. 그렇다기엔 동짓날에도 그렇게 어둡진 않은데, 밤이 좀 길 뿐이지. 무슨 일인가 싶어 이리저리 둘러보다 보니 익숙한 뒤통수가 보인다. 내가 매일 안고 쓰다듬었던 레인의 뒤통수가. 다른 곳은 선글라스 렌즈를 3개 정도 눈에 씌운 것처럼 어두운데 레인은 변함없이 연갈색의 털을 유지한 채 뒤를 돈 상태로 가만히 앉아 있었다. 아, 이거 꿈이구나. 왜인지 모르게 그런 생각이 들었다. 레인 하나만 색이 선명한 이유가 있나 싶어 이리저리 둘러보며 레인에게 다가가자 기척을 눈치챈 듯 갑자기 뒤를 돌아 나를 바라본다. 어제와 다름없이 별 없는 우주를 품은 듯한 새카만 눈동자가 나를 똑바로 향한다.

얌전히 앉아 있던 인형이 갑자기 움직여 무척 놀란 탓에 심장은 미친 듯이 두방망이질 쳤지만 의외로 머리는 냉정한 상태가 유지되어 조금 신기하다. 아니, 사람이 극심하게 놀라면 뇌가 굳어 아무런 행동도 하지 못하게 된다고 하던데 그 꼴인 건가. 갑자기 나를 보고 돌아앉더니 이거 꿈이야. 라며 무심하게 툭 한마디 내뱉고는 그 뒤로는 말도 없이 바라보기만 한다. 혹시 하고 싶은 말이라도 있는 건가 싶어 레인의 앞에 마주 앉아 그 눈을 같이 들여다보았다. 매번 내 이야기만 했으니 이번엔 청취자 역할도 나쁘진 않지. 어서 말해 보라는 의미를 담아 가만히 얼굴만 쳐다보니 손을 꼼질거리며 입을 열었다.

"그 전학생이라는 애, 잠 못 자게 괴롭힌 거 나야."

아마 지금 이 상황이 웹툰이나 만화 같은 곳에서 그려진다면 분명 내 머리 위로 물음표가 10개는 지나갔을 것이다. 아니 갑자기 무슨 말이야. 내 망상 능력은 어디까지 뻗어져 있는 거지? 꿈은 무의식인 상황에서 발생하는 것이기에 내가 나도 모르게 바라던 것이나 두려워하는 것들을 비춘다고 한다고 했다. 혹시 강령술이니 어쩌니 하는 소문을 듣고 이 인형이 저주 인형 같은 것일 거라고 무의식적으로 생각하고 있었던 건가?

"네가 들고 온 그 책. 그 책에 나 만드는 방법 나와 있어."

내가 당황한 기색이건 어떻건 아랑곳 않고 레인은 자신의 말을 내뱉는다. 내가 들고 온 책? 어떤 책을 말하는 건지 전혀 예상이 되지 않아 어떤 책이냐고 물었더니 어제 도서관에서 빌려 온 책을 가리킨다. 저 책? 그냥 도서관에 있는 평범한 책인데 진짜 저거? 너무 생각 외의 대답이라 다시 되물었더니 가만히 고개를 끄덕인다. 반신반의하며 자신을 만드는 방법이 적혀 있다는 페이지를 펼쳐보니 정말 인터넷에 돌아다니는 방법과 유사한 저주 인형 만드는 방법이 적혀 있다. 꽤나 상세하게. 헐, 미친. 이거 단순한 내 망상은 아닌 것 같은데? 무엇보다 난 이 책 첫 말머리 부분 외에는 펼치지도 않았는데 이렇게 술술 대답하는 걸 보니 절대 나 혼자만의 내뇌망상은 아닌 것 같다.

"누가 만들었어? 이거 그냥 도시전설 같은 건 줄 알았는데."

흥미가 잔뜩 생겨 책과 레인을 번갈아 보며 물었다. 이거 피도 넣어야 한다고 나와 있는데, 본인 피 섞으면 같이 저주 받고 그렇지 않나? 갑자기 궁금증을 잔뜩 담아 이것저것 물어보니 내게 오묘한 시선을 보낸다. 음, 너 이상해 라고 눈으로 말하는 것 같은 느낌이 드는데 기분 탓이겠지. 내가 이상한 애라는 건 알고 있는데. 이제 슬슬 적응하는 편이 좋을 거란다. 아가.

"나 만든 사람은…… 너보다 좀 더 키 작은, 머리 짧은 사람 여러 명.

내 시선이 부담스러운 듯 고개를 조금 옆으로 돌리더니 천천히 자신의 이야기를 말해 준다. 나보다 키 작고 머리 짧은 사람 여러 명? 누군가 하고 곰곰이 생각해 보니 이 골목에서 자주 뛰어다니는 초등학생 무리가 떠올랐다. 유행하는 것들 좋아하고, 어른들을 자주 따라 해서 사고치는 것으로 유명한 아이들이니 그럴 만도 하다. 근데 겁도 없이 이런 것까지 따라하니. 왜. 레인은 멀뚱한 눈빛으로 내가 한숨 쉬는 모습을 가만히 바라보더니 계속 말을 잇는다. 학교에서 우연히 이 책을 발견하고 심심하니 한 번 만들어 보자며 등을 갈라 솜을 꺼내고 쌀과 머리칼, 그리고 자신의 상처에 붙어 있던 반창고를 넣고 서툴게 다시 꿰매었다고. 그런데 막상 누군가를 저주하려니 덜컥 겁이 나서 그냥 버리자고 서로 이야기가 나왔다고. 책에서는 태워야 한다고 나왔지만 아직 초등학생이고 해 태울 방법이 없어서 그곳에 버리고 도망갔다는 것까지.

음, 그리고 그걸 주워 온 게 나라는 거구나. 어이가 없어서 헛웃음이 나온다. 역시 길거리에 있는 건 아무거나 주워 오면 안 되겠구나. 근데 솔직히 후회가 되진 않는다. 주워 온 지 벌써 3주 정도 시간이 지났지만 나에게 딱히 해가 있었던 것도 아니고 오히려 스트레스 해소에 도움을 주었으니까. 그리고 뭣보다 그 전학생만 괴롭혔다는 게 조금 통쾌하다. 항상 괴롭히기만 하던 가해자가 괴롭힘 당하는 피해자의 위치로 끌려 내려간 걸 보니 절로 꼬시다는 생각이 들었다. 아, 나 언제 이렇게 성격이 나빠졌지.

"그럼 내가 계속 그 전학생 욕해서 괴롭힌 거야?"

별 의미 없이 던진 물음인데 이리저리 시선을 굴리더니 고개를 끄덕인다.

"너 짜증나는 일 없어지라고."

저주 인형이 사람 눈치를 보네. 도시 전설 같은 괴담에나 나오는 저주 인형인데 레인은 무섭다기보단 귀엽다는 생각이 들었다. 내가 괴롭힘 당하는 입장이 아니라서 드는 생각일 수도 있긴 하지만. 솔직히 나 대신 화내주고 신경 써주는데 싫어하는 사람이 어디 있을까. 괜히 웃음이 나온다.

"고마워. 대신 화내 줘서. 솔직히 엄청 통쾌하네. 십 년 묵은 체증이 다 내려간 느낌이야. 그 애가 반성했을지는 잘 모르겠지만. 그래도 이제 그만 괴롭혀도 될 것 같아."

솔직히 더 시달렸으면 하는 마음은 있지만 어쨌든 이 아이도 저주의 개념이니까. 그 애도 이 아이도 오래 시달려 좋을 일은 없을 테니 슬슬 이만 하는 게 좋을 것 같다. 이 정도면 충분히 복수가 된 것 같기도 하고. 노리고 한 건 아니었지만. 그나저나 이렇게 순식간에 기분이 들뜰 수가 있구나. 아까까지만 해도 완전 바닥이었는데. 레인 덕분이네. 솔직히 이렇게까지 나한테 신경 써주는 상대를 만나는 건 힘든 일이기도 하고.

인형, 그러니까 레인을 들어올려 품에 안고 평소처럼 머리를 쓰다듬었다. 고마워, 신경 써 줘서.

레인은 무언가 골똘히 생각하는 듯 아무 말 없이 가만히 품에 안겨 있다 갑자기 무언가를 잊고 있었던 사람처럼 요란스레 일어났다.

"아침. 이제 가야 해. 잘 있어. 너 괴롭히는 건 내가 더 괴롭혀줄게."

무슨 일일까 싶어 눈만 연신 깜빡이고 있으니 팔을 끌어당겨 나를 일으켜 세운다. 그리고는 아침이니 이제 가야 한다며 방문 쪽으로 나를 밀어 보낸다. 벌써 아침이구나. 꿈이라 별로 실감이 안 났는데 꽤 시간이 많이 지난 모양이다.

가는 건 나인데 왜 네가 잘 있으라며 인사를 하는지. 아직 말하는 게 그리 익숙하지는 않은 걸까. 어린 아이가 말을 하는 것처럼 조금씩 끊어 말하기는 하지만 그 말은 꽤 믿음직스럽게 느껴진다. 이게 뭐라고 믿음직할까. 저도 모르게 튀어나온 웃음이 입 꼬리에 내걸린다.

"그래, 갈게. 또 봐."

방 손잡이를 돌리며 손을 흔들자 레인 역시 함께 손을 흔들어 준다. 귀여워.

뒤를 돌자 메아리 같은 작은 소리로 나야말로 고마워. 이름도, 다른 것들도. 라는 말이 바람에 실려 온 것 같기도 했다.

방문을 지나쳐 나오자 침대에서 눈이 떠졌다. 얼마나 정신없이 잤는지 교복도 갈아입지 않은 채 침대 모서리에 걸치듯 바닥에 앉아 있는 자세 그대로 일어났다. 몸을 일으키니 허리에서 심상찮은 소리가 들린다. 반쯤 열린 커튼 사이로 약 3주 만에 구름 뒤로부터 모습을 드러낸 태양이 눈이 시리도록 밝은 빛을 내려 보낸다. 드디어 가을장마가 끝난 건가? 이제 습기로부터 탈출할 수 있겠구나 하는 생각이 들어 괜스레 기분이 들뜬다.

평소보다 일찍 일어나기도 했고, 오늘은 좀 이르게 등교할까. 씻고 나와 머리를 말린 후 문을 나서니 비 온 뒤 맑게 갠 가을하늘이 눈에 들어온다. 와, 하늘 진짜 높아 보인다. 얼마 만에 보는 맑은 하늘이람. 하늘 사진을 하나 둘 찍으며 학교에 들어서자 왠지 어수선한 분위기의 학교가 눈에 들어온다. 교무실 앞에 경찰들이 있고 선생님들이 심각한 표정으로 무언가를 논하고 계셨다. 무슨 일 있나?

하나둘 반으로 들어온 반 아이들까지 모두 이 어수선한 학교의 원인을 알지 못해 이러저런 이야기가 많이 나왔지만 결국 명확한 답을 아는 사람은 아무도 없었기에 나와 우리 반 아이들 모두의 궁금증은 점점 커져만 갔다. 조례 전까지 반 아이들의 이야깃거리가 되어주었던, 모두에게서 잔뜩 일었던 궁금증은 조례가 시작되고 선생님이 첫 말을 내뱉자마자 모두에게서 깔끔하게 사라졌다.

"1학기에 전학 온 ○○○. 혹시 어제 하교 시간 이후 그 애랑 연락을 했거나 되는 사람. 선생님한테 말하러 오도록."

선생님께서 하신 말씀을 듣자마자 잊고 있었던 듯 기억의 수면 아래에 묻혀버린 어젯밤의 꿈이 다시 떠올랐다. 잘 있어. 라고 말하던 레인, 오지 않는 전학생. 흩어져 있던 퍼즐이 맞추어진 것처럼 자연스레 그 둘이 함께 떠올랐다. 혹시 무슨 일 있는 건 아니겠지 하는 걱정과 동시에 문득 의문이 들었다.

"오늘 아침에…… 레인, 책상 위에 있었었나?"

사
이
보
그

도영이 축구를 하자고 제안한 건 중간고사가 일주일밖에 남지 않은 날이었다. 마침 종이 치고 학생들이 빠져나가길 기다리며 가방을 싸고 있었다. 일부로 행동을 느리게 하는 내 앞에 다가와 마치 약속이라도 한 듯 장소와 시각을 던져주었다.

"4시까지, 공원."

오래전부터 있던 도영의 습관이었다. 무언가 중대한 일을 나에게 말하려 할 때마다 이런 식으로 약속을 잡았다. 무엇을 할지는 뻔했다. 보나 마나 또 축구겠지. 축구가 질리지도 않는 건지 도영은 항상 나와 축구를 했다. 너무 많이 해서 한번은 이유를 물어봤다. 하지만 돌아오는 대답은 오히려 궁금증을 자극했을 뿐, 명쾌한 해답을 내놓진 않았다.

"축구를 하면 자유롭다고 느껴. 어디든지 공을 따라 달려갈 수 있잖아."

"진짜 더럽게도 빠르네."

잔디밭에 앉아 흘러내리는 땀들을 팔로 닦으며 숨을 골랐다. 아무리 축구를 해도 도영은 이길 수가 없었다. 사실 축구 말고도 모든 일에서 도영은 나보다 앞서갔다. 얼굴도, 성격도, 공부도, 운동신경도 모두 뛰어나 종종 내가 그의 그림자에 가려져 있다는 느낌을 받았다. 질투가 나지 않는다면 거짓말이다. 그럴 때마다 나는 장난식으로 사실 사이보그 아니냐고 물었다. 도영은 그 말을 들으면 멋쩍게 웃을 뿐 그 외의 반응은 보이지 않았다.

"여기."

언제 산 건지 도영은 나에게 탄산음료를 건넸다. 고맙다는 짧은 인사를 한 후 캔을 따 마시기 시작했다. 오늘따라 유독 탄산의 따끔거림이 심하게 느껴졌다. 서로 말없이 탄산음료를 들이켜고 있을 때, C.E.C라고 적힌 트럭이 지나갔다. 얼룩 한 점 없는 흰색 짐칸과 내부가 보이지 않게 까맣게 칠한 유리가 대비되었다. 트럭의 운전석 위에 달린 스피커에서는 사이보그를 보면 신고하라는 내용이 흘러나왔다. 멀어져가는 소리를 뒤로하고 도영이 먼저 입을 뗐다.

"저 짐칸에 사이보그가 타고 있을까?"

도영이 마지막으로 트럭이 보였던 곳에서 시선을 고정한 채 어딘가 씁쓸한 목소리로 물었다. 이런 도영의 모습은 처음이었다.

"뭘 그런 것까지 신경 써. 어차피 곧 죽을 존재인데."

C.E.C는 사이보그 제거 위원회의 약자였다. 이름만 봐도 알 수 있듯 저 기관에서는 인간 사이에 숨어 있는 사이보그를 찾아내고, 제거하는 역할을 맡았다. 당연히 그곳에서 잡혀갔다 살아 돌아온 사이보그는 존재하지 않았고, 사이보그임을 알면서도 고발하지 않은 사람까지 잡아가 비윤리적이라는 말도 나왔다. 하지만 그 말은 사이보그는 마땅히 그래도 된다는 대중들에 의해 쉽게 사그라들었다.

"불쌍하진 않아?"

"왜 불쌍해? 사이보그는 나쁜 것들이잖아. 인간을 해칠 존재니까."

이 나라에서 태어난 아이들은 모두 그리 생각할 것이다. 아직 걸음마를 채 떼기도 전부터 그들은 나쁘다고 배워왔으니. 학교에서는 물론 가정에서까지 어른들은 아이들에게 자기 생각을 일방적으로 세뇌했다. 물론 현재 사회 질서에 반기를 들 생각은 없다. 사이보그가 잘못했다는 것은 수십 권의 역사책에 명백히 밝혀져 있고, 그들은 죗값을 치러야 마땅하다. 다만 아무것도 모르는 아이들까지 서로 사이보그인지 의심하게 하는 것이 합당한 건지 의문이 들 뿐이다.

"너는 내가 사이보그라고 한다면 믿을래?"

갑작스레 도영이 질문을 던졌다. 느낌이 좋지 않았다. 고백하기 직전 자신의 속내를 밝힐 준비를 하는 사람이 할 말이었다. 사실 너를 좋아해. 라고 말하기 전에 상대를 떠보는, 그런 말의 뉘앙스였다.

"헛소리하지 마, 그런 건 왜 물어보는데?"

"으응, 아니. 나도 쟤들이랑 똑같은 존재라서."

앞뒤 설명 없이 대뜸 던진 말의 무게는 가벼웠다. 그 깃털 같은 말이 사뿐히 달팽이관에 닿자 순식간에 돌덩이가 돼버렸다. 이런 유치한 장난을 칠 애가 아니라는 건 잘 알고 있지만 내심 거짓말이라고 말해 주기를 바랐다. 아니, 거짓말이어야만 했다. 도영을 알고 지낸 기간이 십 년이 넘었는데, 만약 그 말이 진실이라면 그동안 눈치를 못 챌 리가 없다. 도영도 내가 믿지 못하는 것을 안 건지 자신의 한쪽 팔을 걷어올렸다. 그곳은 사람의 피부 대신 살구색 페인트가 칠해진 얇은 금속이 자리잡고 있었다. 언뜻 보면 눈치를 못 챌 만큼 비슷하긴 했지만, 용접 부분은 페인트로도 가리지 못했다.

"야, 너……."

뒷말이 목에 걸려 튀어나오지 않았다. 그제야 도영이 왜 예전부터 항상 긴 옷을 입었는지 이해되기 시작했다. 머리 뒷부분이 얼얼했다. 학교에서 사이보그와의 역사를 들을 때마다 도영은 어떻게 생각했을까. 수십 년 전 그들은 우리의 자리를 빼앗고 인간 행세를 했다고 배웠다. 인간들을 이간질해 서로 죽이게 만든, 아주 영악하기 짝이 없는 존재들이라며. 그들은 대부분 난폭하고 질이 나쁘다 했다. 하지만 내가 아는 도영은 그렇지 않았다. 성적은 언제나 전교권이었고 선생님들께 칭찬받을 만큼 성실했다. 성격도 좋아 나와 달리 항상 아이들에게 둘러싸여 있었다. 아무리 기억을 뒤져봐도 도영이 사이보그 같은 행동을 한 적은 없었다.

"안 믿겨?"

도영이 다시 옷을 내리며 물었다. 웃는 얼굴 아래 복합적인 감정들이 섞여 나타났다.

"이걸 왜 나한테 밝히는 거야?"

단순한 호기심이었다. 아무리 오래된 친구라도 C.E.C에 끌려갈 위험을 감수하며 정체를 밝히는 것은 무모한 짓이다. 도영의 성격상 그것을 생각 못할 아이는 아니었다. 그렇다면 도대체 왜? 나의 물음에 도영은 대답을 생각하는 듯 눈을 굴리더니 말했다.

"그래도 너는 내 정체를 알아야 할 거 아냐, 친구인데."

그날은 악몽을 꿨다. 잊고 있었던 어릴 적 기억과 연결된 악몽이었다. 꿈속의 어린 나는 시내 사거리 횡단보도 앞에 서 있었다. 사람들의 웅성거림과 경찰차 사이렌 소리에 귀가 먹먹해질 때쯤, 부모님의 두 손으로 나의 눈을 가렸다. 손가락 사이의 자그마한 틈새가 티비가 되었다. 티비 속에는 장르를 알 수 없는 드라마의 한 장면이 방영됐다. 하반신이 뜯어진 사람의 시신을 경찰들이 옮기고 있었다. 걸음을 옮길 때마다 나사와 부속품들이 아스팔트에 떨어지며 소음을 냈다. 눈길을 왼쪽으로 돌리자 시신을 보며 울부짖는 아이가 보였다. 꿈속의 나와 또래로 보이는 그 아이는 갈색 머리를 양 갈래로 묶은 채 경찰에 의해 저지당하고 있었다. 아이가 엄마를 부를 때마다 기괴한 쇳소리가 섞인 목소리가 튀어나왔다. 시신이 하얀 트럭에 실리자 아이는 경찰들을 뿌리치고 그 트럭을 향해 달려갔다. 트럭과의 거리가 다섯 걸음도 남지 않았을 때, 총소리와 함께 아이가 앞으로 고꾸라졌다. 마치 전자제품의 전원을 끈 것처럼 미동도 없는 아이를 보며 경찰은 한숨을 쉬었다. 이걸 또 어떻게 처리해야 하냐고 불평을 늘어놓던 경찰들 앞에 완장을 찬 남자가 걸어 나왔다. 남자가 걸어 나온 뒤 경찰들의 태도가 바뀐 것을 보아, 그들보다 직급이 높은 게 분명했다. 모자를 눌러쓰고 한 손에 총을 든 그는 아이의 목덜미를 들어 올려 면밀하게 살폈다. 그 후 이곳저곳을 둘러보더니 짐짝인 마냥 시신이 있는 하얀 트럭에 내팽개쳤다. 트럭 문을 닫고, 남자는 남아 있는 경찰들에게 지시를 내렸다. 그들은 남자의 지시에 일사불란하게 움직였다. 모여 있는 군중들을 해산시키고, 부속품들을 줍는 등 사건의 뒷정리를 시작했다. 그 모습을 지켜보던 남자는 손목을 잠깐 쳐다본 후 자신도 흰 트럭에 타 어딘가로 가버렸다. 옆에 있는 사람들의 대화를 끝으로 드라마는 막을 내렸다.

"가족 단위의 사이보그가 어떻게 존재하는 거야?"

"아직 죽지 않은 어린 형태의 사이보그를 자신들이 데리고 와서 키운대. 정말 사람이랑 똑같다니까. 앞으로 어떻게 구분할지도 막막해."

"소문으로는 사이보그가 아이까지 낳을 수도 있다던데? 또다시 예전처럼 될까 봐 최근엔 잠도 못 자."

드라마가 끝나고 눈앞이 캄캄해졌다가 다시 밝아지더니 다른 드라마가 방영되기 시작했다. 이번 드라마는 전과 비슷한 전개였지만 등장인물이 바뀐 채였다. 나는 하얀 트럭에 타고 있었고, 도영이 내 이름을 부르며 달려오고 있었다.

"한이안!"

그 아이가 냈던 것과 똑같은, 쇳소리가 섞인 목소리였다. 트럭에 거의 닿을 때쯤, 총알이 도영의 머리를 통과했다. 총알이 낸 구멍을 통해 내부가 보였다. 도영의 머리 안은 뇌가 아닌 붉고 푸른 전선으로 가득 차 있었다. 도영이 바닥으로 쓰러지자 쇳덩이가 부딪히는 소리가 났다. 방금까지 나를 비추던 눈에는 더 이상 생기가 돌지 않았다. 아무것도 하지 못하는 나를 앞에 두고 도영은 기괴하게 목을 꺾어 나를 바라보았다. 생기 잃은 눈이 나를 비춘다. 눈 속에는 공허함만이 담겨 있었다. 도영은 무엇을 말하려는 듯 입술을 달싹였지만, 손톱으로 쇠를 긁는 소음밖에 나지 않았다. 두려움에 숨이 막혔다. 얼굴 피부 가죽 반쪽이 떨어져 나가 철골을 훤히 드러낸 채 목을 꺾은 도영의 모습도, 사이보그임을 알면서 말하지 않은 죄로 C.E.C.에 끌려가는 나의 미래도, 모든 것이 두려워지기 시작했다. 꼼짝도 못하는 나를 바라보던 도영이 나에게 천천히 다가왔다. 아니, 기어온다는 게 더 적절했다. 마치 애벌레처럼 기어오던 그는 내가 서 있는, 트럭 바로 밑에서 움직임을 멈추었다. 서로의 눈이 직선으로 마주치자 도영의 목소리가 들렸다. 이전같이 쇠를 긁는 목소리가 아닌, 자주 듣던 익숙한 목소리가 분명하고 날카롭게 고막을 꿰뚫었다.

"말, 할 거야?"

"그래서 무슨 말을 하려고 온 거니?"

담임이 짜증 섞인 말투로 물었다. 교무실은 얼마 남지 않은 시험 때문에 질문을 하러 온 학생들로 가득 차 있었다. 나의 뒤에도 담임에게 질문하기 위해 온 학생들이 줄을 서 있었고, 지체되는 시간에 너도나도 볼멘소리를 냈다.

"아, 그게……."

그 뒤로 말이 나오지 않았다. 분명 오늘 아침 도영의 정체를 담임에게 밀고하리라 마음을 먹었지만, 정작 그 앞에 서니 말들이 튀어나오지 않았다. 다시 한번 말을 꺼내려 숨을 들이마시자 어제 도영이 한 말이 떠올랐다. '친구잖아.' 오늘따라 유독 그 말의 무게가 무겁게 느껴졌다. 그 뒤를 따라 꿈속의 도영이 나에게 한 말도 떠올랐다. 지금 내 모습을 예상하고 그리 말했던 것일까. 복잡한 머릿속 탓에 애꿎은 손가락만 만지작거렸다. 담임은 그런 나를 답답하다는 듯이 바라보다 가라는 듯 손을 휘휘 흔들었다. 짧게 인사를 하고 교무실 문을 나선 후 아침부터의 상황을 되짚어보았다. 나는 도영의 정체를 담임에게 말하려 했다. 이기적이라는 건 충분히 알고 있다. 하지만 나에겐 특혜가 필요했다. 사이보그인 것을 신고한 학생에게 주는, 좋은 대학에 갈 수 있는 선택권 말이다. 대학뿐만 아니라 숨어 있는 사이보그를 찾아낸 영웅으로 추앙받을 수도 있었다. 말 한마디만 했다면 앞으로의 미래는 보장되었을 텐데, 분명 그랬을 텐데. 나는 대체 뭐가 무서워서 말하지 못한 걸까. 뭐가 마음에 걸려서 망설였던 걸까. 사실 답은 이미 알고 있었다. 여태껏 도영과 나눈 우정 때문이겠지. 비록 도영이 사이보그였다고 해도, 그와 함께한 시간이 사라지는 건 아니었다.

"또 혼난 거야?"

도영이었다. 호랑이도 제 말 하면 온다더니, 타이밍이 기가 막혔다. 그의 말에 되받아치기 위해 고개를 돌려 얼굴을 마주치자, 어젯밤 꿈속 도영의 얼굴이 겹쳐 보였다. 가죽이 벗겨진 채 텅 빈 검은 눈동자로 나를 지켜보던, 그때의 섬찟함이 다시 몰려왔다. 도영도 내가 평소와 다르다는 것을 알아차린 건지, 나의 안색을 살피며 물었다.

"괜찮아? 인상이 안 좋은데."

도영의 손이 나의 이마와 가까워지자, 무의식적으로 그의 손을 쳐냈다. 미처 알아차릴 틈도 없이 순식간에 일어난 일이었다. 두려움 때문이었을까? 그렇다면, 도대체 뭐가 두려워서? 어젯밤 도영의 모습? 아니, 어쩌면 도영 그 자체가?

"미안, 괜히 건드렸네."

도영이 나와 자기 손을 번갈아 쳐다보다가 애써 웃으면서 말했다. 표정은 웃고 있었지만, 목소리에서 묻어나오는 당혹감은 감추지 못했다. 방금 내가 한 일을 깨닫고 교무실 앞을 떠나는 도영에게 급히 사과했으나, 수업시간을 알리는 종소리에 묻혀버렸다. 뒤돌아가는 도영을 잡을 수 있었지만, 나는 여전히 그곳에 서서 멍하게 그의 등을 바라만 보고 있을 뿐이었다.

　오후 내내 머릿속이 복잡했다. 어제오늘 일어난 일들이 평온하던 나의 일상을 송두리째 바꿔버렸다. 오후 자습시간엔 아무것도 손에 잡히지 않아 휴대폰 화면만 쳐다보았다. 검은색 액정에 나의 모습이 비쳤다. 이제 어떻게 할 거야? 액정 속 내가 물었다. 선뜻 그 물음에 답하지 못했다. 도영이 두려웠지만, 또 그와 멀어지는 것은 싫었다. 하지만 그의 정체를 말하려면 멀어지는 것은 물론 영영 헤어지는 것까지 감수해야 했다. 마음만큼은 무덤까지 비밀을 안고 가고 싶었다. 하지만 그러다가 C.E.C에 끌려간다면? 나뿐만이 아니라 우리 가족도 위험해질 수 있다. 어쩌다가 이렇게 된 건지. 어제 도영을 따라가지 않았다면, 도영이 나에게 사실을 털어놓지 않았다면 계속 평범한 삶을 살 수 있었을까? 모든 사건의 원인인 도영에게 눈길을 돌렸다. 도영은 아까의 일이 신경 쓰이지도 않는 건지 묵묵히 교과서를 바라보고 있었다. 내심 그도 대단하다는 생각이 들었다. 내가 자신의 정체를 말할까 봐 두려워하는 기미도 보이지 않으니 말이다. 이쯤 되면 나를 너무 신뢰하는 게 아닐까. 라는 생각도 들었다. 실타래처럼 엉킨 생각들 때문에 머리가 아파지기 시작했다. 나 혼자 감당하기엔 너무 어렸고, 아직 세상 물정을 잘 몰랐다. 홀로 판단하고 내린 결정이 실수가 된다면? 그 결과를 온전히 받아들일 자신이 없었다. 아무리 생각해 보아도 타인의 도움이 필요한 문제였다. 그렇다고 부모님이나 주변 어른들에게 도움을 요청할 수는 없었다. 나의 정체를 숨기고 고민을 털어놓을 곳, 그런 곳이 필요했다. 마땅한 곳이 없나 싶어 머리를 굴리던 도중, 좋은 아이디어가 머릿속을 지나갔다. 인터넷 익명 사이트, 그곳이라면 아무도 나의 정체를 모를 것이다. 나는 즉시 휴대폰을 켜 인터넷으로 들어가 글을 써 내리기 시작했다. 혹시나 누군가가 알아볼까 봐 익명은 기본이고 각색까지 했다. 하지만 본질적인 이야기는 바꾸지 않았다. '만약 너희들 친구가 사이보그라면 어떻게 할 거야?'라는 제목으로 글을 올린 후 떨리는 손으로 댓글 창을 새로 고쳤다. 누군가가 나를 대신해서 좋은 생각을 내어주었으면, 이 사건의 끝이 해피엔딩으로 끝났으면. 하는 마음가짐을 갖고서. 제목 때문인지 댓글들이 빠르게 달리기 시작했다. 하지만 그곳에서 나에게 필요한 댓글은 보이지 않았다. 소설 잘 쓴다, 어그로 오진다. 등 쓸모없는 댓글만이 댓글 창을 가득 메웠다. 큰 기대를 한 만큼 실망도 컸다. 한숨을 쉰 후 휴대폰 화면을 끄고 책상 위로 엎드렸다. 또다시 제자리걸음이었다. 풀리다 만 생각 덩어리들을 머릿속에서 이리저리 굴리다 보니 오후 자습 마침 종이 쳤다. 엎드려 있는 내 위에 누군가가 다가와 내 이름을 불렀다.

"한이안."

도영이 나를 내려다보더니 눈을 굴려 학생들이 나가는 모습을 지켜보았다. 교실에 나와 자신 둘만이 남기를 기다리는 것 같았다. 아까 일에 대해 화가 풀리지 않은 건가, 이번에는 제대로 사과해야겠다. 싶어 입을 떼니 도영이 먼저 주도권을 채갔다.

"내가 무서워?"

예상치 못한 질문에 그의 말을 되물었다.

"무섭다니?"

"어제 내가 그 말을 한 이후로 너 나 피하는 거 티 나."

그제야 질문의 의도를 깨달았다. 그만큼 티가 많이 났던 걸까. 하긴, 아까 그런 일까지 있었으니 의심의 싹이 필 수밖에 없었다. 물론 도영의 말을 부정하지는 못했다. 실제로 어제 일 이후 그를 두려워하고 있었으니. 설상가상으로 어젯밤 악몽으로 인해 그 두려움은 더 커져 버렸다. 두려움이 악몽을 만들어낸 건지, 악몽이 두려움을 만들어낸 건지 원인은 알 수 없었지만 어쨌든 결과는 하나였다. 현재 나는 도영을 무서워하고 있다.

"미안, 일부러 그런 건 아니야."

이 상황에서 거짓말을 하면 더 상황이 악화할 것 같아 솔직하게 털어놓았다. 도영은 눈을 감고 숨을 깊게 내쉬었다. 그 후 내 머리에 자신의 손을 얹더니 머리를 헝클어트리며 장난 섞인 목소리로 말했다.

"솔직히 말해 줘서 고맙다. 네 맘 이해해. 나였어도 무서웠을 거니까."

그리고 내 책상 앞자리에 있는 의자를 끌어 앉은 후 덧붙였다.

"아까 교무실, 내 정체 얘기하려고 간 거지?"

그의 말을 듣고 정곡이 찔렸다. 이렇게 나의 속마음을 정확히 꿰뚫은 것을 보면 정말 인간이 아니라는 게 느껴졌다. 차마 이것까지 솔직하게 말할 수는 없었다. 모순적이게도, 친구를 배신한 배신자라는 낙인이 찍히기는 싫었다. 친구의 정체를 말하려 했던 주제에 배신자 칭호는 갖기 싫다니, 나의 이기심에 치가 떨렸다.

"이미 다 알고 있으니까 거짓말할 필요 없어. 내가 널 봐온 세월이 얼마인데."

"…… 죽일 거야?"

순간 도영의 눈이 커졌다. 뭐? 라는 물음이 표정에서 드러났다. 몇 분 동안 그 표정을 짓더니 곧 허리를 숙여 깔깔대기 시작했다.

"왜 웃는 건대? 이 상황이 웃겨?"

도영의 태도가 이해가 가지 않았다. 내 나름대로 큰 결심을 하고 내뱉은 말이었는데, 그 말을 듣고 이리 웃을 상황인가? 역시 사람처럼 감정을 느낀다고 해도 로봇은 로봇인 걸까.

"설마 내가 널 죽일 거라고 생각한 거야? 너도 참 단순하다."

"네 비밀이 위협받으면 죽여야지. 안 그러면 네가 죽잖아."

"말이 안 통하네. 그럼 너는 날 죽일 수 있어?"

내가 도영을? 말이 안 되는 소리였다. 아무리 도영이 사이보그라 해도 그를 죽일 수는 없었다. 내가 고개를 젓자 도영이 그럴 줄 알았다는 표정으로 나를 바라보았다. 그리고 한마디를 덧붙였다.

"나도 너랑 똑같아. 게다가 결국 너는 내 정체를 말하지 않았잖아?"

정확히는 말 못했다는 것에 가까웠지만 그의 말에 동의하며 고개를 끄덕였다.

"그럼 된 거지."

"불안하지 않아?"

"왜 불안해?"

나의 물음에 도영이 되받아쳤다. 정말 궁금하다는 표정을 지으며, 비꼬거나 하는 기색 없는 순수한 호기심이었다.

"내가 당장 내일 네 정체를 밝히면 어쩌려고."

그러자 도영은 확신에 찬 목소리로 말했다. 한 치의 의심도 없는, 완전히 나를 믿는 듯한 말투였다.

"아니, 너는 남에게 못 밝힐걸. 내가 아는 너는 그런 애가 아니거든."

집에 돌아와서 휴대폰을 확인해 보니 알림창이 아까 올린 글에 댓글이 달렸다는 알람으로 가득 찼다. 예상보다 더 많은 관심에 댓글들을 하나하나 보았지만 역시 괜찮은 댓글은 보이지 않았다. 종종 무서우면 내가 대신해서 신고하겠다. 라는 댓글들이 보였지만, 도영을 남에게 넘겨줄 바엔 내가 신고하는 편이 더 나았다. 원하는 댓글도 올라오지 않고, 무엇보다도 알림 때문에 너무 시끄러웠기에 그냥 글을 지워버렸다. 나와 도영만 조심하면 아무한테도 정체가 들키지 않을 것이다. 애초에 도영은 여태까지 잘 숨겨왔으니 이제 나만 허튼짓 안 하면 된다. 그리한다면 도영도 죽지 않고 나도 끌려가지 않는 해피엔딩으로 끝날 것이다. 그래, 결국 끝은 해피엔딩이겠지. 어렸을 적 읽었던 동화처럼.

도영이 학교를 오지 않기 시작한 건 중간고사가 시작한 날부터였다. 첫

째 날 시험이 끝나고, 혹시나 하는 노파심에 그에게 전화를 걸어 괜찮냐고 물었다. 도영은 평소와 똑같은 목소리로 몸이 아파서 그렇다고, 시험이 끝나면 다시 학교로 돌아간다며 나를 안심시켰다. 내심 사이보그가 아플 수도 있구나. 라고 생각하며 아픈 애를 무리시키는 것 같아 푹 쉬라는 말을 끝으로 전화를 끊었다. 한 번도 학교를 빠지지 않던 도영이 아프다고 시험을 날리다니, 시험이 끝나면 병문안이라도 가야겠다고 결심했다.

마지막 시험이 끝나자마자 재빨리 휴대폰을 받아 도영에게 전화를 걸었다. 하지만 통화 연결음만 들릴 뿐 도영은 받지 않았다. 다섯 번 넘게 전화를 걸어도 돌아오는 건 연결이 되지 않아 소리샘으로 연결됩니다. 라는 차가운 기계음뿐이었다. 그의 안위가 걱정되었지만, 집도 모르는 내가 할 수 있는 건 없었다. 괜히 뒤숭숭한 낌새에 괜찮냐는 문자를 보내봤지만 역시 답은 오지 않았다. 마지막으로 건 전화도 받지 않아 그와 연락하는 건 포기할 수밖에 없었다. 언젠가 다시 연락할 거라 믿었지만 나의 착각이었다. 시험이 끝난 지 며칠이 지나도 도영에게서 연락은 오지 않았다. 그럴수록 나와 도영이 주고받은 문자 메시지 창에 메시지가 쌓이기 시작했다. 매일 아침 등굣길에 오늘은 학교 와? 라고 문자를 보냈지만 메시지 옆 읽지 않음이라고 적힌 글자는 늘 그대로였다. 집을 찾아가고 싶어도 위치를 몰라 하염없이 기다릴 뿐이었다.

시험을 친 지 일주일이 지나고, 전교 등수가 개개인의 휴대폰으로 전송되었다. 전교 등수가 도착했다는 알림을 받고 나는 곧장 도영의 이름을 찾아 창을 내리기 시작했다. 하지만 아무리 창을 내리고 내려도 도영의 이름은 뜨지 않았다. 학교 교칙 상 시험을 치지 않은 학생이라도 전교 등수에는 표기가 되어야 하는데, 창들을 몇 번이나 다시 읽어보아도 도영의 이름 세 글자가 보이지 않았다. 이럴 리가 없는데, 순간 불안함이 엄습했다. 혹여 도영이 C.E.C.에 잡혀간 거면? 그럴 리가. 나는 아무에게도 도영의 정체를 말하지 않았다. 도영도 나 외 다른 사람에게 쉽사리 자신의 정체를 밝히는 가벼운 애는 아니었다. 그렇다면 단순 오류인 걸까? 아니면 학교 교칙이 바뀌었나? 의문점이 꼬리에 꼬리를 물고 이어지던 찰나, 옆 학생들의 말이 그 연쇄를 끊어냈다.

"도영이는 갑자기 왜 안 보이는 거야?"

"쉿, 걔 이름 꺼내지 마. 못 들었어? 걔 사실 사이보그여서 잡혀갔대."

순간 심장이 멎는 느낌을 받았다. 거짓말, 거짓말이다. 그저 뜬 소문일 뿐이다. 도영의 말대로 지금 도영은 아파서 학교를 못 나오는 것이다. 잡혀갔을 리가 없다. 당시 공원에는 나와 도영, 둘밖에 없었고 그 뒤 밖에서 도영의 정체에 관해 얘기를 나눈 적도 없었다.

"어떻게 알아챘담? 같은 반인 우리도 몰랐는데."

"누군가가 인터넷 익명 글을 분석했다나 뭐라나? 자세하게는 몰라."

인터넷 익명 글이라면 내가 올린 것이었다. 하지만 분명히 며칠 전에 삭제했을 텐데? 꼼꼼하게 익명화도 했고, 알아차리지 못하게 각색까지 다 했다. 그 글 하나로 도영의 정체를 밝힐 수는 없었다. 나도 모르게 식은땀이 흘렀다. 미끈거리는 손을 옷에 한 번 닦고 도영에게 문자를 보냈다. 야, 너 지금 어디야. 전화 받아봐, 빨리. 아픈 거 맞아? 너희 집 어디야, 찾아갈게. 수십 개의 문자를 보냈지만, 도영은 여전히 문자를 보지 않았다. 믿고 싶지 않았다. 도영은 살아 있다고, 멀쩡히 내일 학교로 와 나에게 또다시 축구를 하자고 제안할 것이라고 누군가 말해 주길 바랐다. 여전히 도영이 살아 있다는 실 같은 희망은 담임이 수업에 들어옴으로써 사라져버렸다. 도영이 사이보그였다는 말을 듣고 반 아이들은 경악을 금치 못했다. 웅성거리는 아이들 사이로 누군가가 손을 들어 질문했다.

"지금 그 사이보그는 어디에 있나요?"

담임이 무미건조한 목소리로 말했다.

"C.E.C에 잡혀간 지 꽤 됐으니 아마 지금쯤 소각처리 됐을 거다."

모든 게 끝나는 것 같았다. 나의 안일한 판단이 결국 내가 두려워했던 미래를 만들어냈다. 도영은 죽었다. 그것도 나 때문에. 내가 도영을 죽였다.

견과류 알레르기

배
소
율

"또 시작이네."

오늘도 나는 평소와 같이 집에서 인터넷을 하며, 혼잣말을 중얼거리고 있었다.

인터넷을 사용하는 사람은 셀 수 없이 많다. 하지만 글의 국적에 상관없이 보이는 글들은 자신이 제일 잘났다고 올린 자랑 글, 그리고 별것도 아닌 일로 상대방을 비난하는 한심한 글들뿐이었다. 언제 봐도 변하지 않는 재미없는 주제들만 보다 보니 서서히 인터넷에 대한 흥미가 식어갈 때쯤, 웃긴 영상을 모아서 올리는 사이트를 우연히 발견하게 되었다. 강아지에게 쫓기다 전봇대에 얼굴을 박은 바보 같은 사람. 그러나 강아지는 정작 그 사람을 쫓고 있지 않았다. 이런 멍청한 영상들을 아무 생각 없이 둘러보다 보니 점점 나까지 바보가 되어가는 것 같은 느낌이 들었지만 뭐 어떤가. 나는 책상에 놓인 탁상 거울을 잠시 흘겨보았다. 이때까지 눈치채지 못했지만, 거울 속의 나는 영상을 보며 미소 짓고 있었다.

"어디, 더 재미있는 거 없으려나."

아마 그쯤에서 찾는 것을 멈췄더라면, 난 내가 매일 꼼꼼히 닦으며 정돈하는 비싼 컴퓨터 장비들을 더럽히지 않았을 것이다. 다음으로 찾게 된 영상은 호두였다. 그래, 그 호두를 박살 내는 영상이 문제였다. 호두라는 것을 인식하기도 전에 갈색의 무언가가 보이자, 몸에서 거부반응이 느껴졌다. 그리고 나의 머릿속에서 그 물체가 호두라는 것을 인식해 버렸을 때, 나는 역겨움을 참지 못하고 그만 내 속에 있는 모든 것을 게워낼 수밖에 없었다.

몸이 떨려오고, 고통스러웠다. 나오면 안 될 것까지 전부 나와버릴 것만 같았다. 그만 뱉고 싶었지만 멈출 수 없었다. 정신을 차리지 못할 정도로 어지러운 그 순간, 다시는 생각하고 싶지 않은 기억이, 흐려진 다른 기억들 속을 비집고 선명히 떠올랐다.

* * *

"오늘 급식에서 호두 파이가 나온다던데?"
"호두는 맛없는데!"
오늘의 급식 메뉴는 무엇인지에 대해 이야기하는 아이들. 초등학교 선생님이 급식 메뉴에 호두 파이라고 적혀 있는 것을 확인하자, 여기저기서 호두에 대한 반감을 품은 아이들의 탄식이 쏟아져 나왔다. 그에 선생님은 말씀하셨다.

"애들아, 그냥 호두가 아니라 호두 파이니까 달고 맛있을걸?"
"그래도 호두는 싫어요!"
아이들은 선생님의 말씀에 이렇게 대답하기로 미리 정하기라도 한 듯이, 한목소리로 외쳤다.

호두? 생각해 보니 난 호두를 먹어본 적이 없었다. 이상하게 생각할 수도 있겠지만, 사실이다. 호두라는 견과류를 알게 된 경위도 교과서와 TV에서만 보았지, 실제 호두의 모습은 알지 못했다. 호두를 포함한 다른 견과류들도 마찬가지였다. 그렇기에 나는 처음으로 맛보게 될 호두라는 견과류의 맛을 기대했다. 호두는 어떤 맛일까? 아이들 모두가 호두는 맛

없다고 외치고 있는 그 순간에도, 나는 혼자서 호두라는 것이 어떤 맛일지에 대한 상상 속에 빠졌다. 젤리같이 물렁물렁하고 질긴 맛? 아니면, 솜사탕같이 입에 넣으면 사라지려나? 물론 그 상상도 오래가진 못했다.

그날 점심시간, 나는 호두 파이에 박혀 있던 호두 중 제일 큰 호두를 젓가락으로 빼냈다. 그리고 기대감에 부푼 채로 호두를 입 안에 욱여넣었다. 호두를 삼키고 난 뒤, 나는 갑작스럽게 숨이 막혀오는 것을 느꼈다. 그리고 그대로 정신을 잃고 말았다.

그날 이후로 나는 아이들 사이에서 호두를 급하게 먹다, 목에 걸려 기절한 멍청이가 되어 있었다.

* * *

중학생 때, 친구들 몇 명과 함께 외식을 갔었다. 그 식당은 한식 위주의 식당이었는데, 그에 걸맞게 후식으로 적정량의 견과류가 나왔다. 물론 그 견과류들 사이엔 호두도 있었다. 나는 호두를 포함한 모든 견과류에 손을 대고 있지 않은 상태였다. 그것을 친구 중 한 명이 눈치를 챈것인지 내게 물었다.

"너 왜 견과류만 안 먹어?"

"호두에 별로 안 좋은 기억이 있어서…….."

"그래도 평생 안 먹을 것도 아니잖아. 한번 먹어봐. 호두는 맛있고 건강에도 좋다고."

그렇게 말하며 자신의 젓가락으로 견과류 중에서도 호두를 골라서 내 앞에 내미는 이 녀석은, 모든 일에 집착이 강한 녀석이라는 소문이 있었다. 저번에 다른 친구들과 번지점프를 했었는데, 그때도 무섭다고 하기 싫어하는 녀석을 끝까지 물고 늘어져서 결국 뛰어내리게 했었다. 분명 나와 '견과류'라는 키워드에 꽂힌 이상, 견과류가 보일 때마다 내게 견과류를 먹으라고 압박을 가할 녀석이라는 것이다.

나는 기대에 차 있는 듯한 친구들의 시선을 느꼈다. 그런 친구들을 실망하게 만들 수 없었기에 결심했다. 그래, 이번엔 천천히 먹으면 괜찮겠지. 예전엔 급하게 먹어서 그런 걸 거야. 나는 호두를 못 먹는 게 아니니까. 라고 생각하며 떨리는 손으로 호두를 조심스럽게 입 안에 넣고, 천천히 씹고, 삼켰다. 아무 일도 일어나지 않았다. 그렇기에 나는 옆에 있던 다른 호두도 조심스럽게 집어먹어 봤다. 지금 생각해 보면 왜 그런 멍청한 짓을 했는지 모르겠다. 애초에 초등학생 때, 그때 난 호두를 빨리 먹은 적도 없었는데 말이다.

나는 친구들 앞에서 급작스럽게 치밀고 올라오는 무엇인가를 참지 못하고 내뱉고 말았다. 친구들 앞에서 이런 모습을 보였다는 부끄러움이 문제가 아니었다. 나는 구역질을 멈출 수가 없었다. 계속해서 올라오는 토사물 때문에 숨을 쉴 수 없어, 그저 고통스러웠다. 친구들은 먹은 것을 모두 뱉어내는 내 모습을 보고 적잖이 당황스러워 보였다.

"야! 못 먹으면 못 먹는다고 말해야지! 우리가 억지로 먹인 것도 아니고……."

"할 거면 화장실에서 해!"

그 당시엔 친구들이 내게 괜찮냐는 걱정 정도는 해주었지만, 그것도 그때뿐. 그날 이후로 그 친구들은 나와 함께 다니지 않았다. 일부러 나를 피하는 느낌이었다.

그 후, 학교에서는 내가 식당에서 아무 이유도 없이, 호두를 본 것만으로 밥을 먹다 구토를 했다는 소문이 퍼졌다. 아무런 증거도 없이 소문이 퍼진 것은 아니었다. 그때 그 식당에 있던 다른 학생들이 내가 토해내는 모습을 촬영해 인터넷에 유포한 것이다. 나는 학교 안에서든, 밖에서든 다른 사람들의 눈치만 보며 지낼 수밖에 없었다.

때론 뒤에서 대놓고 들려오는 말들이 나를 숨 막히게 했다.

"호두를 보기만 했는데 밥 먹다가 토했대."

"그게 가능해? 그냥 남 앞에서 토하는 걸 즐기는 게 아닐까?"

"와…… 더러워."

이 소문은 내가 중학교를 졸업하기 전까지 계속 들려왔다. 예전보다 더 심해진 채로. 아이들은 내게 호두와 같은 견과류를 집어던지며 놀기 시작하였고, 억지로 내 입에 견과류를 쑤셔서 넣었다. 그럴 때마다 나는 구토를 하거나, 숨이 막히는 고통을 수십 번은 겪었다. 그것이 지속되자 이젠 온몸이 간지럽기 시작했다. 간지러운 곳을 긁다가 피가 난 것도 여러 번이었다. 나는 내가 왜 이런 일을 겪고 있는지에 대한 이유조차 몰랐다. 선생님들은 그저 내가 몸이 약한 것으로 알고 계셨다. 견과류에 대한 사실은 아예 모르는 채로.

내가 견과류 알레르기가 있다는 사실은 고등학생이 되어서야 알게 되었다.

* * *

나는 왜 이렇게 태어난 거지? 아니, 애초에 부모님은 왜 내게 이 사실을 숨긴 거지? 내가 이 사실을 알고 있었더라면 친구들 앞에서 그런 모습을 보이지 않았을까? 고통스러워하지 않아도 됐을까?

부모님은 중학교를 졸업하기 전까지도 내게 연신 미안하다고만 하셨다. 왜 미안한 건지, 이유도 가르쳐주지 않은 채로. 하지만 난 괜찮았다. 부모님을 걱정시켜드리고 싶지 않았기에, 나도 부모님께 내게 일어난 일들을 말하지 않았다. 내가 긁어서 생긴, 팔에 난 상처에 대해서도 나는 그저

"아무것도 아니야."

이 한마디로 부모님의 모든 걱정의 말들을 넘겼다. 부모님은 내 말을

믿지 않으시는 듯했지만 믿지 않는다면 어쩔 것인가. 부모님이 내게 해 줄 수 있는 일은 알레르기약을 구해 주시는 것밖에 없었다.

고등학교 입학 전에는 견과류 알레르기가 나의 정신까지 미치게 만든 것인지, 견과류와의 직접적인 접촉이 없어도 알레르기 반응이 올라왔다. 그중에서도 호두는 그것이 실제든 그림이든, 형체를 보기만 해도 역겨워져, 바로 구토가 올라오는 지경이었다. 이대론 정상적인 학교생활이 불가능하다고 생각한 부모님은 나를 치료할 방안을 찾으며 학교는 최소한으로 가게끔 선생님들께 연락해놓으셨다. 그래서 대부분 집에만 있다 보니, 자연스럽게 폐인처럼 인터넷만 하게 된 것이다. 인터넷만이 나와 바깥세상을 통하게 해주니까 말이다.

나는 내가 뱉어낸 토사물을 꼼꼼히 치우고 난 뒤, 방향제까지 뿌리고 난 뒤에야 다시 책상에 앉을 수 있었다. 이 전에 먹은 것이 별로 없어 토사물이 완전히 못 봐줄 수준이 아니었다는 점에서 다행이라고 생각한다. 무엇을 먹었는지 전부 눈에 보였다면 아마 나는 지금부터 며칠간 아무것도 먹지 못하게 될 것이다.

나는 오늘 하루 동안 한 번도 들어가 보지 않은 SNS 계정에 들어가 보았다. 아직 읽지 않은 메시지들이 많이 쌓여 있었다. 위에서부터 천천히 내려가며 읽어가는 도중, 모르는 사람에게서 한 시간 전에 온 흥미로운 메시지를 발견하게 되었다.

-저기, 혹시 견과류 알레르기가 있으신가요?

이야기 한번 나눠보지 않은 사람이 다짜고짜 내게 알레르기가 있는지 묻다니. 나는 이 SNS 계정에 우리 집의 벽지조차 조금이나마 드러나 있는 사진은 올린 적이 없을 만큼 개인 정보에 신경 쓰고 있었다. 그렇기에 내 개인 정보와 관련된 자료는 아무리 찾아봐도 흔적조차 건질 수 없을 것이다. 그렇기에 내가 알레르기가 있는지, 특히 '견과류' 알레르기라고 특정하여 말할 증거가 없다는 것이다. 그런데도 이 사람은 무슨 자신감으로 이런 메시지를 내게 보낸 것일까. 나는 흥미가 생겨 그 메시지에 답장해 보았다.

-그런데요?

대충 아무런 생각 없이 한마디를 보냈다. 그리고 상대방에게서 답장이 오기까지 시간이 걸릴 것으로 예상했기에, 다른 메시지로 넘어가려던 찰나, 내가 보낸 메시지를 상대방이 읽었다는 표시가 떴다. 메시지를 보내자마자 바로 보다니. 내 답장을 계속 기다리고 있었던 걸까? 나는 내가 보낸 메시지를 뚫어져라 바라보았다. 잠시 뒤, 상대방에게서 답장이 왔다.

-견과류 알레르기가 있는 사람을 찾고 있었어요. 저도 견과류 알레르기가 있거든요.
-혹시, 얻어걸리라는 식으로 아무에게나 이 질문을 하고 있었던 건가요?
-네.

뭐 하는 사람일까. 대책이 없어도 너무 없는 것이 아닌가. 처음엔 장난인가 싶어 기분이 나빴다. 하지만 아무리 생각해 봐도 견과류 알레르기가 장난으로 재미있는 주제도 아니었고, 한편으로는 그렇게까지 해서 견과류 알레르기가 있는 사람을 찾는 이유가 무엇일지 궁금해졌다. 그래서 좀 더 이야기를 나눠보기로 하였다.

-그냥 검색하면 견과류 알레르기가 있는 사람을 쉽게 찾아볼 수 있을 텐데요.

-그런 사람들은 저랑 맞지 않아요.

-저도 그런 사람들이랑 다르지 않아요.

-아니요, 달라요. 당신은 저랑 같은 아픔을 느꼈을 것 같아요.

같은 아픔? 도대체 이 사람은 무슨 아픔을 이야기하는 것일까. 견과류 알레르기 때문에 일어나는 신체적 아픔? 아니면, 정신적 아픔?

역시, 이 사람은 무엇인가 이상한 것 같다. 물건 같은 것을 팔아치우려는 장사꾼인 걸까? 아니면, 사이비 종교? 나는 반신반의한 채로 그 사람에게 물었다.

-무슨 아픔을 말씀하시는 거죠?

그 사람은 견과류 알레르기 때문에 이때까지 자신이 겪은 신체적, 정신적 아픔을 스스럼없이 내게 말했다. 말의 상세함을 봐선 진심인 것 같았다. 그리고 무엇보다 확실하게 믿을 수 있는 이유는, 분명 내게 일어난 일들과 비슷한 일들이었다. 나는 당황스러웠다. 오늘 처음 본 사람인 내게 이런 걸 털어놓을 수가 있는 것일까? 내가 뭐 하는 사람인 줄 알고?

-저기, 저에게 이런 걸 다 말씀하시는 이유가 뭐죠?

-당신도 제게 털어놓아도 괜찮아요. 아무에게도 말하지 못하고 혼자 썩히는 건 좋지 않잖아요. 저는 같은 아픔을 공유할 사람이 필요해요.

처음으로 느껴본 따뜻함이었다. 나는 이날, 온종일 이 사람과 이야기를 나눴다.

* * *

"뭐라고요?"

늦은 밤, 급하게 아버지의 전화를 받고 나는 달려나갔다. 분명 택시를 탄 것까진 기억이 나지만, 그 이후에 무슨 일이 있었는지는 기억이 나지 않는다. 내가 정신을 다시 차렸을 때, 나는 이미 응급실에 있었고 상황은 모두 끝나 있었다. 어머니의 몸은 차갑게 식어 있었다. 차가워진 어머니를 어루만지며, 지금 내게 무슨 일이 벌어진 것인지 천천히 생각해 보았다.

"네 알레르기 약을 사러 나간다는 말이 마지막일 줄은 몰랐어. 내가 같이 갔어야 했던 건데……."

아버지는 그렇게 말씀하시며 내게 약 봉투를 쥐어주셨다.

그래서, 결론적으로 내가 잘못했다는 소리야? 내 알레르기가 어머니를 죽였다고 말하고 싶은 거냐고. 애초에 내가 약은 이제 됐다고, 약을 먹어도 나아지지 않는다고 말해도 항상 약 봉투를 구해서 돌아오신 건 어머니셨잖아요. 그럼 평소처럼, 약을 구하셨으면 돌아오셔야지 왜, 돌아오지 않으시는 건가요. 어머니가 돌아오지 않으신다면, 이런 약은 필요 없어요.

나는 내 손에 쥐고 있던 견과류 알레르기 약 봉투를 떨어트려 발로 짓밟았다.

* * *

항상 세 명이었던 집이었는데, 고작 한 명이 사라졌다고 어딘가 텅 비어 보인다. 내가 항상 방에 박혀 있더라도, 몸은 좀 어떠냐고, 물어봐 줄 사람이 사라졌다. 아버지는 그날 이후로 더 바빠 보이신다. 아무래도 회사에서 처리할 일이 더 늘어나신 것 같았다. 어머니의 장례식 날, 아버지는 꽤 오랫동안 끊으셨던 담배를 피우시며 내게 말씀하셨다.

"너의 탓이 아니야. 그러니까, 너는 지금의 네가 할 수 있는 일만 하면 돼."

내가 할 수 있는 일이 뭐가 있을까. 차가워진 어머니의 곁을 지켜드리는 일? 견과류 알레르기 때문에 괴로워하는 일? 견과류 알레르기를 생각하자, 참아왔던 눈물이 터져 나올 수밖에 없었다. 견과류 알레르기를 증오하면서, 끝없이 무엇인가를 토해내고, 괴로워하는 것이 지금의 내가 할 수 있는 일인가?

"나는 네가 해낼 수 있을 거라고 믿어. 혼자서 안된다면, 누군가의 도움을 받으면 되는 거야. 그것이 누구일지는 너만이 알고 있겠지."

아버지는 울고 있는 나를 보며, 그렇게 말씀하시고는 자리를 뜨셨다. 나는 아버지의 말을 완전히 이해할 수 없었다. 누군가에게 도움을 청하라는 뜻인 걸까? 어딘가를 향하여 걸어가는 아버지의 뒷모습에서, 나는 왠지 모를 기시감을 느꼈다.

* * *

분명 꿈에서 그런 모습을 본 적이 있었다. 아무것도 보이지 않는 어두운 갈림길에서, 한 줄기의 빛으로 찾아온 그 사람이, 끝없는 어둠 속에서 나를 이끌어주었고, 구해 주었다. 그 사람의 뒷모습은 어딘가 쓸쓸해 보였다. 나는 그 사람에 대하여 잘 모르지만, 이거 하나만큼은 확실했다. 쓸쓸해 보이는 그 사람은 내게 처음으로 생긴, 나와 같은 아픔을 공유함으로써 진정한 친구라고 부를 수 있게 된 사람이다. 그리고 나는, 내가 계속 찾아다녔던 진정한 친구를 드디어 발견하게 된 것이다. 이것도 그 사람과 나의 인연이다.

나는 메시지 너머의 그 사람에게 이렇게 말했었다.

-오늘 어머니가…… 아버지는…….

또 다른 날에는 이렇게 말했다.

-오늘 말이지, 아버지와 함께 병원에 다녀왔는데, 내가 정신병이래.
말도 안 되지 않아?

매일 시답잖은 이야기를 나누며, 우리는 점점 친밀해지고 있었다. 어
느 순간, 자연스럽게 서로에 대하여 조금씩 알아가기 시작했다. 사소하
게 몇 살인가부터 시작하여 어느 지역에 살고, 어떤 걸 좋아하는지. 또
빠질 수 없는 알레르기 이야기도 매일 했다. 이야기하며 알게 된 정보
로, 그 사람은 나와 동갑이다. 동갑인 것을 알고 난 뒤로는 말도 놓았다.
또 나와는 달리 학교를 꾸준히, 잘 다니고 있다고 한다. 알레르기가 심하
지 않다고 한다면 그것은 또 아니었다. 하지만 자신의 상황을 정확하게
잘 설명하고, 친구들의 도움을 받으며 지내고 있다고 하였다. 내가 언젠
가 생각했었던 이상적인 학교생활을 하고 있었다. 그 사람은 모르겠지
만, 그 사람의 인생은 나의 이상을 이룰 수 있다는 희망을 주었다. 솔직
히 말하자면, 나도 다시 한번 더 시작해 보고 싶었다.

-나도 너처럼 살 수 있을까?
-물론이지! 내가 도와줄게.

그 사람의 대답을 볼 때면, 긍정적이고 밝은 에너지가 화면 너머로 전
해져오는 기분이었다. 그렇게 나도 모르게 그 사람의 밝은 에너지에 물
들어가고 있었다. 언제 한번, 아버지와 오랜만에 함께 저녁 식사를 했었
는데, 요즘 내가 기분이 좋아 보인다고 말씀하셨다. 그래서 아버지도 기

쁘다고, 내게 고맙다고 하셨다. 처음으로 아버지께 미안하다는 말이 아니라, 고맙다는 말을 들었다.

* * *

그 사람과의 대화를 통해 얻은 용기로, 오늘은 오랜만에 학교에 나가 보기로 하였다. 물론, 두려웠다. 당장이라도 호두의 사진이라도 본다면, 나는 그 자리에서 모든 것을 토해낼 것이다. 하지만 평범한 학교에서 호두와 같은 견과류를 보게 될 확률은 적다고 생각하기에, 나는 오랫동안 멈춰 있었기에 녹이 슬어버린 톱니바퀴를 움직여보려고 한다. 억지로 움직이려고 하면 톱니바퀴는 내가 주는 힘을 버티지 못하고 부서질 것이다. 그렇기에 조심스럽게, 기름칠부터 해보는 것이다.

역시 어렴풋이 예상한 결과로, 나는 학교에서 그리 오래 버티지 못하였다. 오전 시간까지는 아이들의 관심 속에서도 잘 버티고 있었다. 하지만 아이들이 이동수업을 갔을 때, 집으로 가고 싶다는 충동을 참지 못하고 학교를 도망치듯이 빠져나왔다. 덤으로, 집으로 가는 길에 의도치 않게 견과류를 파는 가게를 발견해버렸었다. 견과류의 고소한 향기도 맡아버렸기에, 바로 전봇대에 거하게 뱉어내고 왔다. 이 사실을 집에 돌아와서 그 사람에게 말하자, 그 사람은 잘했다고, 내게 그것도 못 버티냐는 비난은커녕, 연신 칭찬해 주기만 하였다. 나는 아주 작지만, 소중한 자신감이 생겨나는 것을 느꼈다. 그렇게 난 그날 일찍 잠자리에 들었다. 내일 또 학교에 갈 것이기 때문이다.

며칠을 학교에 나가며, 새로 알게 된 사실이 있었다. 그 사람은 나와 같은 학교에 다닌다는 것이다. 그 사람을 학교에서 처음 본 순간, 나는 잃어버린 반쪽을 되찾은 느낌이었다. 나의 단점을 모두 보완한 완벽한 사람. 그 사람을 보게 된 그 짧은 순간이, 지난 몇 년 동안 한 조각만 빠져 있었던 퍼즐을 완성하는 순간이었다.

"반가워."

나는 그 사람을 향해 웃었다. 그리고 손을 뻗어 악수를 청했다. 그 사람은 나를 알아보지 못하는 것인지, 아니면 일부러 나를 모르는 척하는 건지, 알 수 없는 표정을 짓고 있었다. 그 사람은 내가 뻗은 손을 잡으며 악수를 받아주었다. 그리고 바로 나를 지나쳐 자리를 떠났다. 난 장담할 수 있었다. 틀림없이 나에게 빛을 주었던 사람은 저 사람이다.

나는 인사를 하는 내내 쥐고 있던 반대쪽 손을 펴, 아몬드를 비롯한 견과류들이 내 손에 잘 있는지 확인했다. 견과류 중에서 호두는 없었다. 손을 확인하고 뒤로 돌아서자, 아니나 다를까. 그 사람은 어딘가로 향하면서도 계속 손을 긁고 있었다. 빨개진 손이 눈에 보였다. 어쨌든, 이것으로 물증도 확실하다. 나는 쥐고 있던 견과류를 쓰레기통에 버리고, 간지러운 손을 긁으며 집으로 돌아왔다.

집에 와서 손을 확인하니, 피부가 다 까져, 피범벅이 되어 있었다. 그렇게 강하게 긁지는 않았는데, 너무 가려워서 긁다 보니 피부가 까지는 아픔도 느껴지지 않았나 보다. 나는 손을 씻고 난 뒤에, 어머니께서 마지막으로 사주신 알레르기약을 손에 발랐다. 분명, 나는 이 약을 어머니 앞에 버리고 왔었지만, 아버지가 주워 오셨나 보다. 그렇게 약을 바르고서 의자에 앉아, 노을이 지는 창문을 바라보며 생각을 비웠다. 언제부터인가 손은 간지럽지 않았다. 오늘은 약 효과가 좋은 것 같다.

오늘 학교에서 있었던 일은 메신저의 그 사람에게 말하지 않았다. 그 사람도 오늘은 학교에서 있었던 일을 말해 주지 않았다. 무언의 어색함 속에서, 우리는 별로 중요하지 않은 이야기를 나누었다.

* * *

그 이후로 얼마나 시간이 지난 걸까. 나는 견과류 알레르기를 극복하였다. 정확하겐, 그냥 받아들였다. 견과류 알레르기를 받아들이니, 무거운 짐 한 개가 없어지기라도 한 듯이, 마음속이 편안해지는 것을 느꼈다.

받아들였다는 것의 예를 들어 보겠다. 간단하다. 호두를 보고 구토가 올라온다면 그것은, 그거대로 뱉어내며 즐기면 되는 것이었다. 전혀 이상한 행동이 아니다. 왜냐면 나는 견과류 알레르기가 있기 때문이다. 호두를 보고 구토를 하는 것은, 견과류 알레르기를 가지고 있는 사람에겐 지극히 정상적이고 자연스러운 행동이다. 그리고 그것을 즐긴다는 것은 내가 생각해낸, 나름의 건전한 견과류 알레르기 극복 방안이다.

내가 아닌 다른 사람이 알레르기에 시달리는 모습을 보았을 땐, 연민의 감정을 느꼈다. 나는 그 모습을 보며, 중학교 때 그 녀석들이 내게 느꼈을 감정을 느낄 수 있었다. 이런 감정을 자기들끼리만 즐겼다니. 그 녀석들이 원망스러워졌다.

나는 그 사람과의 첫 만남 이후로, 계속 그 사람을 뒤에서 도와왔다. 그 사람이 가는 길에 고의로 견과류가 보이게끔 만들거나, 실수인 척, 어떤 방식으로든 견과류가 그 사람의 몸에 닿게 했다. 왜냐면 그 사람이 견과류 알레르기를 극복하게 한 뒤, 낫게 해주고 싶었기 때문이다. 물론 그 사람만 견과류 알레르기를 치료하는 것은 불공평하다. 그렇기에 나도 이 치료에 동참하기로 하였다.

지금, 그 사람이 말했다.

"너, 나를 학교에서 처음 봤을 때부터 네게 메시지를 보낸 사람이라는 걸 알고 있었어?"

"미안, 네 SNS 계정을 조금 뒤져봤거든. 쉽게 찾을 수 있더라."

"도대체 나한테 왜 그러는 거야? 내가 너한테 견과류 알레르기에 대하여 말한 이유는 나와 같은 아픔을 느낀 사람을 도와주고, 함께 견과류 알레르기를 극복하고 싶었을 뿐이야!"

이 사람이 말하는 방법만으로는 절대로 견과류 알레르기를 극복하지 못한다. 이 사람의 견과류 알레르기는 날이 갈수록 점점 더 심해져만 갔으니까. 그렇기에 나는 내가 견과류 알레르기를 극복한 방법을 이 사람에게 알려주려는 것이다. 나는 이 사람에게 호두 여러 알을 쥐여주며 말했다.

"알고 있어. 난 너에게 구원받았으니까. 그렇기에 도와주는 거잖아. 네가 나에게 빛을 준 것처럼, 나도 네게 빛을 줄게."

그 사람은 나의 말을 이해하지 못하는 것 같았다.

"그럴듯하게 말해 봤자, 결국 너는 내가 견과류 알레르기 때문에 괴로워하는 걸 즐기고 있는 거잖아!"

그 사람의 말을 듣자, 괜찮았던 온몸이 간지러워지기 시작했다. 너무 간지러워서 내가 긁어내는 것으로는 버틸 수가 없었다. 또다시 괴로웠다. 무엇인가 역류하여 튀어나올 것만 같았다. 견과류 알레르기는 분명 극복했을 텐데. 분명, 즐거워야 할 텐데 왜 이렇게 괴로운 것일까?

나는 견과류가 아니라, 다른 무언가에 알레르기가 있는 것일까?

확
진

위
정
아

   - 2019년 12월 중국 우한에서 처음 발생한 이후 중국 전역과 전 세계에서 확산

   - 중국 중부 후베이성 우한시의 한 수산시상에서 원인 모를 폐렴 환자 발생

   해 질 무렵 지평선 근처에서 오고 있는 짐승이 내가 기르던 개인지 아니면 나를 해치러 오는 늑대인지 몰라 극도의 긴장과 경계심을 가지는 시간을 개와 늑대의 시간이라고 한다. 코로나19는 모든 사람들을 누가 보균자인지 알지 못하는 상황에서 주변 사람 모두를 극도로 경계하는 시선으로 보는 하루하루를 보내게 만들었다.

   "엄마, 이게 무슨 일이에요? 코로나 바이러스가 발생했다니요?"

   "글쎄, 엄마도 처음 겪는 일이라 많이 당혹스럽네."

   "효진이도 이제 정말 조심해야 해. 알겠지?"

   - 코로나에 걸리면 폐가 썩어 들어간다

   - 코로나에 걸리면 피를 토하면서 죽는다

   인터넷상에서는 갖가지 유언비어들이 떠돌아다녔고 유튜브 영상에서는 중국 현지 코로나 상황이라면서 길거리에서 피를 토하고 죽는 사람의 영상이 떠돌아다녔다.

2020년 2월 18일 대구에서도 코로나 첫 확진자가 발생했다. 사람들은 메르스나 사스 때처럼 먼 나라 이야기라고 생각하고 안일한 생각을 했었지만 코로나 확진 환자가 대구에서 발생하면서 패닉에 빠지게 되었다. 코로나를 예방할 수 있는 수단이 마스크밖에 없다는 사실에 사람들은 약국 앞에 긴 줄을 서서 마스크를 사고자 했고 마스크를 구하지 못한 사람들은 정부에 항의하는 사태가 벌어지게 되었다. 인터넷에서는 마스크를 많이 구한 사람들이 마스크 부자라고 자랑하는 영상도 올라왔다. 이제 집 이외의 공간은 마스크 없이 활동할 수 없는 공간이 되었고 첫 환자가 발생하고 난 후 대구의 모습은 한낮 대로에도 자동차가 다니지 않는 죽음의 도시가 되어 갔다.

"이러다가 정말 세상이 망하는 건 아닐까?"

"여보 우리도 집에 먹을 것을 사두어야 하는 건 아닐까요?

부모님들께서도 이제 뉴스를 보면서 지금껏 한 번도 경험하지 못한 사태에 많은 걱정을 하고 계시고 어떻게 이 사태를 보내야 할지에 대해 매일 말씀하셨다. 3월이 되어도 학교는 개학을 하지 않았고 학교에서는 교과서만 받아서 집에서 공부하라는 담임 선생님의 연락을 받았다. 중3이었지만 딱히 공부를 해야 한다는 생각을 하지 못했고 어린 마음에 정말 이 세상이 어떻게 되는 건 아닐까라는 걱정이 되었다.

"이효진, 반가워. 난 이번 학기 담임을 맡은 ○○○이야. 개학을 하고 얼굴을 맞대고 인사를 해야 하는 데 전화로 해서 아쉽게 생각한다. 다름이 아니라 이번 달부터 우리 학교에서는 ZOOM으로 원격수업을 하려고 해. 어떻게 하는지 잘 모르겠지만 학교 홈페이지에 하는 방법이 자세히 나와 있으니 잘 따라하고 집에 온라인 수업을 할 수 있는 기기도 좀 준비해야 할 것 같아."

"저 선생님, 전 온라인으로 하는 수업 한 번도 해 보지 않았고 부모님도 두 분 다 출근하시는 데 어떻게 할지 걱정이에요."

"효진아, 그건 선생님도 마찬가지야 선생님도 이번 사태 때문에 평생 처음 해보는 온라인 수업을 준비하려니까 걱정이 많네. 그렇지만 우리 학교만 그런 것이 아니라 모든 학교에서 온라인 수업을 준비하고 있으니 시간이 지나면 적응하게 될 거야. 어쨌든 힘내고 코로나19가 빨리 없어지고 대면으로 수업할 그날을 기다려 보자. 파이팅!"

선생님의 전화를 받고 정말 황당하고 막막한 생각이 들었다.

'온라인 수업은 뭐고 ZOOM은 또 뭐야?'

갑갑한 마음에 인터넷에 들어가서 온라인 수업에 필요한 장비와 프로그램을 검색해 보았다. 처음 접하는 기기와 프로그램은 나를 더욱 더 혼란스럽게 하고 걱정만 더 쌓이게 만들었다. 한 번도 경험하지 못한 코로나19사태는 우리의 수업에 터닝포인트가 되었다. 그동안 미래에는 집에서 공부하고 학교에 가지 않는 시대가 올 거라는 말은 들었지만 그 미래는 먼 미래라고 생각했는데 코로나19로 인해 강제로 진행될 줄은 꿈에도 몰랐다.

코로나가 전 세계를 강타한 시간도 벌써 일 년이 지났다. 초기 코로나19 대응에 많은 노력을 기울인 의사, 간호사, 응급대원들의 헌신적인 희생에 감사 릴레이를 보내는 등 사람들이 조금만 노력하면 이 사태도 끝이 나겠지라는 희망과 의지를 보였으나 사태가 장기화되면서 점점 심한 무력감과 우울감을 보였고 이를 코로나 블루라고 부르게 되었다. 사람들은 항상 마스크를 쓰고 눈만 내놓은 채 누가 코로나에 걸렸는지 누가 코로나 바이러스 보균자인지 의심하면서 사소한 신체접촉도 극도로 꺼려하면서 모든 사람을 경계하는 눈초리로 바라보았다.

7시 30분. 고등학교에 입학을 하는 날이지만 나는 오늘도 눈만 내 놓은 채 모든 사람을 스캔하면서 등교를 하고 있다. 막 교실을 들어서서 슬그머니 눈치를 보며 제일 뒷자리 구석에 자리잡고 1년간 생활할 공간인 교실 구석구석을 살펴보았다. 그때 한 아이가 내 옆에 와서 말을 걸었다.

"혹시 여기 자리 비었니?"

나는 경계하는 눈초리로 아이를 바라보다 고개를 끄덕이며 비었다고 말했다. 지난 일 년은 나로 하여금 타인에 대한 관찰과 경계라는 자기방어적 습관이 자리잡게 된 시간이었다.

학교에서 처음 옆에 앉은 아이는 나의 이러한 생각과는 참 다른 아이였다.

"나는 조하영이라고 해, 넌 이름이 뭐니?"

"어디 학교 졸업했니?"

"집은 가까워?"

"우리 담임 선생님은 누굴까?"

쉴새없이 묻는 질문에 나는 '코로나 시대에 이렇게 말이 많아서야'라고 생각하며 그냥 정말 귀찮다는 표정으로 단답형 대답으로만 일관했다. 그러다 도저히 참을 수 없어서

"사회적 거리두기도 있고 학교 내에서 확진자가 발생하면 큰일인데 이제 그만 이야기하면 안 될까?"

나의 완고하고 차가운 말투에 아이는 움찔하는 표정을 지었고 그 이후로 한참 동안 말을 걸지 않았다.

"얘들아, 안녕?"

담임 선생님께서 교실에 들어오셨다. 고등학교에 들어와 처음 맞는 선생님이지만 별 감흥은 없다. 이미 눈만 내놓고 하는 인사가 일상이 되어 그 눈에서 표정을 찾아내기는 힘들다. 눈이란 기관이 마음의 창이라고 하지만 코로나 사태 이후로 그 말이 참 신빙성이 없는 말 같다는 생각이 든다. 얼굴 전체 윤곽을 보지 않고 상대의 마음을 짐작하기가 극히 어렵기 때문이다.

"고등학교 입학을 축하한다. 자세한 전달 사항은 종례시간에 하겠지만 우선 너희들에게 하고 싶은 말은 중학교 때까지 잘 지켜 왔겠지만 학

교에서 방역수칙 꼭 지키라는 거야. 일 년 동안 코로나 사태 속에서 살았기 때문에 선생님이 더 긴 설명 하지 않아도 알겠지?"

물론 알기는 다 안다. 하지만 옆에 짝처럼 이러한 긴장감이 오래 지속되다 보니 이제는 코로나에 무감각해진 것도 사실이고 뉴스에서도 코로나에 걸렸다고 쉽게 사람이 죽지 않는다는 말을 듣다 보니 긴장감이 많이 풀어진 것이 사실이다. 하지만 아직까지 주변에 확진되었다는 사람을 실제로 보지 못했기 때문에 코로나19에 대한 불안감은 항상 존재했고 긴장 상태로 오래 살다 보니 사람에 대한 짜증이 높은 상황이었다.

점심시간이 되었다. 학생들이 급식실에서 점심을 먹는데 하필이면 그 애가 내 앞에서 점심을 먹게 되었다. 물론 투명한 칸막이로 되어 있었지만 여간 신경 쓰이는 것이 아니었다. 점심시간은 마스크를 벗고 밥을 먹기 때문에 코로나 바이러스에 대해 방어할 수 있는 방법이 전무한 상황이었다. 그 아이는 밥을 먹으면서 또 옆에 아이와 수다를 떨었다. 그 수다 떠는 입에서 코로나 바이러스가 비말로 급식실 전체로 퍼져 나갈 수 있다는 생각을 하니 더 이상 그 앞에서 밥을 먹기 싫었다. 일찍 식판에 있는 밥을 잔반통에 버리고 나는 매점으로 향했다. 매점에도 급식을 먹지 않는 아이들로 붐비고 있었다. 나는 바나나 우유와 빵을 골라 매점을 나와 교실로 향했다. 딱히 바나나 우유를 즐겨 먹는 이유는 지난 일 년 동안 혼자 집에서 온라인 수업을 하고 있는 나를 위해 어머니가 인터넷으로 빵과 바나나 우유를 많이 시켜 놓아 그걸 먹는 버릇이 들어서인 것 같다.

교실에서 조용히 빵과 우유를 먹고 있는데 아이들이 급식을 마치고 들어왔다. 그 애는 아이들 속에서 혼자 또 웃고 떠들고 했다. 아이들도 처음에는 방역 수칙을 지켜야 한다고 생각했지만 계속해서 살갑게 옆에서 웃고 떠드는 그 아이에게 동화되어 같이 웃고 이야기하는 모습을 보였다.

'미꾸라지 한 마리가 온 웅덩이를 더럽힌다고 하더니'

그 아이는 특별히 나쁜 아이는 아니었다. 그러나 한 번 나의 마음속에 남은 안 좋은 선입견은 학교생활을 하면서 그 아이 행동 하나하나가 눈에 거슬렸고 딱히 나에게 말을 걸거나 나쁜 행동을 하지 않았지만 그 아이에 대한 근거 없는 미움이 마음속에 자라났다.

어느덧 학교생활이 그렇게 지나가고 중간고사가 다가왔다. 고등학교 올라와서 처음 치는 시험이라 긴장되기도 하고 또 좋은 성적을 맞고 싶은 생각도 있어 그 어느 때보다 열심히 공부를 한 것 같다. 시험 결과가 발표되는 날 난 충격에 빠졌다. 내가 그렇게 안 좋게 보고 공부도 못할 것이라 생각했던 그 아이는 반에서 1등을 하는 일이 벌어 졌다.

'어떻게 쉬는 시간에 매일 아이들과 잡담하고 떠들고 하면서 공부는 1등을 할 수 있지?'

'쉬는 시간에 잡담하는 것이 다른 아이들 공부를 방해하기 위한 행동 아닐까?'

'이건 내가 노력을 안 한 것이 아니야. 다 저 애가 내 신경을 자꾸 흐트러지게 하고 나를 방해했기 때문에 시험을 못 친 거야.'

나는 내 시험 성적이 못 나왔다는 자책감을 그 아이 때문이라는 엉뚱한 생각을 하며 그 아이를 더 미워하게 되었다. 내가 그렇게 노력을 했는데 결과가 좋게 나오지 않았다는 원인을 다른 아이에게 책임을 떠넘기는 이차적 자기애를 발휘한 것이다.

나는 그 아이에 대한 미움을 점점 더 키우며 그 아이가 잘못을 했기 때문에 그에 따른 벌을 받아야 한다고 생각했다.

"하영이 쟤 너무 재수 없지 않니?"

"어…… 그게 무슨 말이야?"

"야, 지금 코로나 시대잖아. 코로나 바이러스가 비말로 전파하는 것 잘 알지?"

"그야 당연히 알지. 그래서 우리가 답답하게 계속 마스크 끼고 살잖아."

"그래, 그런데 하영이 하는 행동을 봐. 매일 쉬는 시간에 방역수칙 어기고 아이들과 잡담하고 그뿐 아니야. 마스크를 벗고 식사하는 급식시간에도 내가 앞에 앉아서 보니 옆 친구들하고 계속 이야기하고 있더라고. 그렇게 이야기하다가 자기가 코로나에 걸려서 우리 학교 전체 감염시키면 어쩌려고 저러는지 모르겠어. 정말 짜증나지 않니? 우리 이제 하영이 쟤 '대재'라고 부르자."

"'대재'가 뭔데?"

"대책 없고 재수 없는 애."

"크크크, 대재 재미있다."

나는 나와 평소 친하게 다니는 친구들에게 하영이에 대한 안 좋은 이야기를 하며 뒤에서 '대재'라고 놀리며 다녔다. 그렇게 시간이 흐르다 보니 우리 반에서는 이제 하영이와 친하게 이야기하는 친구들이 점점 사라졌고 아이들도 하영이에게 대재라고 부르며 놀리는 일이 많아졌다. 하영이는 자기가 무슨 잘못을 했길래 아이들이 자기를 그렇게 대하는지 모르겠다는 표정으로 괴로워했고 점점 학교생활이 위축되어 혼자 지내는 시간이 많아졌다.

'다 자기 잘못이지 뭐, 누가 코로나 시대에 그렇게 떠들고 다니래?'

평소 굉장히 밝고 활발하게 학교생활을 하던 하영이가 더 이상 이야기를 하지 않자 교실 분위기는 조용하다 못해 우울해지는 것 같았다. 하영이가 옆에서 우울하게 지내는 것을 보고 나도 마음속으로 미안한 마음이 없지 않았으나 애써 하영이 잘못으로 책임을 돌리고 아무렇지 않게 학교생활을 했다.

6교시가 될 무렵 우리 학교에 확진자가 발생했다는 소식이 들려왔다. 아이들은 모두 패닉에 빠진 것 같았다. 지금까지 학교에서 확진자가 발생한 사건이 한 번도 없었기 때문에 큰 공포감이 교실 전체에 퍼졌다. 옆에 있는 아이 하나하나가 확진자처럼 보였고 그 아이들과 같이 있는 이 교실 공간이 코로나 바이러스로 꽉찬 것 같은 생각이 들었다. 마스크를 더 단단히 착용하고 혹시 빈 공간이 있는지 꼼꼼하게 몇 번이나 점검하고 쉬는 시간에 교실에 비치해 둔 손소독제로 몇 번이나 손을 소독했다. 종례시간에 담임 선생님께서 확진자의 동선을 차근차근 이야기를 해주셨고 확진자가 우리 아파트 근처에 살고 있다는 것을 알게 된 나는 불안함을 감추지 못하였다.

'혹시 …… 나도 확진자가 된 게 아닐까?……'

수업을 마치고 학원에 가려고 하는데 학원 선생님께서 전화를 주셨다. 웬만해서는 문자로 학원 일정을 말씀해 주시는 선생님께서 갑자기 전화를 하니 왠지 안 좋은 느낌이 들었다.

"효진아, 넌 몸에 이상이 없니?"

"네, 좀 피곤하고 어지럽지만 오늘 체육을 해서 그런 것 같아요. 그런데 왜 그러세요?"

"어제 학원에서 같이 공부한 친구에게서 연락이 왔는데 코로나에 확진이 되었다는구나. 그래서 너는 괜찮은지 걱정이 돼서 전화해 봤어."

"네, 선생님. 아직까지는 괜찮은 것 같아요. 이상이 있으면 연락드릴께요.

전화를 끊고 집으로 오는데 왠지 기분 탓인지 어지럽던 머리가 더 아파오는 것 같고 열도 나는 것 같았다.

집에 도착해서 며칠 전 학교에서 받아왔던 코로나 검사키트를 식탁에 올려 두었다. 이 검사키트를 내가 사용할 일이 있을까?라고 무심히 받아 두었던 것인데 막상 검사를 하려고 하니 겁이 났다.

'진짜 내가 두 줄이 나오면 어떡하지?'

'내가 평소 코로나 바이러스에 대해 얼마나 철저하게 방역해 왔는데……'

그러다 문득 하영이가 떠올랐다. 학교에서 코로나 바이러스가 퍼지면 다 하영이 때문이다 라고 친구들에게 이야기를 하고 다녔던 일도 생각났다.

코로나 검사키트로 검사를 해보니 눈앞에 선명한 두 줄이 보였다. 담임 선생님께 연락을 하니 선생님께서 빨리 선별진료소에 가서 검사를 받아 보라고 하셨다.

선별진료소에 도착하니 긴 줄이 보였다. pcr검사를 하기 위해 대기하고 있는 사람들인데 모두 증상이 확실하거나 보건소에서 확진자와 동선이 겹쳐서 검사를 받아 보라고 한 사람들이기 때문에 다른 사람들을 바라보는 눈초리에는 엄청난 경계심을 가진 것 같았다. 나도 이런 사람과 같이 줄을 서서 검사를 기다리고 있다는 생각에 몹시 겁도 나고 우울했다.

검사를 마치고 집에서 선별검사소에서 보내 준다는 결과 문자를 기다리는 시간은 나에게 너무나 가혹하고 긴 시간이었다.

– 당신의 검사 결과는 양성입니다……

나는 나의 방에서 자가격리를 해야 했고 실망과 당혹감을 감추지 못하였다.

"효진아, 이제 니 방에서 나오면 안 돼. 엄마가 식사는 니 문 앞에 둘거야. 그러면 밥 먹고 빈 그릇 문 밖에 두면 돼. 지금 힘들겠지만 가족들도 확진이 되면 안 되니 다 같이 조심하는 것이 좋을 것 같아."

몸도 아프고 학교에서 아이들 볼 일도 걱정인데 물론 맞는 말씀이긴 하지만 어머니께서 그렇게 말씀하시니 세상에 내 편은 하나도 없고 나는 정말 무슨 더러운 물건이 된 기분이었고 세상과 철저히 고립되었다는 생각이 들었다.

첫날에는 목이 미친 듯이 아팠다. 칼로 찌르듯 몸이 안 좋았고 몸은 점점 쇠약해져 갔다. 그렇게 하루에 타이레놀 3알을 먹고 휴식을 취하였다. 코로나가 걸려도 쉽게 지나가는 사람도 있다고 하는데 나에게는 그런 행운이 오지 않은 것 같았다.

그렇게 정신이 멍해져 있을 무렵 한 통의 문자가 날라왔다.

- 양성이니?

- 응

- 안됐다. 많이 힘들겠네. 몸 조리 잘하고 격리 해제 되면 봐

- 그래 너도 코로나 조심해

학교에서 하영이에게서 문자가 왔다. 짧지도 그렇다고 길지도 않은 문자였다. 문자라는 게 참 이상하다. 직접 얼굴을 대면하거나 말로 하지 않아서 친구가 어떤 생각으로 문자를 보냈는지 짐작할 수가 없다. 문자를 보내고 난 후 난 그 아이가 어떤 생각으로 문자를 보냈을까를 심각하게 고민했다.

'그렇게 나에게 코로나19 걸릴 수 있으니 말을 많이 하지 말라고 하더니 쌤통이다'

'전교에 소문을 쫙 내서 학교에서 왕따를 시켜 볼까?'

'내가 당한 만큼 너도 당해 봐야 그동안 내가 느낀 기분을 알겠지'

몸이 아픈 것보다 친구가 학교에서 나에 대한 이상한 소문을 내고 다니는 것이 아닐까 하는 걱정으로 밤잠을 설쳤다. 둘째 날에는 목은 별로 아프지 않았지만 정신은 멍한 상태였다. 하지만 어제부터 한 그 친구에 대한 걱정이 꼬리에 꼬리를 물고 나를 계속 괴롭히고 있었다.

그렇게 결국 나는 2주간의 격리 기간에 지나고 다시 등교하게 되었다.

교문을 통과해서 교실로 가는 길이 나에게는 지옥으로 들어가는 길처럼 멀고 힘들었다. 복도에서 마주치는 아이들이 눈초리가 모두 나를 경계하는 것 같이 보였고, 나를 스쳐 지나갈 때는 마치 더러운 오물을 피해가는 듯한 생각이 들었다. 교실에 들어가기 전 반 친구들이 나를 보며 어떤 표정을 지을까를 고민하면서 문고리를 잡고 들어갈 때는 나는 마치 어려운 전쟁터에 들어가는 병사와 같은 심정이었다.

예상과 같았다. 모든 아이들은 나를 경계하는 눈초리로 바라보았고 아무도 괜찮냐는 인사를 건네지 않았다. 나는 죄인이나 된 사람처럼 나

의 자리로 가서 앉았고 굉장히 숭고한 행위인양 2주 동안 사용하지 않
은 책상과 의자를 물티슈로 꼼꼼히 닦는 일이 내가 할 수 있는 일 전부
였다. 수업시간에 갑자기 터져나온 기침에 나는 마치 죄인처럼 얼굴이
붉어진 채 고개를 숙일 수밖에 없었고 점심시간에 밥만 일찍 먹고 교
실에 있지 않고 운동장 스탠드에서 시간을 보냈다. 이 모든 게 내 짝꿍
인 하영이 때문이라는 생각이 들어 가슴에 미움과 증오심이 차올랐다.

한참을 고개 숙여 눈물짓고 있을 때 내 앞에 불쑥 내밀어지는 손이
보였다.

"자, 먹어. 아까 점심시간에 보니 밥도 별로 먹지 않고 그냥 나가는
것 같던데."

"어, 응."

"실은 나도 밥맛이 없어 너랑 같이 먹으려고 사왔어."

손에 들려진 걸 보니 빵과 우유였다. 내가 평소 매점에서 자주 사먹던
빵과 바나나우유였다.

"나랑 같이 먹어도 돼? 무섭지 않아?"

"뭐 어때. 넌 이미 면역이 생겼잖아. 그래서 제일 안전한 거 아니야?"

그 아이는 내 앞에서 스스럼없이 마스크를 벗고 빵과 우유를 먹었다.
그 아이가 먼저 다가와 주는데 내가 마스크를 쓰고 있는 게 참 우습게
느껴졌다.

"그래, 고마워. 같이 먹어."

나도 마스크를 벗고 환하게 웃으며 빵과 우유를 먹었다.

해질녘 는 새벽녘라는 빛과 어둠의 공존하는 개와 늑대의 시간

코로나19는 철저하게 인간과 인간을 분리시켰고 서로의 체온을 느끼
지 못하고 서로 대면하면 이야기하지 못하는 시대로 만들고 말았다. 눈
에 보이지 않는 바이러스라는 위협은 시대를 살아가는 사람들의 정신을

황폐하게 만들었고 극단적인 이기주의가 팽배하게 되었다.

　더이상 코로나 바이러스가 사라지지 않고 인류와 공존하며 살 수밖에 없는 시대에 우리는 타인에 대한 의심과 경계로 소중한 일상을 보내고 있지는 않은지……

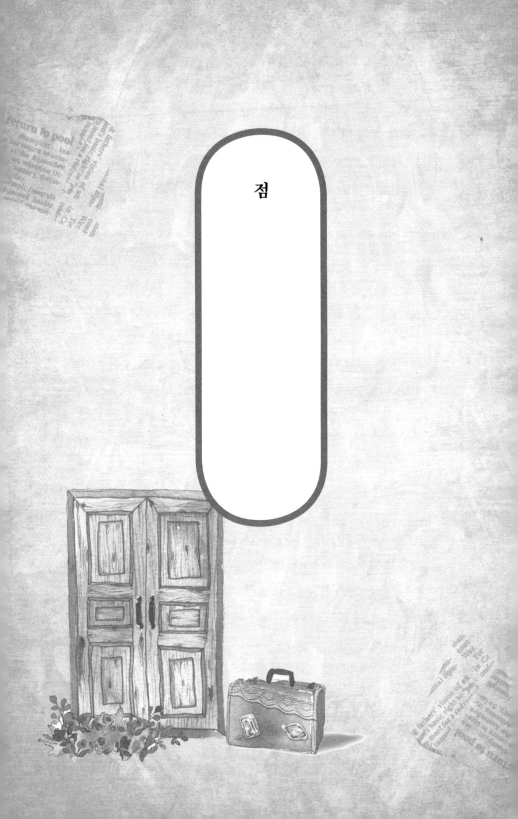

짐

조
서
영

"눈을 떠봐."

윤이었다. 윤은 자고 있던 나를 불러일으켰다. 윤과 나는 도시 사람들에게 등 떠밀려 오 년을 바다에서 머물렀다. 마지막 도시 인간이라는 사명감만으로 달려간 것이었다. 크게 울렁이는 파도와 몰아치는 바람에 우리의 의지가 흐트러지기도 했지만, 가다가 종종 보이는 작은 섬들에서 식량을 해결하고 잠을 청하며 끝이 보이지 않는 긴 세월을 견뎠다. 오 년간 수도 없이 위험한 일에 처했었지만 우리는 쉬지 않았다. 그리고 오늘, 이 긴 항해에 대한 보상을 받을 날이다.

윤이 보여준 내 눈앞으로 사람의 발길이 닿지 않아 온통 덤불에 덮인 밀림이 있었다. 우린 서둘러 도시에서 가지고 온 돌을 꺼내 부딪히기 시작했다. 이날을 위해서 잃어버리지 않고 간직해 온 것이었다. 돌에서 작은 불씨가 튀어 오르기 시작했다. 그 불씨는 길게 뻗은 옆 나무로 옮겨 붙었다. 곧 매캐한 냄새가 나면서 나무가 불길에 휩싸였다. 불은 옆으로, 앞으로 빠르게 번져 나갔다.

나는 윤을 끌어안았다. 날씨도 적절하게 바람이 거세게 불었고, 햇볕도 뜨거웠다. 절대 비가 내리지 않을 것 같았다. 튀어오르는 불씨가 따갑게 타닥거렸고, 앞이 보이지 않을 정도로 짙은 회색빛 연기가 윤과 나를 감싸왔다.

"퇴화입니다."

2072년, 지금으로부터 칠 년 전, 마침내 한 학자가 입을 열었다. 그가 입을 열기까진 자그마치 십이 년이라는 시간이 걸렸다. 그는 유명한 학자로 이십 년 전 세상의 비밀을 밝히겠다며 갑자기 잠적했었다. 세계에서 큰 영향력을 행사하던 사람의 불분명한 행적은 사람들의 입방아에 올라오기 쉬웠다. 세상은 그의 생사를 갖고서 여러 말들을 나눴다. 그를 중앙에 세워놓고 사람들은 곁눈질을 하며 자신의 의견에 힘을 쏟았다. 결과적으로 그는 살아 있었지만, 사실 그는 살아도 죽는 것만 못한 상태였다.

이십 년 전의 세상은 그야말로 물음표 그 자체였었다. 어느 지역, 어느 한 나라도 아닌 전 세계에서 벌어진 일이었다.

2052년, 그해에 태어난 아이들은 유독 털이 많았다. 시간이 지나면서 그 아이들은 자라났고, 더욱더 자라나더니, 그들이 어른이 된 모습은 일반적인 사람들의 모습과는 많이 달랐다. 어쩌면 그들은 인간보단 동물의 모습과 더 닮아 있었다. 그들을 처음 본 사람들은 당혹스러움을 감추지 못했다. 나와 다른 모습에 대한 경멸이나 멸시는 아니었다. 그러나 그들에 대한 충격은, 사람들이 그들을 피하게 하기엔 충분했다.

사람들이 그들에게 익숙해져 갈 때 즈음, 2053년의 아이가 태어났다. 그 아이는 52년도의 아이들처럼 털이 많았다. 그러나 아이는 52년도의 아이들보단 조금 더 원시적인 형태를 띠고 있었다. 아이의 인중은 길었고 등은 조금 굽어 있었다. 팔은 조금 긴 듯했고 다리도 다른 사람들에 비해 짧았다.

그 후로 태어나는 아이들 역시 더 원시적인 형태를 보이며 태어나고 있었다. 그러자 사람들은 더 큰 혼란에 빠졌다. 그들은 이 상황이 영원히 지속될 거라는 큰 확신을 가졌고, 곧 그들은 사태의 심각성에 대해 깨달았다. 그들은 태어나는 신인류들에 대한 피하기를 멈추고 그들에 관한 막대한 연구 자금을 쏟아붓기 시작했다.

"많이들 황당해하시는군요. 이십 년 만에 나타나선 알아낸 것이 겨우 퇴화라니, 허무하게 느껴지실 만도 합니다."

그의 말대로 기자회견을 지켜보고 있던 몇십억 명의 시청자들은 그 말에 기가 찼으며, 기대를 걸었었던 지난 20년에 대한 허탈함을 느꼈다. 사실 사람들은 이전부터 이런 현상이 퇴화일 것이라고 다들 짐작은 하고 있었다. 그러나 명확한 증거가 없어 공식적으로 발표는 하지 못하고 그저 가설로만 여겨지던 중이었다. 긴 시간 만에, 드디어 신뢰할 만한 학자가 이 현상이 퇴화 현상이라고 단정지어 줬지만, 여전히 사람들은 전혀 시원해하지 못했다. 그들은 자신들이 기다린 만큼의 정보가 부족하다고 생각했다.

"사실, 전 이 자리에 나오기까지 거의 반송장인 상태였습니다. 오늘 아침까지 고민하며 아주 죽을 맛이었죠. 하지만 전 여러분들의 알 권리를 존중했습니다. 20년 동안 알아낸 것이 겨우 퇴화라는 것만은 아니란 거죠. 여러분, 퇴화 현상이 일어나게 된 이유를 아십니까?"

기자회견을 바로 앞에서 듣고 있던 사람들은 조용했다. 아마 휴대폰 너머의 사람들 모두 그랬을 거다. 그는 긴장되는 듯, 침을 몇 번이고 삼켰다. 사람들은 곧 세상을 뒤흔들 만한 사실이 그의 입에서 나올 거라고 확신하며, 앞에서 진을 치고 있던 기자들도 하나둘씩 펜을 들었다.

"음, 지구가 예전의 모습으로 돌아가려 하고 있다는 게 이 상황을 설명하기 가장 적절할까요? 빙 둘러 얘기하지 않는다면, 일단 지구가 하나의 생명체라는 얘기부터 해야겠군요. 네, 지구는 하나의 생명체입니다. 저희 인간들은 거기에 사는 미생물…… 정도로 생각하면 되겠습니다. 그런데 이 지구는 지적 생명체가 아닙니다. 그래서 아무도 지구가 생명체

일 거라는 생각은 못했던 거죠."

그의 입에서 나온 말은 정말 뜻밖이었다. 사람들은 그저 짐작이긴 했지만, 그들은 줄곧 퇴화에 관한 수많은 상상을 해오곤 했었다. 퇴화가 인류에게 내려진 신의 벌은 아닐지, 환경오염으로 인한 DNA의 변이로 돌연변이가 태어나고 있는 것은 아닐지, 아님 오히려 이 현상이 퇴화가 아니라 인류가 진화되고 있는 과정은 아닌지. 그들이 늘 해왔던 상상과는 어느 것 하나도 일치하지 않았다. 그의 가설은 사람들이 한 번도 생각해 본 적 없는 길이었다.

"지구는 본능에만 의존하는 생명체입니다. 아마 여러분이 아는 내핵은 심장일 테고 외핵은 흐르는 피 정도로 생각하면 될 테지요. 그런 지구의 본능은 우주를 계속해서 도는 것, 그리고 스스로 도는 것. 공전과 자전이라고 하죠? 그것이 지구의 본능입니다. 이 퇴화 현상도 마찬가지로 이 또한 지구의 본능이죠. 이제 지구는 때가 된 걸 본능적으로 느낀 겁니다. 곧 지구는 옛 모습으로 돌아갈 테죠. 그러다가 나중에는 펑, 그렇게 되면 먼 옛적 먼짓덩어리의 모습을 한 형태로 돌아갈 겁니다. 그걸 시작점으로 지구는 또 초기의 지구 모습이 되어서 역사를 한 번 더 되풀이할 것입니다. 마치 순환하는 것 같이요."

그는 목이 말랐는지 옆에 놓여 있던 생수병을 들고 입 안에 들이붓다시피 마셨다. 그 모습은 시청하던 모든 이들에게 아직 더 충격적인 사실이 남아 있을 거라고 해석되었다. 사람들은 그의 입에 무슨 말이 더 나오게 될지 두려워했다. 그렇지만 그들이 기자회견장을 박차고 나가거나 휴대폰을 끄는 일은 없었다.

"안타깝지만, 아무도 이걸 막을 순 없습니다. 우린 그저 지구의 미생물일 뿐이니까요. 우린 지구의 본능적 흐름에 따라가는 수밖에 없습니다. 즉, 이 현상을 받아들이고 흘러가도록 내버려 둬야 한다는 거죠."

앞에서 듣고 있던 사람들은 모두 침묵했다. 움직일 준비를 하던 손들도 그의 말에 모두 멈추었다. 우주가 지구를 삼킨 듯, 그들은 공기를 느낄 수 없었다. 넓은 회견장에 희박하게 남아 있는 공기를 서로 나누어 마시는 것만 같았다. 서 있던 학자도 그 흐름 속으로 빨려 들어갔다. 턱턱 막히는 숨을 견디지 못해, 그는 문 쪽을 향해 달려갔다. 학자의 갑작스런 행동에, 발표 석 앞에 앉아 있는 기자들은 모두 그를 쳐다보았다.

"이런 반응이 나올 걸 예상했기 때문에 제가 나오길 꺼린 것입니다. 전 이 사실을 알려줘야 할지, 그러지 말아야 할지 몇 년을 고민했습니다. 어차피 순리대로 흘러갈 것, 바뀌지도 않은 운명일 테니 말이죠. 저도 압니다, 손도 못 쓰는 허무한 결말이란 것을요. 그러나 이게 현실입니다. 여러분이 어떻다고 한들 저 역시 할 수 있는 게 없습니다. 이상입니다. 질문은 받지 않는 게 좋겠습니다."

학자는 그렇게 나가버렸다. 기자들도 몇 분간 아무 말 없이 넋 놓아 있더니, 이내 주섬거리며 자신들의 짐을 챙기기 시작했다.

세상의 결말을 알아버린 사람들은 더 이상 밖으로 나오지 않았다. 가게들은 문을 닫았고, 회사에 다니지 않는 사람들이 늘었다. 그들의 허무함은 거리를 걸을수록 더욱 선명해져만 갔다. 밤이 되면, 도로와 상가들은 불이 꺼져 깜깜한 채로 남겨져 있었다. 그러나 도시의 빌딩들은 여전히 밝았다. 사람들은 어둠 속에서 빛을 보며 누군가가 계속 살아가고 있음을 인지했고, 그 빛에 의지했다. 그러고선 우린, 그 나름의 위안을 얻었다.

그러나 그것도 몇 달 가지 않았다. 우리에게 필요한 것들이 하나씩 동나기 시작한 것이다. 그것들을 구하러 밖으로 나갔다 한들, 가게 문이 닫혀 있으니 구할 수가 없었다. 점점 더 식량이 떨어지자 살던 곳을 떠나가는 사람들도 많았다. 그렇게 떠난 이들은 한적하고 조용한 지역의 숲속으로 들어갔다. 사람들이 자신의 방식대로 세상에 독립해서 살아가기 시작한 것이다. 그런 모습이 우리에겐 원시적으로 다가올진 몰라도, 그들은 격식을 갖추는 것보단 생존을 위한 삶이 더 낫다고 생각했다.

도시에 남은 우리는 그들을 비난했다. 우리에겐 그 모습들이 절대로 좋아 보일 수가 없었다. 도시에서의 삶을 정리하며 짐을 하나씩 내다 버리던 그들은, 마치 인간이길 포기한 자들 같았다. 그러나 떠나가는 사람들은 오히려 후련해 보였다. 어쩌다 체념한 채로 떠나가는 사람도 있었지만, 대체로 그들은 틀에 박힌 삶을 사는 것보단 자신들의 운명을 따르는 게 더 낫다고 말했다.

도시에 남은 우리는 떠나가는 사람들을 보며 무언가 해야겠다고 생각했다. 처음엔 그저 떠나려는 사람들을 붙잡으려던 것이었지만, 시간이 지날수록 이 생각은 우리에게 더 중요한 게 되었다.

우린 도시를 떠나는 사람들과 우릴 구분 짓고 선을 그었다. 이때부터 도시에는 암묵적인 규칙이 세워졌다. 우리는 남은 사람들만이 문명을 누릴 줄 아는 인간이라고 정했고, 도시를 떠나는 사람들은 인간 이하의 존재로 취급하며 그들을 철저하게 무시했다.

우리 도시 인간들은 인간만이 할 수 있는 일을 찾아보았다. 우리에겐 도시 인간들만이 인간일 수 있는 이유가 필요했다. 그런 우리가 찾은 해결책은 자신의 존재에 대해 물어보는 거였다. 우리는 모두 인간만이 다룰 수 있는 철학적인 물음을 찾았다고 생각했고 기뻐했다.

도시 사람 중, 물음에 대답할 만한 답을 찾았다고 확신하는 사람들은 계속해서 살아갔고, 그러지 못한 사람들은 죽었다. 답을 찾은 사람들은 자신들이 동물이 아니라는 것을 설명했고, 우린 그저 지구의 미생물이 아니란 것을 증명했다고 말했다. 그런 그들은 자신들만의 답을 찾아내고선 스스로 인간으로서의 명예를 다했다고 생각했다.

하지만 그렇지 못한 사람들은 대부분 죽었다. 그들은 물음의 답을 찾지 못한 것이 수치스러웠고, 자신의 존재도 명확하게 얘기하지 못하는 스스로가 인간답지 못하다고 생각했다. 그들은 퇴화 현상이 일어나기 전, 인간으로 남을 수 있는 방법을 모색했고, 그런 그들이 생각해낸 방법은 죽음이었다. 그들은 사람들이 퇴화하기 전에 사람으로 죽는다는 것을 영광으로 여겼다. 겨우 잡히는 인터넷 신호로 그들은 자신들이 생각해낸 방법을 온 곳에 뿌리기 시작했고, 도시에 이 방법을 들어 본 적 없는 사람은 없었다. 이것은 일종의 유행처럼 번져, 어느새 답을 찾지 못한 사람들에겐 이 방법이 필수적 관행이 되어버렸다.

언제부터였는지는 잘 모르겠지만, 우리 도시의 인구 절반 정도가 모습을 보이지 않았다.

정부가 손을 놓고 몇 년이 지났다. 도시에도 정리가 안 된 나무들이 가득했고 화단엔 잡초가 피어났다. 죽은 비둘기가 이리저리 사람들의 발에 치이고, 깨진 유리 조각들이 사방으로 떨어져 나가 있었다.

도시는 사람들에게 위험했다. 만에 하나 누군가 밖을 나갔다 간판을 맞아 죽게 된다면, 우린 가게 사장 탓을 하지 않을 거고 대신 죽은 사람이 운이 없었을 뿐이라고 이야기할 것이다. 그러자 도시엔 각종 사고에 휘말려 죽은 시체들이 종종 눈에 띄게 됐다. 처음엔 그것들이 충격이었어도 그 뒤엔 우리도 무던해져 갔다. 하지만 어제 벌어졌던 일은 그렇게 넘어갈 수가 없었다. 그 이후로 우린 우리의 인간성과 이성에 더욱 신경 쓰며 살게 되었다.

"저 사람이 저걸 뜯어먹었어!"
소리 지른 사람이 가리키는 곳엔, 눈이 반쯤 뒤집혀서 입가에 피를 잔뜩 묻힌 사람이 도로에 바짝 엎드리고 있었다. 그 사람은 씻은 지도 한참 됐는지, 팔다리에 각질이 하얗게 일어나 있었고 가까이 다가가기만 해도 역겨운 냄새가 났다. 우린 시체를 보며 느낀 감정보다 더 역한 기

111

분이 들었다. 그의 옆에는 형체를 알아볼 수 없는 것이 장기를 늘어트린 채로 쓰러져 있었다.

그는 이성을 잃은 듯, 그 장기들을 꺼내 씹어 먹었다. 몸 안을 이리저리 휘젓더니, 검붉은 간을 꺼내 입에 욱여넣었다. 같이 딸려온 긴 창자는 질긴 듯이 씹고 뱉기를 반복했다.

"사람 맞아?"

우린 아무 말도 할 수 없었다. 정리가 안 된 긴 털에 검붉은 핏방울이 튀어, 마치 야생의 맹수 같아 보이는 그는 사람이라곤 할 수 없었다.

우린 생각했다. 저렇게 퇴화한 사람을 우리와 같은 인간이라고 할 수 있을까? 우린 그가 도시에 걸맞지 않다고 생각했다. 그가 있어야 할 곳을 가리키라면 도시가 아닌 산속을 가리킬 테다. 하지만 만약 우리가 저 사람을 죽여버린다면, 도시 사람을 인간으로 취급하지 않은 것일 테니 우리가 말하고 있는 '인간'에 대한 정의가 부서져 버릴지도 몰랐다. 그렇다고 해서 그를 그저 정신병원으로 넣어버린다는 건, 언제 터질지 모를 시한폭탄을 내버려두는 것과 같은 일이었다.

그러므로 우린, 반드시 저것을 도시 밖으로 내쫓아야 했다.

그 사람을 보고 있던 모든 사람들이 똑같은 생각을 했지만, 누구도 쉽게 입을 떼진 못했다. 여전히 우리에겐 한 가지 걸리는 점이 있었던 거다.

그를 밖으로 내쫓으려 하기엔 너무나도 우리와 같은 모습이었다. 우린 주저했다. 그를 내쫓는다면, 사람을 내쫓았다는 이유로 우리의 인간성에 흠이 갈 수 있었다. 우리에겐 인간성이란, 우리가 사람으로 존재할 수 있는 이유였다.

"아니야, 저건 사람이 아니야. 봐봐. 털이 너무 길잖아. 우리가 어떻게 저렇게 잔인한 짓을 할 수 있겠어? 우리가 언제부터 저런 것들을 우리와 같은 존재로 봤지?"

누군가 말했다. 이 말을 들은 사람들은 모두 고개를 끄덕였다. 맞는 말이었다. 호모 사피엔스와 호모 에렉투스, 그 둘은 구분하자면 확연히 다른 부분들이 존재했고 지능 수준에서도 큰 차이가 났다. 그건 분명했다.

"그래, 이곳은 문명에 뒤떨어진 원시인이 살기엔 아무래도 무리가 있지."

이런 말들이 오가는 상황에서, 더이상 우리가 그를 내쫓지 않을 이유가 없었다. 사람들은 그의 팔다리를 묶고, 그를 저 멀리 어딘가로 데려갔다. 그는 발버둥치며 소리쳤다. 그의 목소리는 완전히 짐승 같았다. 울부짖는 소리가 도시에 울려 퍼졌다. 지켜보던 사람들은 모두 침묵했다. 끌려가는 그의 모습엔, 자신들의 모습이 얼핏 보였었다.

그 일 이후로 며칠이 지났다. 확실히 지난주보단 길거리에 사람이 없었다. 그 사건의 여파인지, 텅 빈 공기 안에서 사람들의 신경은 예전보다 더 곤두선 채로 예민해졌다. 죽어 있는 시체들을 보면 사람들은 경악하며 그것들을 치웠고, 동물의 울음소리가 난다 싶으면 그들은 의심할 여지 없이 바로 신고했다. 접수된 건의 대부분은 별 탈 없이 지나갔지만 몇 건은 문제 될 만한 일들이었다.

호모 에렉투스도 아닌 오스트랄로피테쿠스를 봤다는 신고도 심심치 않게 들어왔고 최근 가장 많이 들어오는 건 멸종 동물 백과나 멸종 식물도감에서 봤던 것이 여기 있다는 신고였다. 동물학자나 식물학자에겐 희소식일지 몰라도, 그런 신고 건이 점점 더 많이 발생하자 사람들은 겁에 질리기 시작했다.

그러면서 우리 도시의 인구수도 삼 분의 일로 줄었다. 저번 일로 도시를 떠나는 사람들이 늘었었는데, 사람들의 불안한 감정이 요즘 더 고조되면서 이러한 상황까지 오게 돼버린 것이었다.

하지만 이런 상황임에도 우리 도시 사람들은 여전히 도시를 떠나가는 사람들을 비난했다. 그렇다고 떠나는 사람들이 우리의 비난에 반응한 것은 아니다. 그들은 우리의 조롱과 비난에도 아무렇지 않았다. 오히려 그들의 표정은 해탈했다. 모두 굳게 결심한 것처럼 보였다.

"이곳에서 있는 게 날 더 비참하게 만들어. 그때 그냥 여길 떠날 걸 그랬어."

오늘 낮에 뜬 기사가 도시 사람들에게 큰 파장을 일으켰다. 전에 기자회견을 열었던 그 학자가 퇴화한 모습으로 발견되었다는 거다. 혹시 모를 기대를 하고 있던 사람들은 좌절했다. 그들은 기다리고 있으면 언젠가 그가 해결책을 줄 것이라고 믿고 있었던 거다.

그가 남긴 글로 보이는 종이쪽지도 발견되었다. 사람들은 그 쪽지의 말뜻을 제대로 이해하진 못했다. 글을 읽은 사람 모두 적혀 있는 내용이 너무 어렵다고 했고 자신들이 알지 못하는 단어가 쓰여 있었다고 말했지만, 사실 그들이 평소 같았다면 쉽게 읽고 충분히 이해하고도 남았을 것이다.

그들이 해석하기로, 글의 내용은 대충 10년 안엔 지구의 모든 것이 사라진다는 이야기였다. 우린 해석이 잘못된 게 아닌지 다시 확인해 보았지만, 우리도 아직 어느 정도의 지식수준은 남아 있었기에 해석된 내용을 굳이 고칠 필요가 없다는 정도는 깨달았다.

도시 사람들은 대책이 필요했다. 우린 스스로가 발전된 문명에서 살아가고 있었기 때문에 적어도 이 정도의 정신력으로 버텨 갈 수 있었던 거라고 생각했었지만, 사실 우리도 산속으로 떠난 사람들이 어떻게 됐는지는 몰랐기에 더욱 불안했다. 어쩌면 그렇게 도시를 떠난 이들이 우리보다 더 잘살고 있을지도 모르는 일이었다.

아무리 우리가 이런 문명 속에서 살아가도 이런 상황이 지속되면, 결국엔 자신들도 퇴화한 모습으로 변하게 될 것이다. 우린 묶여가던 호모 에렉투스를 떠올렸다. 그리고 모두 이내 고개를 흔들었다.

"이 현상을 막아야 해요. 그럼 저희도 저런 것들로 변하게 될 거예요."

우린 인상을 찡그렸다. 죽는 한이 있더라도, 퇴화해 버린 저들과 같아지고 싶진 않았다. 도시의 중앙으로 소집된 사람들은 대안을 세우기 시작했다.

"하지만, 과학자들도 못 막은 이걸 저희가 어떤 수로 막죠? 저번에 뉴스 나온 학자 다들 봤죠? 정말, 저는 그 사람이 그렇게 될진 몰랐어요."

사람들은 고개를 숙였다. 신문 속 짙은 잉크로 남은, 본능에 지배당한 학자의 모습이 스쳐 지나갔다. 그의 눈동자에서 일렁이던 야생성은 우리 모두의 뇌리에 깊숙이 박혀 있었다. 그 누구도 장난스럽게 입을 떼지 못했다. 아무리 머리를 굴려도 쓸 만한 대안이 나오지 않았다.

"왜요? 왜 아무것도 못해요?"

엄마 손을 잡고 있던, 고작 7살 정도로밖에 안 보이는 어린아이가 엄마의 소매를 끌어당겼다. 그 아이의 엄마는 아이를 붙들며 자신의 다리 뒤로 슬그머니 넣었다. 칭얼거리는 아이를 다그치자 아이는 울음을 터트렸다. 엄마는 당황하며 아이의 눈물을 닦아냈지만 우린 혼난 아이의 눈물에서 인간을 지켜낼 방법을 보았다. 난 뒤로 빠진 아이의 손을 잡았다.

"얘야, 넌 어떻게 하고 싶은데? 우리가 어떻게 하면 좋겠어?"

아이는 스스로 자신의 눈물을 닦아냈다. 얇은 입술을 움찔거리며 작은 손을 만지작거렸다.

"아줌마는 저 안 혼내실 거예요?"

나는 고개를 끄덕였다. 아이는 엄마의 눈치를 살피는 것 같더니 이내 입을 열었다.

"그게, 사실 엄청 쉽거든요. 지구를 죽이면 돼요. 되게 별것도 아닌데, 어른들은 왜 고민하는지 모르겠어요."

아이는 그렇게 말하고선 내 표정을 살폈다. 날 지그시 쳐다보더니 이내 고개를 돌렸다. 난 자각하지 못했지만, 그때 내 표정은 아이가 느꼈기엔 무서웠을 거라고 생각한다.

환희와 허망함이 뒤섞인 채로였다. 나뿐만이 아니라 그 주변에 있던 모두도 그런 표정이었다. 자신의 머리를 탓하면서도 끓어오르는 깨달음에 대한 기쁨을 가라앉힐 수가 없었다. 우린 어쩌면 이미 우리 스스로를 지구의 미생물이라 여기고 있었을지도 몰랐다. 겨우 미생물 주제에 지구를 죽일 수 있을 거라는 생각은 해보지도 못했던 거다.

"그래, 애야. 맞다, 맞아. 그걸 왜 몰랐을까. 그랬으면 된 건데, 그랬으면. 나도 참 멍청했지."

사람들은 환호했다. 도시는 축제라도 벌어진 양, 시끄러웠다.

그러나 곧, 다른 문제로 골치를 썩였다.

"그렇지만, 지구를 죽이면 우린 다 죽어요. 지구의 본능이 퇴화 현상뿐만은 아닌 거 아시죠? 공전과 자전. 그 둘을 해결하지 못한다면 우리가 살 수 있을까요? 아니, 그리고 애초에 우리가 지구를 죽일 순 있나요? 우리 기술로는 내핵도 못 뚫잖아요. 아마 외핵 근처로도 못 갈 거예요."

다시 우린 침착하게 생각했다.

"일단 하나만 물어보죠. 여러분은 퇴화할 바에 사람으로 남는 게 더 낫다고 생각하는 건가요?"

다들 고개를 끄덕였다. 어린아이들까지 고개를 끄덕이는 게 마음이 쓰렸지만, 반대하는 것보단 더 나은 일이었다.

사람들이 모두 다 같은 생각을 하니, 우린 지체할 여지 없이 지구를 죽이는 걸로 결정하였다. 이제 남은 것은 지구를 어떻게 죽이냐는 거였다. 아무리 우리가 지구를 죽인다고 무기를 갖고 찔러본대도, 지구의 입장에선 그저 바늘로 찌르는 거랑 다름없었다.

"저기, 사람들이 미생물인 것처럼 자연도 무언가가 아닐까요? 예를 들어, 나무나 풀 같은 게 지구한테는 장기 같은 거죠. 그러니깐, 사람들이 흔히 말하는 지구의 허파. 그 밀림을 없애버리는 거예요."

모두들 감탄했다. 우리는 모두 말을 한 사람을 대단한 학자라도 되는 듯이 쳐다보았다. 실제로 밀림의 크기가 줄어들면서 지구에 악영향을 미치고 있으니 아예 없애버린다면 지구는 죽어버릴지도 몰랐다.

우린 그 밀림을 모두 태워버리기로 했다. 바람이 분다면 더 빨리 없애버릴 수도 있을 테고, 제안한 몇 가지 방안 중 가장 힘이 덜 드는 방법이었다. 만약 밀림을 없애기 위해서 나무를 일일이 벤다면 10년 안에 지구를 죽이는 게 힘들 수도 있을 거다. 더군다나 도시에 남은 사람들도 별로 없고, 우리도 언제 퇴화할지 몰랐었다. 우리는 괜찮은 방법을 골랐다며 바로 실행에 들어가기로 했다.

"그럼 우선 불을 만듭시다."

라이터는 구하는 것 자체가 힘들었고 구한다 해도 우린 라이터를 어떻게 써야 하는지 몰랐다. 그러므로 우린 불을 따로 만들기로 했다. 돌을 서로 부딪치며 작은 불씨를 만들어냈고 나무 판에 긴 막대를 비비며 연기를 피워댔다. 우린 작은 불씨가 튈 때마다, 연기가 하늘 위로 올라갈 때마다 손뼉을 치며 좋아했다. 어쩌다 발을 구르기도 하였고, 누군가는 신나서 춤도 췄다. 우리의 모습은 그 어느 때보다도 가장 순수해 보였다. 도시에 전기도 끊기자, 사람들은 완전히 불에 의지하며 살아갔다. 처음과는 다르게 불 피우는 요령까지 익혀, 손쉽게 만들 수도 있었다.

밀림을 불태우기 전, 일단 우린 도시 주변의 나무들부터 태우기 시작했다. 매캐한 연기가 도시에 자욱했다. 사람들은 그런 연기 냄새가 날 때마다 가슴이 벅차올랐다. 목적을 이루고 있는 과정이 눈에 보이는 것만큼 즐거운 일은 없었다.

"지금 피어오르는 이 연기는 지구가 죽어간다는 증거야."

사람들은 작게 뗏목을 만들었다. 우리의 최종 목표인, 밀림을 태우러

가기 위한 배였다. 십 년 안에 이 배가 목적지까지 도착할 수 있을지는 의문이었지만, 일단 한 번 도전해 보기로 하였다.

사람들은 바다로 나가기 전, 밀림까지 갈 사람을 시험을 쳐서 정했다. 최종 선발된 사람은 나를 포함한 세 명의 사람이었다. 가장 퇴화하는 속도가 느리고 체력이 좋다는 게 그 이유였다. 우린 돌과 마른 나뭇가지를 들고 배를 탔다. 막대한 임무가 주어졌다는 사명감이 어깨를 무겁게 했지만 우린 고개를 꼿꼿이 들고 앞으로 나아가기 시작했다.

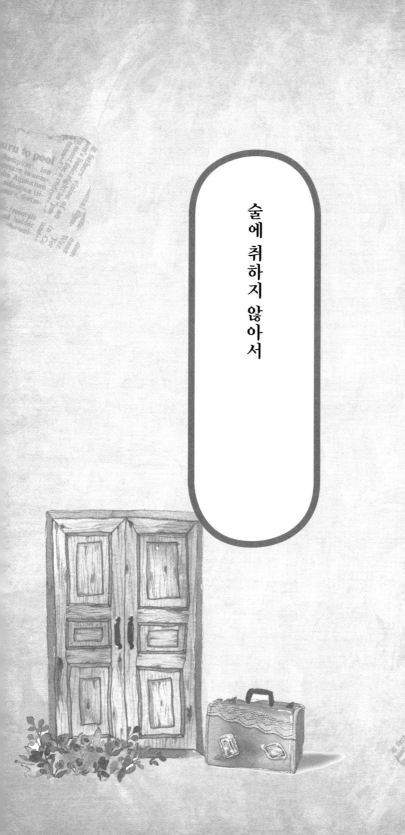

술에 취하지 않아서

서연주

 그때 왜 술을 먹었을까. 분위기에 취해서 먹었겠지. 알레르기 때문에 간지러워서. 항상 그렇게 시작했지만 그날만큼은 달랐다. 그날은 뭘 해도 안 되는 날이었다. 이사 가서 생긴 일이다. 그 이사를 간 이유는 한 보석 때문이니까. 나의 모든 것이라 칭할 만큼 내겐 특별했다. 보석을 보는 것, 그건 예술이라 칭할 수 있다. 그러한 내가 보석을 좋아하게 된 이유는 어릴 때 간 보석 박물관으로부터 시작되었다. 그때의 기억을 되살려보자면 한 다섯 여섯 살이었고, 색깔부터 빛깔, 광택 등 다양했던 거 같다. 온 사방이 작은 것부터 가치가 높게 매겨진 보석들로 이뤄진 장신구들로 가득 차 있었다. 첫 번째 전시회, 다른 전시회도 있었지만 이 전시회를 먼저 가보고 싶었다. 전시회를 들어서자 보이는 건 진열대였다. 내가 보고 있던 진열대는 붉은 광물로 가득 차고, 가득 찬 붉은 광물은 사람들의 시선을 끌었다. 그중 내 시선을 사로잡은 광물은 전체적으로는 보라색을 띠지만 여러 가지 색이 넘나드는 자수정이었다. 이때부터인가 나는 누구보다 보석을 잘 알고 그 보석을 직접 눈으로 보는 걸 원했다. 그만큼 보석은 내 삶과 바꾸고 싶을 정도였다. 보석을 더 가까이 보기 위해서라면 해외면 해외, 경매로만 볼 수 있는 것은 경매로, 수소문을 해서라도 보았다.

이때보다 좀 더 성장했을 때, 초등학교 고학년 정도. 전형적인 부모님의 잔소리인 하라던 공부는 안 하고 그런 거나 할 거니? 와 같은 말을 들으면서도 포기하진 않았다. 그런 부모님도 어느 순간부터 내 목표를 지지해 주었다. 열정적인 나에게 다가온 건 공부. 현재의 나를 살아가면서 둘 다 놓치긴 싫었다. 주변에 모든 사람들은 꿈을 이루고 싶으면 지금 하는 공부나 잘해라. 좋아하는 것만 하고 살아갈 수 있겠니? 그게 인생이니? 같은 말로 나를 이방인처럼 몰아세워 붙였다. 고등학생이 되었을 때는 모두 똑같은 길을 걸어야 하는 건지 나만 다른 길을 걷고 있었다. 같은 길을 걷는 사람들은 무조건 공부를 하였다. 그걸 이룰 수 있는 건 공부라고 생각했기 때문이다. 아무리 목표에 끈질긴 사람이더라도 현실이란 벽에 부딪쳐 깨달아 포기하는 것처럼 나 또한 그랬다. 다른 아이들과 마찬가지로 그랬을 뿐이다. 그밖에 다른 건 없었다.

그래서 지금까지 세상에 나와 있는 보석은 다 보았고, 사진으로 남겨 내 방의 벽을 다 채울 만큼 많았다. 그래서 더 이상 흥미를 주지 않았다. 추억에 잠긴 나는 드디어 상자의 입구를 청테이프로 닫았다.

상자를 싣고 이사 갈 집으로 향하였다. 그의 이삿짐은 그의 차에 자리를 잡았다. 냉장고는 트럭 제일 안쪽, 장롱도 냉장고 옆. 옷이 들어 있는 상자는 앞에. 마지막으로 사진이 들어 있는 상자는 트럭에 자리가 남았음에도 운전석 옆자리에 굳이 놔뒀다. 처음 길을 나설 때는 기뻤다. 원래 새 집을 기대하는 건 당연하니까. 그것도 잠시 그 마을에 가는 건 힘들었다. 길에 운전하던 차에 비둘기가 머리를 치지 않나 비포장도로 때문에 차 사고가 날 뻔했다. 하필 장마 같지 않은 장마가 겹쳐 일진이 좋다고는 할 수 없다. 도착하자 차에서 내린 난 입 안엔 알 수 없는 무언가가 오르내리고 있음을 느꼈다. 창문은 비둘기의 살로 뒤덮여 있기에. 그렇게 내 차는 선홍색의 피가 물들었다. 힘들게 이사한 집은 오랜 기간

동안 사람이 살지 않아서인지, 오래돼서 그런 건지 먼지가 많이 쌓여 있었다. 그래도 경치는 참 좋았다. 집의 한쪽 통유리 뒤로 보이는 정경 좋은 산. 야경에 취해 잠시 멍 때리다 집 입구에 놓인 이삿짐이 생각이 나 옮기고 곧바로 상자를 뜯어 정리를 했다. 벨 소리가 들려왔다. 옮기던 짐을 잠시 내려두고 휴대폰을 확인했다. 그는 나와 오랜 친구였다. 전화를 받자마자 친구는 다급히 말을 하기 시작했다.

너 구론마을에 이사 갔다 했나? 구론마을에 동굴이 있는데 특별한 보석을 발견했다더라.

무슨 보석이길래 난리를 치는 거야? 알잖아. 어릴 때만 보석을 좋아했지 지금은 그냥…… 그렇지.

친구는 구론마을의 보석에 대해 이야기하기 시작했고, 어릴 때 이야기. 이사 간 집의 구조. 풍경에 대해 이야기 나왔다. 나는 한 귀로 흘려들었다. 친구의 통화를 끝내고 정리하고 있던 짐을 다시 정리하기 시작했다. 정리가 끝난 후 나는 이웃 주민 분들에게 인사를 들리기 위해 떡을 준비해 이웃집을 찾아갔다.

안녕하세요. 인사차 들렸습니다. 제가 저 집에 새로 이사 와서 인사차 들렸어요.

아, 안녕하세요. 저는 이곳의 총장입니다. 새로 온 사람이 있으니 축제를 언젠가는 열어야겠군요.

총장은 처음 얼굴은 무덤덤했지만 이내 밝은 얼굴로 돌아왔다. 그는 나를 초대한다며 자신의 집으로 발걸음을 돌렸다. 그의 집으로 들어가자 보이는 광물, 세공된 것부터 막 발견했을 그 모습 그대로 보존된 것 등 집의 가장자리를 메꾸었다. 나는 보석들을 관찰했다. 총장의 집에 있는 모든 보석은 자수정이었다. 질린다. 이것에 좋아하게 된 것도 지금 좋아하지 않게 된 이유도 저거 때문인걸. 나는 탐탁지 않은 목소리로 다른 보석들이 있을 거 같은데 굳이 자수정만 존재하는지에 대해 물어보았다. 그에 촌장님은 동굴에 대해 설명했다. 마을에 있는 동굴은 자수정 동굴이란 걸 알려주었다. 나는 촌장님과 동굴 이야기로 시작해 이 마을의 보석에 대해 얘기하였다. 보석의 이름은 와인드. 와인드는 마치 검붉은 술에 적셔진 보석 같다 해서 마을 사람들이 붙였다. 나는 촌장에게 보석을 보고 싶다 말했고 우리는 광장으로 갔다. 광장은 사람들이 먹을 것을 파는 시장과도 같은 존재였기에 사람들이 항상 붐볐다. 광장 중앙에 진열? 아니 전시되어 있는 게 보았다. 확실히 처음보는 것 같다. 아니 보석을 보는 감각이 떨어진 건가. 이상하리만큼 검붉다는 표현은 어울렸지만 내 몸은 부정을 하였다. 왜인지는 모르게 간지러웠다.

저거 좀 어딘가 이상해요. 한번 가져가서 확인해 봐도 될까요?

그는 또 미세하게 표정이 굳었다. 돌처럼 굳은 그의 얼굴을 마지막으로 헤어졌다. 집에 돌아온 나는 그것이 자극이 되었다.

* * *

시끌벅적하다. 배를 자극하는 느낌을 받았다. 꼬르륵 거리는 배를 진정시키기 위해 광장시장에 갔다. 음식을 파는 곳에 와서 그런가. 처음으로 들른 곳은 정육점이었다. 정육점을 간 이유는 고기를 먹고 싶을 뿐이었다. 그래서 먼저 눈이 갔을 뿐이었다. 정육점의 문을 열었다. 딸랑거리는 소리와 함께 안에 쉬고 있던 아줌마는 몸을 일으켰다.

어서 오세요. 어머, 처음 보시네요. 저희 마을에 이사 오셨나 봐요? 무슨 일 하세요?

네. 이사 왔거든요. 일단 등심 하나 주세요. 저는 그냥 경치 좋은 곳을 찾으려다 이사 오게 되었거든요. 촌장님과 이야기하다가 보석을 봤는데 혹시 보석에 대해 아는 것이 있나요?

나는 무슨 생각인지. 궁금증을 찾지 못하고 보석에 대해 물어보았다.

그녀는 광부 이야기를 늘어놓았다. 그 광부가 보석을 캔 사람이라 알려주었다. 그렇지만 아줌마는 정확히는 잘 모른다 하였다. 그러나 그 보석이 나타난 뒤로는 우리 구론마을이 사람들에게 많이 알려진 것 같아 좋다 하였다. 나는 광부에 대해 물었고 결국 광부의 이름을 알아내었다. 집으로 가던 길에 초등학생 정도로 돼 보이는 한 소녀가 있었다. 소녀는 수중 위에 파동을 만들어 냈고 그 모습을 지켜보고 있었다. 소녀가 한 행동은 물수제비였다. 그다음 날도 그다음, 또 그다음. 항상 그 소녀는 그 자리 그곳에서 작고 빛이 나는 돌을 던지고 있었다. 똑같은 자리에 똑같은 행동을 하는 소녀는 멍한 나를 끌어들게 하기엔 충분했다. 시간이 지나면서 그 소녀와 나의 거리는 한발 한발씩 가까워지고 있었다. 오늘은 소녀의 옆, 다섯 발자국만 걸어가면 닿을 듯한 거리에서 지켜보고 있었다. 소녀는 나의 신경을 쓰면서도 계속 물에 던지고 있었다. 계속 쳐다보던 내 시선이 불편해서 그런가 나에게 다가왔다. 소녀는 왜 쳐다보냐며 물었고 나는 그냥이라고 대답했다. 그런 소녀의 어깨 너머로 중년의 남성이 걸어오고 있었다.

진영아, 집에 가자. 밥 먹으로 가야지. 저기 누구신데 저희 진영이랑 있으신가요?

저는 저 위 언덕에 새로 이사 온 사람입니다. 잘 부탁드립니다.

그는 자신도 잘 부탁한다는 악수를 하였고, 나는 그의 손을 맞잡았다.

그 후 나는 그와 자주 보았던 것 같다. 그가 먼저 다가와 주고 나를 도와줘서 그런가. 원래 친구. 아니 형 동생처럼 혈연관계였을 정도로 편안했다. 그와 많은 것을 하였다. 솔직히 그와는 무슨 일이 있지 않는 한 안 만날 거란 내 예상은 빗나갔다. 또 어느 날은 초대를 받아 그의 집에 놀러 가기도 하였다. 그러면 그럴수록 내 백지를 그가 채워주는 것 같았다.

그러나 우리가 술로 만난 날부터 채워가던 백지는 술의 그림이 그려졌다. 처음 그를 보고 내 백지에는 진영 그리고 그. 둘이서 함께 있는 것이다. 술을 마실 때는 항상 나오는 버릇. 그 고약한 버릇은 만취한 상태라 고칠 수도 없겠지. 텐션이 한없이 낮아지면서 자신의 고민을 이야기하는 것이다. 그게 왜 고약하냐고 물은다면, 사람마다 고민이 있을 순 있지만 모든 고민을 크게 부풀려 말한다는 것이다. 처음에는 가족처럼 편하여 같이 일을 한다던가 서로의 고민을 들어줘 찾아가게 됐다면 현재 나와 그는 알코올 메이트가 된 듯 술만 먹었던 것 같다. 여전히 술의 힘을 빌려 고민은 들어주고 있지만. 오늘도 역시 술을 먹었다. 간지러웠다.

항상 그의 이야기로 시작됐다. 오늘은 가정에서의 이야기를 꺼냈다. 이야기는 광부가 아닌 한 아버지의 일이었다. 광부의 일을 해 몸은 지쳤을 것이고 그러면 자신의 시간을 가질 수 있지만 그는 가지지 못하였다. 그는 진영이 얘기만 꺼내면 자신은 좋은 아빠가 아니라며 자신을 한탄했다. 우리가 처음 만난 것도 그의 아이인 진영이 때문이었는데.

또 그와 술을 먹었다. 오늘도 간지러웠다. 이야기가 이어지는 동안은 오차 없이 돌아가는 프로그래밍처럼 고개만 까닥일 뿐이었다. 그는 자신이 일하는 동안의 일을 들려주었다. 그는 정육점 아줌마가 이야기해 준 광부였다. 항상 그는 광부의 삶을 살면서 특별한 경험을 한 적이 없었다 하였다. 항상 똑같은 광물만 캐고, 똑같은 공간에서 일을 하고, 똑같은 생활. 로봇처럼 정해진 삶. 정해진 것은 편할 것 같지만 그도 지쳤을 것이다.

너도 생각해 봐. 똑같은 공간에서 똑같은 광물만 본다면 정말 싫지 않겠어? 어둡고. 위험하고. 너 내가 하는 일이 궁금했지? 내일 같이 가보자. 그럼 알게 될 거야.

술로 끝낸 오늘은 다른 날과는 다르게 먹던 술이 드레드레 흔들리며 떠올려질 뿐이었다. 침대에 누워 아무것도 없는 천장을 쳐다볼 때도 그랬고 꿈속에서도 마찬가지였다.

그의 삶은 상상하면 상상할수록 숨이 막혔다. 광물을 보고 사는 일이었지만 나 또한 광물을 더 이상 보고 싶지 않았다. 다른 걸 해봐도 소용 없을 것 같았다.

어제 있던 그 일로 그와 함께 그가 일하는 동굴로 견학 아닌 견학을 갔다. 그렇게 도착한 곳은 그가 말한 대로 불빛이 없으면 한발자국도 못 나갈 것 같았으며, 안전장비도 부실했다. 이미 내 얼굴은 걱정으로 물들 었다. 내 얼굴을 봤는지 자신만 잘 따라오면 괜찮다고 했고 그를 믿는 것에 한발 한발 내려갔다. 중심부에 도달하자 우리 몸에 있던 안전장치 를 풀고 허리쯤에 있는 손전등을 켰다. 그 손전등의 배터리가 닳아 흐릿 하게 우리의 앞길을 보여주었다.

앞은 김 서린 것처럼 뿌였다. 걸어가는 내내 심장을 부여잡고 있었 다. 걸어가는 곳 벽면에는 그와 일을 하는 사람들의 얼굴은 거울처럼 반 짝 빛나던 것에서 색채를 잃어가고 있었다. 그 모습을 바라보는 내 몸 은 붉어졌다.

* * *

마을의 광장으로 가니 소식을 알려주는 안내판에는 이틀 후 축제가 열린다고 적혀 있었다. 그게 오늘 일 줄이야. 나는 시끄러운 건 좋아하 진 않지만 이곳에 와서 처음인 행사이며 그날 총장이 한 말이 기억이나 참가하기로 마음을 먹었다. 나는 그에게 문자를 보냈다.

-너도 축제에 갈 거야?

-당연하지. 얼마 만의 축제인데 안 갈려고?

-아냐 가야지.

그 문자를 보낸 지 며칠 안 된 것 같은데 벌써 마을 축제가 다가왔다.

마을 사람들이 자신의 집에 있는 음식이나 파는 음식 물건으로 모두 즐겁게 보내는 날이었다. 나는 집에서 축제 때 가져갈 음식을 고민하고 있었다. 무슨 음식으로 해야 하나. 잡채로 할까? 먹기에도 좋고 만들기도 쉽잖아. 알록달록한 조명들이 비추는 한가운데에는 와인드가 자리 잡고 있었다. 조명의 빛을 받아서 보석은 점점 보라색을 띠는 것 같다는 생각을 하였다.

모든 사람들이 돌아다닐 정도의 큰 테이블 위에는 어린이를 위한 피자, 치킨, 쿠키 등이 있었고, 내 음식을 포함한 고기, 과일 등 또한 올려져 있었다. 이웃들과 인사하고 자리를 잡으려고 할 때 총장은 마이크에다 입을 대고 모두를 주목시켰다.

여러분, 모두 모이신 것 같네요. 제가 축제를 연 이유는 와인드, 우리의 상징인 보석을 발견한 지 5주년째면서 저희 마을에 새로 이사 오신 분을 위해 열었습니다. 아는 사람, 모르는 사람도 있겠지만 그가 우리 마을에 잘 적응할 수 있도록 도와주세요. 이상 축제를 즐겨주시기 바랍니다.

사람들은 총장의 말에 갈채를 보냈다. 그리고 사람들은 나를 포함한 이웃들과 함께 음식을 먹고 술을 즐겼다. 너무 많은 술을 먹어서인지 머리도 띵하고 제대로 걷고 있는지, 말은 잘하고 있는지 모르겠다. 그러나 결코 그는 취하지 않았다고 자부할 수 있었다.

축제를 빠져나오려는 내가 헤매자 누군가 나를 부축해 축제를 빠져나왔다. 나를 부축해 준 사람은 그 광부였다. 그는 나를 몰래 데리고 나와 자신의 집으로 향하였다. 그의 몸에서도 알코올의 향이 나던 걸 보아하니 그도 술을 마셨나 보다. 어쩌면 나보다 더.

축제 때 만나니까 더 신난다. 안 그래?

하하. 그러게.

그와 나는 그의 집으로 가는 동안 많은 이야기를 했다. 그와 내가 비록 만난 지 얼마 안된 사이에도 불구하고 이렇게 친한 이유는 역시 술이지. 그의 집에 도착해 그와 나는 평소처럼 찬장에서 술잔을 꺼냈고 다른 한 명은 술을 꺼냈다. 우린 서로의 잔에 술을 따라주고 먹고를 반복했다. 몇 잔을 먹은지는 한참 전에 까먹었다. 나는 하리타분하게 술잔을 응시하였다. 그 응시가 시초인 듯 그 상태 그대로 침묵을 유지할 뿐이었다.

원래 그게 아니었어. 너도 그날 봐서 알잖아…….

그가 말하는 것은 무엇을 말하려 하는지 느끼고 술을 중간에 멈춘 건 확신했다. 술에 취하고 들었으면 괜찮았을까? 그의 입에는 술 냄새만 남아 있을 뿐 더 이상 내 몸은 간지럽지 않았다. 그의 집 창문 뒤로는 환한 불빛이 새어들어왔지만 그의 아니 그 광부의 집은 칠흑같이 어두웠다.

너
의
시
간

김
민
채

나는 내 손에 있는 영문 모를 물건을 이리저리 쳐다보았다.

"요즘 시대에도 아직 편지를 보내나."

내게 온 편지지만 도대체 뭔지 아무것도 모르겠다. 뜯어 봐도 되는 건가? 어쩐지 망설여졌다. 그때 저 멀리 내가 타야 할 버스가 오는 게 보였다. 나는 편지를 대충 가방에 쑤셔넣고 전력을 다해 달렸다. 저거 안 타면 지각이다. 난 도대체 고등학생 때 어떻게 그 시간까지 등교를 했었던가. 버스가 가까워지자 그 안에 사람들이 가득한 게 보였다. 아니, 가득 수준이 아니다. 무슨 좀비들 같다. 저 버스를 타야 하면서도 타기 싫은 아이러니. 그러면서도 내 발은 열심히 달렸다.

* * *

늦여름이라 날씨가 선선해졌는데도 땀냄새를 폴폴 풍기면서 겨우 시간 맞춰 회사에 도착했다. 아직 시원하게 나오는 에어컨 바람을 느끼면서 몇 분간 가만히 앉아 있기만 했다. 그때 옆에 앉은 이 대리가 의자를 끌고 와 말을 걸었다.

"대리님, 요즘 무슨 일 있으세요?"

"네? 아……. 왜요?"

이 대리가 의자를 빙글빙글 돌리며 대답했다.

"아니 뭐……. 요즘 무슨 일 있으신 것 같아서요. 아슬아슬하게 지각 면하시고, 요즘 멍 때리시는 일도 많고, 혼자 생각에 잠기시는 일도 많고 하셔서. 무슨 고민이라도 있으신가 해서요."

"아, 아니요! 별일 없어요."

"다행이네요."

이 대리가 자리로 돌아갔다. 생각해 보니 이 대리 말대로 요즘 좀 이상했던 것 같기는 하다. 어딘가 정신이 나가 있는 것처럼 지낸달까. 항상 정신이 뚜렷하지 않은 것 같은 느낌이다. 어디론가 늘 신경이 계속 쓰이는 것 같다. 그게 뭔지는 모르겠다. 다만 요즘 계속 그렇다. 그래서 지금 내게 필요한 것들에 신경을 못 쓰고 있다. 정신 차리자, 정신. 현생 살아야지. 나는 마음을 다잡으며 익숙하게 나를 다그쳤다. 일하자, 일.

"대리님!"

"아, 네?"

이 대리였다.

"점심 시간이잖아요. 같이 드실래요?"

정신 없이 일하다 보니 벌써 점심 시간이 되었나 보다. 어쩐지 배가 좀 고파진 것 같기도 하다.

"요 앞에 수제버거집 생겼던데."

"아, 네. 그래요."

어차피 다른 거 먹을 생각도 없었으니 그냥 이 대리를 따라가기로 했다. 주문한 버거를 먹으며 이 대리가 말했다.

"근데 대리님, 저, 연애 시작한 거…… 아시죠?"

"네? 진짜요?"

이게 무슨 소리래. 들도 보도 못한 소리다.

"연애요? 언제부터요?"

이 대리는 오히려 내가 예상 못한 말을 했는지 이상하다는 듯 대답했다.

"모르셨어요? 아니 우리는 나름 숨긴다고 숨겼는데, 다들 눈치를 채셨더라고요. 그래서 대리님도 아실 거라고 생각했는데."

"몰랐어요. 누구랑요?"

"마케팅 팀 강 대리요."

"사내 연애요?"

사내 연애라고? 그런데도 다들 눈치를 챌 때까지 같은 부서에 있는 내가 몰랐다니. 요즘 내가 진짜 이상하긴 한가 보다.

"네. 사내 연애요. 진짜 모르셨어요?"

"네. 제가 좀 둔한가 봐요."

"흐음……. 뭐, 하긴 저희는 최대한 티 안 내려고 했거든요. 그런데 어떻게 들켰는지 알아요?"

"어떻게 들켰는데요?"

이 대리가 수줍어하며 대답했다.

"그게, 강 대리님이 100일에 손편지를 써 줬거든요? 아유 참, 나는 그냥 카톡 장문으로 보내는 정도로만 해줘도 괜찮다고 그랬는데. 요즘 세상에 누가 편지를 쓰냐고요오."

이 말을 들으니 퍼뜩 아침에 받았던 편지가 생각났다.

'맞다, 편지. 나 그거 확인해 봐야 하는데.'

어쩐지 빨리 확인해야 할 것 같은 다급한 마음이 들었다. 역시 제정신이 아니야. 몸이 열에 들뜬 사람처럼 이상하게 느껴졌다.

"저, 저기 이 대리님."

"네?"

"화장실 좀 다녀와도 될까요?"

"아, 네, 네. 그럼요."

나는 가방을 들고 화장실로 빠르게 걸어갔다.

"대, 대리님 가방을 왜⋯⋯!"

이 대리가 다급하게 말했지만 나는 못 들은 척하고 화장실로 들어갔다. 문을 잠그고 앉자 왠지 모를 안도감이 들면서 아까보다는 마음이 진정되었다. 나는 조심스레 편지를 꺼내보았다. 아침에 다급하게 쑤셔 넣어서인지 편지는 심하게 구겨지고 살짝 찢어진 부분도 있었다. 나는 편지를 꺼내보려다 잠시 멈칫했다.

근데 나, 이거 뜯어봐도 되는 거야?

아, 그래. 안 될 게 뭐가 있어. 나한테 온 거잖아.

근데 내가 모르는 내용인데. 나한테 편지 올 게 없다고.

내가 모르는 내용이지만 내게 온 게 맞잖아. 수신인에 내 이름이 뚜렷하게 적혀 있다고. 그럼 이건 내 거지.

근데 잠깐만, 아까 급하게 쑤셔 넣느라 제대로 못 봤는데 여기 발신인에는 왜 아무것도 적혀 있지 않은 거지? 내가 이걸 봐도 되는 거야? 이거, 누가 보낸 건데?

아니다. 확인해 보면 끝나는 거다. 수신인에도 내 이름이 쓰여 있지 않은가. 나는 봉투를 뜯고, 안의 편지를 꺼내보았다. 편지도 역시 구겨져 있었다. 접힌 편지를 열기 전 망설였지만, 그래, 뭐 별일 있겠어? 데스 노트라도 있겠냐고. 요즘 드라마를 너무 많이 봤어. 진정하자. 나는 편지를 열어 보았다.

◆ 초대장 ◆

귀하를 상담자로 상담에 초대합니다.

일시 : 2000년 ○월 ○일
장소 : ○○시 ○○동 ○○고등학교 옆 ○○ 카페

이게 다였다. 맥이 탁 풀렸다. 뭔가 대단한 게 있을 거라고 생각했는데. 처음 봉투에 쌓인 이 편지를 봤을 때 가진 호기심이 이 편지를 뜯음으로 해결될 거라고 생각했다. 어쩌면 내가 알아서는 안 될 비밀이 있을 수도 있을 거라고 생각했다. 그런데 이게 뭔가. 처음부터 끝까지 다 호기심만 있고 답은 없다. 도대체 누가 보낸 걸까. 장난을 친 건가? 실수가 있었던 건가? 둘 중 하나다. 중요한 건 내게 진짜 상담을 의뢰한 건 아닐 거라는 거다. 내게 왜 상담을 의뢰하겠어. 나는 이쪽 일을 하는 사람도 아니다. 무슨 내용인지 모르겠다. 내게 상담을 의뢰하겠다는 얘기 같은 건 들어본 적이 없는데 갑자기 무슨 상담. 그 와중에 고등학교는 내가 다녔던 데네. 카페도 내가 고등학생 때 가끔 갔었던 곳이고. 그것 말고는 내가 영문을 알 틈이 없는 초대장이다. 뭔가 묘하게 찝찝한 마음이 들기는 하지만 이런 것에 정신 뺏길 여유 따위 없다. 안 그래도 요즘 이상한 데에 정신 팔린 느낌인데 내 정신을 더 복잡하게 하는 건 무시해야 마땅하다. 난 내 현생을 살기도 바쁜 사람인지라.

나는 편지를 그냥 화장실 쓰레기통에 버리고 나왔다. 이 대리가 나를 보더니 말했다.

"대리님 화장실에 가방을 가지고 가시면 어떡해요! 내가 불렀는데 돌아보지도 않고. 못 들으셨어요?"

"아, 네. 못 들었어요."

"아유 버거 다 식었겠다."

그래, 정신 차리자. 현생 살아야 하니까.

＊ ＊ ＊

"아……, 머리야."

몸이 안 좋아서 오랜만에 연차를 낸 날이었다. 소파에 누워 있는데, 초인종이 울리는 소리가 들렸다.

"누구세요……."

"등기 우편이요!"

등기? 등기 우편? 뭐지, 나한테 그런 게 사전 연락도 없이 왜 오지? 부모님들이나 뭐 그런 걸 보내실 수도 있지만, 아무 연락도 없이 딱 그것만 보낸다고?

지금 꼴이 말이 아니지만 등기 우편이라고 하니 내가 나가야 하는데……. 나는 문을 열고 우편을 받았다. 뭘까? 등기 우편이래서 뭔가 대단한 게 있을까 했는데……. 편지다. 또 편지야? 또 같은 사람이 보낸 건가? 요즘따라 왜 자꾸 이런 일이 일어나는지 모르겠다. 정말 평범하디평범한 삶을 살아왔는데 갑자기 무슨 특별한 일이라도 생기려는 건가. 영문을 알 수 없는 편지이지만 역시 수신인은 내 이름이다. 내가 모르는 내게 온 편지라니. 역시 또 발신인은 안 적혀 있고. 장난인 걸까. 아니면 내가 모르는 무슨 비밀이 있는 건가. 지난번에도 뜯어 봤으니 이번에도 그냥 뜯어 봐야겠다.

◆ 초대장 ◆

귀하를 다시 한 번 간곡히 상담자로 상담에 초대합니다.
귀하의 상담을 간절히 기다리는 학생이 있습니다. 해당 학생은 17살 고등학생으로, 현재 많은 어려움을 겪고 있어 귀하의 상담이 필요합니다.
부디 초대에 응해 주셔서 학생에게 작은 위로의 말을 부탁드립니다.
감사합니다.

이전에 받은 초대장과 거의 똑같은 내용이다. 하지만 내가 거절했던 것 때문인지 말투가 훨씬 간절해졌다. 어쩐지 마음이 쓰인다. 이렇게 다시 온 걸 보면 이 학생은 카페에 왔다가 다시 돌아갔던 걸까? 장난이 아니라 진짜인 건가? 간곡히, 간절히, 어려움, 위로. 이런 말에 마음이 쓰인다. 특히 가장 신경이 쓰이는 부분은 '17살'이다.

열일곱. 내게도 절대 잊을 수 없는 해이다.

정말 한순간이다. 잠시 한눈을 팔면, 잠깐 발을 삐끗하면 마치 기다렸다는 듯 나를 저 바닥으로 끌고 내려간다. 아주 조금 올라가는 건 어려워도, 나락으로 곤두박질치는 건 정말 쉽다. 산의 정상은 좁지만 저 밑, 낭떠러지에는 공간이 많거든. 정상은 한정적이지만 낭떠러지에는 그 누가 떨어져도 자리가 남거든.

* * *

"엄마, 뭐야? 오븐 팔게?"

"어차피 잘 쓰지도 않잖아. 안 쓰는 거 놔둬서 뭐 해."

"엄마, 피아노는 왜 팔아?"

"너 지금 중학교 3학년 겨울 방학이야. 올해 고등학생이라고. 이 집에 치는 사람이 누가 있어? 느이 오빠가 치냐? 네가 치냐?"

"나 가끔 치는데?"

"고등학생 되면 그럴 시간 없어. 공부하기 바빠. 너희 오빠 보면 몰라?"

엄마는 하나 둘씩 가구를 내다 팔았다. 오빠는 알바를 하나 둘씩 늘렸다. 아빠의 퇴근은 빨라졌다. 아빠는 그 시간에 대리 운전을 했다.

그때 눈치를 챘어야 했다.

"엄마, 우리 집 무슨 일 있지?"

어느 순간 좁아져버린 집에 앉아 내가 물었다. 엄마는 그제야 얘기해주었다. 아빠가 회사에서 잘렸다고. 회사 사정이 어려워져서 어쩔 수 없었다고. 하지만 엄마는 내게 걱정 말라고 했다. 엄마도 돈을 벌기 시작했고, 오빠도 알바를 늘리고 있으며, 아빠도 대리 운전을 하면서 다른 일을 찾아볼 거라고 했다. 엄마는 내 손을 꽉 붙잡으며 말했다. 나는 이제 고등학생이 되었으니 공부만 하라고. 그게 내가 우리 가족을 위해 해야 될 일이라고 했다. 좋은 대학을 가라고. 그게 우리 집을 위한 유일한 희망이라고.

나는 그 날 이후로 그 말에 갇혀버렸다. 잠시 쉬고 싶다는 생각이 들다가도 가족들을 보면 쉬어서는 안 된다고 생각했다. 내가 유일한 희망이랬잖아. 코피를 쏟는 건 예삿일이었다. 오히려 자랑스럽게 생각했다. 계속 이렇게 해. 아니, 더 열심히 해. 계속 이렇게 살 수는 없잖아. 절대.

원래 머리가 좀 좋은 편이었다면 또 모를까, 중학교 시절 나는 그냥 말 그대로도 딱 중간이었다. 완벽한 중간. 그랬던 내게 이제 돈이 사라져버렸다. 과외를 비롯해 잃는 게 많아졌다는 것이다.

겨울 방학이 끝나고, 나는 입학을 했다. 고등학교는 적응하는 것조차 너무 힘들었다. 늘 숨이 막히는 것 같았다. 인생의 낙이 없었다. 진짜 이래도 되는 건가 싶었다. 하지만 다들 그렇게 했기에 나도 해야 했다. 나는 우리 집의 희망이니까. 야자를 하던 하지 않던 집에는 늘 10시 넘어 도착했다. 숙제의 양도, 수행 평가의 부담도 늘어났다. 하루가 모자랐다. 이럴 때 가장 쉽고 빠른 방법은 자는 시간을 줄이는 것이었다. 중학생 시절, 나는 키가 작은 편이었던지라 늘 일찍 잤다. 12시 넘어서 잠에 든 적은 거의 없었다. 하지만 이제 다르다. 12시 이전에 잠에 드는 것은 꿈도 못 꿨다. 절대, 절대. 잠은 모자랐고, 체력도 부족했다. 수업 시간에 졸지 않기 위해서는 카페인이 절실했다. 처음에는 별로 세지 않은 커피를 마셨지만 시간이 지날수록 내 책상 위에 놓인 커피는 점점 더 진해져 갔다. 시간이 지날수록 몸도 마음도 지쳐갔고 이런 내 상태를 반영하듯 잔병치레도 잦아졌다. 감기, 두통, 소화 불량. 점점 더 무기력해지고, 예민해졌다. 별것 아닌 일에도 화를 내고 짜증을 냈다. 이 때문에 내 주변에도 안 그래도 없던 친구도 더 사라져버렸다.

이런 상황에서 중간고사를 겨우 넘겼다. 정말 겨우. 참 이상한 일이다. 문제가 정말 어려웠는데 그 문제에서도 살아남는 이들은 늘 있다. 문제가 어려웠으니 나만 못 친 건 아닐 거야, 라고 생각했는데. 그리고 1등급은 그들에게 돌아간다. 2등급까지. 어정쩡한 나 같은 사람들은 뚝뚝 떨어지는 것이다. 참 답답했다.

중간고사 점수가 좋았다면 좀 나았을까. 모든 걸 꾹꾹 눌러담아 친 시험의 점수가 그러하니 기말고사 기간에 결국 문제가 생겼다. 늘상 무기력했다. 수업 시간에도, 자습 시간에도. 가끔은 무어라 형용하기 어려운 허탈감, 무상감, 우울함. 어느 날은 이상하다 싶어 인터넷에 검색을 해보았다. 그들은 이러한 증상을 이렇게 정의했다.

번 아웃 증후군.

확실히 번 아웃인지는 모르겠다. 하지만 어느 정도 비슷한 증상이 있었다. 그냥 그때 든 생각은 이거였다.

'아무것도 하기 싫다.'

내가 지금 해야 하는 것도 알고, 절실한 것도 너무나도 잘 알지만 그냥 지금은 다 모른 척하고 싶었다. 두 눈을 감고 두 귀를 막고 모든 걸

다 외면하고 싶었다. 아주 잠깐이라도. 달라지는 게 없다 해도 눈을 뜨면 모든 게 다 그대로일지라도. 하지만 완벽한 안대도, 완벽한 귀마개도 없는 걸까? 아무리 눈을 가리고 귀를 막아도 안대 틈으로, 귀마개 틈으로 계속 내게 속삭였다.

'너 지금 해야 돼.'

'다들 하고 있잖아, 안 보여?'

'중간고사 점수 회복해야지. 너, 그딴 점수 가지고는 뭘 할 수 있을 것 같니? 어디 갈 수 있을 것 같아?'

'얘가 지금 무슨 정신으로 살고 있나 몰라.'

'대학 안 갈 거야? 그냥 그저 그런 대학교 갈 생각이니?'

'주위를 둘러봐. 애들 어떻게 하나. 1등급, 2등급, 아니 3등급까지 저 아이들에게 돌아갈 거야. 그럼 네게 남는 건 4등급, 5등급이겠네? 아니, 6, 7, 8, 9등급?'

'너 이제 고등학생이야. 놀 때 지났어.'

'정신 좀 차려. 지금 네가 그럴 때야?'

정말 아무것도, 아무것도 하기 싫었다. 악순환이었다. 쳇바퀴 같은 악순환.

* * *

나의 열일곱은 그랬다. 이 아이의 열일곱은 어떻길래 이런 초대장을 보내온 걸까. 그때 난 어떻게 했더라. 사실 기억이 뚜렷하지는 않다. 누군가의 도움을 받았던 것 같다. 공감이 최고의 위로라고 했던가. 어떤 분과 얘기를 나눴던 것 같은데 그분도 나와 비슷한 경험을 했다고 했다. 덕분에 마음을 짓누르던 짐을 조금은 덜어내고 비교적 마음가짐을 편안하게 가졌던 것 같다. 이 아이도 지금 그런 위로가 필요한 상황인 건 아닐까? 모른 척하기에는 마음이 너무 쓰인다. 그리고 이 초대장 속 카페는 내 본가 근처에 있다. 날짜도 주말이니까, 속는 셈 치고 한 번 그냥 갔다 올까? 본가도 들를 겸. 그래, 밑져야 본전이니까.

* * *

시간은 얼추 된 것 같은데……. 괜히 온 건가. 진짜 그냥 장난이었던 걸까. 아니 그런데 누가 그런 장난을 치겠어, 아니겠지. 오겠지. 곧, 앳되어 보이는 여학생 하나가 카페 문을 열고 들어섰다. 그 학생을 보니 어쩐지 이상한 감정이 들었다. 모자를 쓰고 마스크도 써서 얼굴은 거의 보이지도 않았는데. 이 감정을 뭐라고 설명해야 하지? 모르겠지만, 아무튼 어떤 이상한 감정이 내 마음속에서 깊이, 깊이 움직였다. 참 묘한 느낌. 뭐랄까, 이상한 익숙함? 묘한 연민? 이상하게 내가 기다리던 그 학생이 저 아이라는 확신이 들었다. 처음부터 알고 있던 것처럼. 아니나 다를까, 그 학생이 내게 와 물었다.

"저기 혹시……. 그 상담……?"

맞구나.

"네, 네. 맞아요. 그 학생이에요?"

"네."

진짜라니. 그 편지가 진짜였어. 근데 생각해 보니 막막하다. 내가 상담을 해주라고? 뭘, 뭘 어떻게? 그리고, 이 학생은 무슨 생각으로 이런 거지? 궁금했다. 어떤 이야기를 갖고 있길래.

"안녕하세요."

그 학생이 먼저 인사했다.

"아, 네. 안녕하세요."

이것저것 물어보고 싶은 게 많았지만, 어쩐지 물어볼 수가 없었다.

"음……. 뭘 어떻게 시작해야 할지 모르겠네요."

그 말에 내가 대답했다.

"편하게 해요. 편하게."

"좀 복합적이라서요. 뭐 뚜렷하게 하나 때문이 아니라서."

"그렇죠, 아무래도."

"일단…… 고등학생이 되고 나서 부담이 많아진 게 있는 것 같아요. 공부량도 훨씬 늘어났고요. 집에 들어가는 시간만 봐도 알아요. 내가 따로 스터디 카페를 가거나 독서실을 가거나 그런 게 아니더라도 늘 10시 이후에 집에 가게 돼요. 학교에서 야자를 하거나 학원에 가거나. 다른 애들 중에 과외하는 애는 11시 넘어서 끝나는 애도 있는 것 같더라고요. 저는 과외는 하지 않아서 그 정도는 아니지만요."

"야자 매일 해요?"

"학원 안 가는 날은 매일 해요. 8시까지 학교에 가서, 수업 시작 전까지 자습이나 아침 활동 아니면 청소하고요. 4교시까지 하고 점심 먹고, 7교시까지 수업하고."

"7교시 끝나면 뭐 해요? 난 뭐 했더라……. 또 나 때랑 좀 다를 것 같아서요. 내가 지금 고등학생들을 막 잘 알지는 않으니까."

"7교시 끝나면 자습해요. 방과후 신청하면 방과후 듣고요."

"아, 비슷하네? 석식 전에 하는 자습이 오후 자습인 거죠?"

"네. 9교시까지 오후 자습하면 6시 넘어요. 그 때 저녁 먹고 학원 있으면 학원 가요. 아니면 야자 하고. 학원 끝나면 10시고, 야자 끝나도 거의 10시예요. 아침 해가 뜰 때쯤 학교 가서 해 다 지면 집에 오는 거예요. 매일 그렇게 해요. 몇 년 전에 어둑어둑해져서 집에 오는 고등학생들 볼 때는 어휴 어떻게 저렇게 하지, 라고 생각했는데 벌써 제가 그 나이가 됐더라고요. 사실 저는 아직 준비 안 된 것 같은데."

"어째 나 고등학교 다닐 때랑 달라진 게 없네. 그냥 하루 종일 공부하는 거예요? 아침부터 밤까지? 야자 없는 날 이런 건 없어요?"

"따로 있는 건 아니에요. 근데 뭐, 선생님께 말씀 드리면 뺄 수야 있죠.

아프다거나, 아니면 뭐 피치 못할 사정이 있거나. 근데 중요한 건 그렇게 하면 제 마음이 안 편해요."

"아, 거짓말을 하는 게?"

"아뇨, 다른 애들 다 하는데 나만 안 하는 게."

"아, 좀 미안하구나? 고생할 거면 다 같이 해야 하는데 싫어서."

"아니요. 그만큼 걔들은 더 열심히 하게 되는 거잖아요. 그만큼 공부를 더 하게 되는 거고. 내가 안 하는 동안. 그만큼 더 앞서나가게 될 수도 있는 거구요. 1등급은 딱 4%인데. 제가 야자나 오자 거짓말해서 빼는 애들 보고 다행이다, 이렇게 생각하는데 그런 제가 다른 애들이 저를 보면서 그런 생각을 하게 만들 수는 없죠."

"아, 아. 그런 생각으로? 그런 생각일 줄은 몰랐네. 내가 너무 1차원적이었나. 공부에 대한 욕심이 좀 많은 친구인가 봐요? 아, 아니 뭐 나쁜 뜻으로 한 건 아니고. 나도 그랬거든요."

"네, 그런 편이에요. 그럴 수밖에 없어요, 제가."

"왜 그럴 수밖에 없어요?"

그 애는 잠시 망설이더니 말했다.

"그렇죠, 이 얘기를 해야죠. 제 지금 상황에 대한 상담을 하려면 안 할 수가 없겠죠. 제가 다른 아이들보다 더 치열하게 해야 하는 까닭. 그렇게 치열하게 해도 결국 그 애들 뒤꽁무니나 겨우 쫓아가는 이유. 제가 지금 이런 상태가 된 원인."

무얼까. 네가 지금 이 상태가 되어버린 원인이.

"집안 사정이 많이 어려워요."

혹시 그런 건 아닐까, 하고 예상했던 이유였다. 너도 돈에 쫓겼구나.

"집 안에 돈을 안정적으로 벌 수 있는 사람이 없어요. 그나마 젊은 오빠는 곧 군대 가야 되고요. 고등학생 때 돈이 가장 많이 든다던데, 가장 중요하고 가장 절실한 시기인 이때 저를 금전적으로 도와줄 수 있는 사람이 없어요. 그러면서 엄마는 저보고 공부를 잘 해야 한대요. 이렇게 살지 않으려면 열심히 해야 한대요. 저도 너무 잘 아는 얘기고요. 그래서, 이미 뒤처져 있으니까, 이미 출발선이 뒤니까 따라잡으려고 진짜 열심히 했어요. 과외도 못하고 컨설팅도 못하고 아이패드니 갤탭이니 그런 것들은 꿈도 못 꾸지만 악으로 깡으로 하면 이길 수 있을 거라고 생각했어요. 그냥 딱 3년만 버티자 하는 생각으로. 진짜 이렇게 안 하면 평생 이 정도로만 산다고 나한테 계속 상기시키면서. 그렇게 공부만 했어요."

그때의 내가 생각났다. 나도 그랬지. 가진 게 없으니 악바리로라도 버티자고. 이미 저 위에 있는 저 아이들을 이기려면 내게는 그것밖에 방법이 없다고. 가장 무식한 방법이지만 내가 할 수 있는 건 그거니까. 수학 영어만 겨우 다니는 내가 국어, 과학도 학원을 다니고 과외를 하고 컨설팅을 하고 비싼 공부용 전자기기까지 들고 다니는 아이들을 따라잡으려면 밤을 새고 점심 저녁을 굶고 아파도 학교에 오는 그런 방법을 써야 했으니까.

"그렇게까지 본인에게 부담을 주는 거예요?"

"그렇게 해야 제가 공부를 하니까요. 원래 의지박약에 정신머리가 야무지지 않아서. 제가 절 움직이는 방법을 아는 거예요. 그렇게 스스로를 끝으로 내몰아야 움직여요, 제가. 그래서 매일 상기시켜 주는 거예요. 내 위치가 지금 어딘지를. 집으로 오면서 예전에 제가 살던 집을 한번 보고, 집으로 돌아와 우리 집을 한 번 슥 훑어요. 넌 지금 이 상태인 거야, 알려주려고."

"스스로를 옥죄는 스타일인가 봐요."

"……. 그런 것 같아요. 가끔은, 밤에 잠을 잘 때도 마음이 편하지가 않아요. 혹시, 지금 이 시간에도 나보다 치고 올라가는 애들은 없을까. 이렇게 맘 편하게 잠만 처자도 되는 건가, 하면서."

"들어보니까 17살의 내가 보이는 것 같아요. 어떻게 나랑 이렇게 비슷하지. 많이 힘들죠? 다음에 하면 되지, 라고 계속 되뇌다가 지금이 마지막이라는 생각이 들고. 나도 그랬거든요. 중학생 때는 다음이 있었는데 이때쯤 되니까 다음이라고 할 수가 없겠더라고요. 그게 진짜 압박이 되고. 숨 막히고 답답하고. 나는 어느 날 보니까 우리 집이 가난해져 있었어요. 엄마는 내가 유일한 희망이라고 했고. 그래서 진짜 이 악물고 열심히 했죠, 학생처럼. 그래서 나도 거의 번 아웃이 왔던 거 같아요. 너무 잘 알아서 지금 뭐라고 말을 해줘야 할지 모르겠어요. 그냥 해주고 싶은 말은 학생 같은 사람은 어떤 길을 가던 목적지에 도달할 거예요. 설령 그 길이 잘못 든 길이라도 직접 길을 만들 거예요. 지금 잘 하고 있고 뭘 하든 잘 할 거예요. 날 가장 믿고 내 편이 되어줄 사람은 자기 자신이라고 하잖아요. 다 등 돌려도 본인만 믿고 있다면 다시 일어날 수 있을 거래요."

처음엔 이쪽에 직업을 갖고 있는 것도, 흥미를 갖고 있는 것도 아닌 내가 누군가를 상담해 줄 수 있을까. 위로를 해줄 수 있을까, 했지만. 가장 좋은 위로는 들어주는 것, 그리고 공감해 주는 것이라고 누가 그랬다. 그 말이 진짜라면 그래도 이 아이에게 힘이 좀 되어주었던 것이라고 할 수 있지 않을까. 이 아이의 상황이 내가 어렸을 때와 비슷해서 안타까웠지만 덕분에 더 공감을 해줄 수 있었던 것 같다.

"……. 노력해 볼게요. 감사합니다. 저 이제 가봐야 할 것 같아요."

"네, 도움이 됐으면 좋겠네요. 잘 가요."

학생은 짐을 챙겨 일어났고, 나는 잠시 더 앉아 있다 가기로 했다. 문이 잠깐 열려서 그런가, 정신이 맑아진 것 같은 느낌이 들었다. 카페 밖으로 나서는 그 아이를 지켜보던 내 시선이 그 아이가 앉아 있던 자리로 옮겨갔다. 그리고 그곳에는, 내가 줄곧 달고 다녔지만 나의 열일곱 어느 날 잃어버렸던 키링이 놓여 있었다.

영원의 파란

김
수
연

삐, 삐, 삐······ 침대 옆 탁자 위 검은 탁상시계서 알람이 울렸다. 탁, 금속에 손이 닿자 둔탁한 소리가 났다. 아침 공기는 쌀쌀하고 방도 별반 다르지 않아 시계 차갑다. 나는 대강 손을 휘적여 알람을 끄고 몸을 일으켰다. 아침마다 이불을 바로바로 정리하는 것은 진드기를 생기게 한다는 어디선가 주워들은 잡지식을 핑계 삼아 구겨진 이불을 그대로 놔두고는. 생산되는 것은 하나도 없지만, 쳇바퀴처럼 한결같이 돌아가는 지루하고도 반복적인 하루가 오늘도 시작되었다. 여기는 창문을 조금만 열어도 바다의 짠 내음이 물씬 밀려오는 바닷가 해안 마을, 오늘은 7월 16일, 아마 곧 개가 문을 두드릴 것이다. 학교 가자, 하고. 그럼 나는 또 잠깐만 기다려. 하고 대꾸할 테고······. 걸어서 10분 거리의 버스 정류장에 새벽의 바람을 맞으며 걸어가서는 배차 간격이 17분인 버스를 30분간 타고 학교에 도착하는 것이 아침의 일과, 그 일과에 늘 함께 존재하는 개. 아무것도 모르는······. 오늘따라 잡다한 생각이 많아진다, 별다른 것 없는 평범한 하루임에도 불구하고. 현관문을 열면 제 신발의 앞 코를 땅바닥에 톡, 톡 하고 치고 있던 개가 나를 보고서는 웃는다. 준비됐어? 응, 가자. 오늘 1교시는 뭐더라? 글쎄, 수학? 아…… 싫어, 졸린데. 발에 걸리는 돌멩이들을 죄다 차버린다, 꽤 멀리 날아갔음에도 불구하고 맞는 사물 하나 없다. 새벽의 이 길은 잔잔하기 짝이 없고 17분의 간격으로 버스만이 정적을 깬다. 그렇게 걸어가다 보면 어느새 버스 정류장이다. 정확하게 7분 뒤에 버스는 올 예정이다.

　고요한 정적 그걸 깨는 버스. 나는 정적을 좋아하오. 하지만 정적을 부숴버리는 버스를 싫어하지는 않소. 일렁이는 짠 내음이 우리를 휘감아 아지랑이를 일으키오. 나 개 버스 버스정류장 땅 하늘 바다 일렁이니 이곳이 천국이오.

* * *

　그렇게 등교한 학교는 여느 때와 같다. 이미 등교한 아이들이 와자지껄 떠드는 소리 담장 넘어가지 못한다. 사람 수가 그리 많지 않으니 어쩔 수 없는 일, 한 반에 스물다섯 명, 두 반이 고작이다. 1등급이 한 학년에 한두 명밖에 없는, 말하자면 내신 따기 극악인 -그러나 농어촌 전형이 가능한- 그런 학교에 나와 걔는 다닌다. 내 자리는 교실 가장 끝이다. 지금 같은 계절에는 햇살이 적당하게 들고…… 바닷바람이 저 멀리서 불어와 코를 간지럽히는. 그렇게 춥지도 덥지도 않으며 눈에 잘 띄지 않아 자기 딱 좋은 자리. 나는 고래 인형을 끌어안고는 심해와도 같은 파란 담요를 둘렀다. 엎드려서 자는 게 좋지 않다고 하지만, 그렇다고 교실 뒤편에 드러누울 수는 없으니까. 어차피 수업의 내용은 다 알고 있으니까 듣지 않아도 상관없다. 자만심 따위가 아니라, 익숙하디익숙한 내용이라. 자다 깨서 불려 나와 문제 풀어보라 시켜도 문제 풀 자신도 있으니. 아…… 그렇다고 바로 이걸 증명시켜주실 필요는 없는데. 나는 터덜터덜 칠판으로 걸어 나와 공식과 답을 대충 휘갈겨 적은 후 들어갔다. 뒤에서 나를 부르던 선생님은 내가 적은 공식과 답을 보더니 입을 딱 벌리고는 아무 말도 하지 못했다. 아마 자는 학생이 아니꼬워 일부로 어려운 문제를 시켰던 거겠지. 뭐, 그 자고 있던 학생이 나서서 참 안타깝게 되었다. 사실 별로 안 안타깝지만. 나는 다시 엎드린다. 이동수업도 없으니 점심시간까지 날 깨우는 이는 없을 것이다. 걔가 있었으면 옆자리서 여기에 밑줄을 치고 이건 이렇게 푸는 것이고, 졸지 말고 들으라며 나를 깨울 텐데. 반이 딱 두 반으로 갈리는데 하필 걔와 내가 다른 반이어서는. 파란의 하늘 가만히 눈에 담다가 이내 눈을 감는다. 수마가 이내 나를 덮치며, 오늘 점심은…….

사람 없는 곳은 좋으나 좋지 않소. 학교는 사람이 많아야 좋고 쉴 때는 사람이 없어야 좋소. 맞게 있어야 하는 것이오. 사람도 사물도 자연도.

* * *

밥, 감자수제비국, 배추겉절이, 도토리묵 무침, 소불고기, 조각사과. 오늘의 점심 메뉴다. 식판을 들고 이리저리 좁은 급식실을 둘러보고 있자면 걔 손 흔들어 나를 부르더라. 먼저 왔네? 같이 좀 가자니까. 너 자고 있길래, 잘 안 일어나잖아? 그래서 그냥 자리나 잡아 놓고 전화하려고 했지. 전화 소리를 들으면 내가 깨고? 왜, 알람 소리는 잘 듣는다며. 그거랑 전화 소리랑 같아? 같지, 그럼 달라? 헛소리 말고 밥이나 먹어. 매정하긴. 내가 뭐가 매정하냐? 너한테는 세상 다정한데 나. ……네가, 나한테? 그럼, 나 너 말곤 친구도 없잖아. 자랑이다, 너도 밥이나 먹어. 가벼운 티키타카가 지나간 후 찾아온 공백의 정적은 수저 소리가 채운다. 그렇다고 해서 우리가 어색한 사이라는 것은 아니다. 왜, 정적이 편안한 친구가 진짜 친한 친구라고 하지 않는가. 나랑 걔 수없이 많은 시간의 공백을 보내왔으며 단 한 순간도 어색한 적이 없었다. 걔랑 나 사이의 공백은 그냥, 날 때부터 자연스러운 것. 파도가 파란을 불어오는 것처럼…….

자연의 섭리 물의 순환 공백 없는 우리는 우리가 아니오. 공허가 있어서 우리는 우리이며 2인의 정적은 생을 질주하오. 우리는 그렇게 살아가오.

* * *

반으로 돌아와 다시 책상과 팔의 틈새에 얼굴을 묻었다. 이번에 자고 일어난다면 종례까지 마친 후가 아닐까. 아까도 말했다시피 나를 깨울 것은 개밖에 없으니. 걔 아마도 자고 있는 나를 본다면 어쩜 너는 학교에 잠을 자러 오는 거냐, 밤에 안 자고 뭘 하냐 등의 말을 하며 깨울 테고 나는 부스스해진 머리 대강 쓸어 넘기며 살짝 웃어 보일 것이다. 아마도 그렇게 할 것이다, 달라진 적 없으니까. …… ……야, 일어나. 걔 나를 깨웠고 나 부스스해진 머리 쓸어 넘기며 웃어 보였다. 역시 예상과 한 치의 변화도 생기지 않았고. 가방 애초에 푼 적도 없으니 챙길 것도 없다. 안 들고 오는 게 낫지 않냐 하지만 그렇게 하면 걔 왜 가방 안 들고 왔냐 뭐라 하니까. 걔와의 시간 공백으로 채우는 것이 낫다 못해 좋은데 구태여 가방 하나 들고 오지 않아 잔소리로 채울 필요 있나. 학교에서 버스 정류장의 거리는 그리 멀지 않아 엎어지면 닿을 거리이니 굳이 시간 계산에 넣지 않고, 지금 나간다면 버스 도착과 딱 맞춰 정류장에 도착할 것이니 배차 간격도 넣지 않으면 버스 타고 가는 시간 30분과 내려서 집까지 걸어가는 10분. 40분만 있으면 집에 도착하니 그 40분 또 공백의 정적으로 채운다. 하굣길 버스는 시끌벅적하고 여름의 물기가 흠씬하지만 나와 걔 사이에는 공백만이 가득해 메마르디메말랐다. 건조하다고 다 어색한 사이도 아니니 우리는 그저 건조를 즐길 뿐.

메마른 건조 흐르는 여름의 물기 그 사이의 간극은 쉬이 좁혀질 수가 없소. 세계와 우리에게는 거리가 있음이 분명하오. 그 거리 구태여 좁힐 필요도 없소.

* * *

내 집 바로 옆 개 집이다, 개 집에 보낸 후 나도 집에 와서 가방을 내려놓고, 옷을 대충 걸어둔 후 화장실로 향하였다. 나는 이 시간을 좋아한다, 멍하니 물을 맞고 있는 시간. 질리려야 질릴 수 없는 이 시간을 사랑한다. 매일같이 반복되는 지겨운 하루 반복의 유일한 휴식. 잠은 더 이상 내게 휴식이 아니다, 일과 중 하나일 뿐. 너무 오래 있으면 손이 불어 해삼처럼 될 테지, 물 뚝뚝 떨어지는 머리 검은 수건으로 휘감고는 나왔다. 저녁, 먹지 말까…… 하다가는 냉장고에 유통기한이 얼마 남지 않은 연어가 있다는 것을 떠올리고는 냉장고로 발걸음을 돌렸다. 대충 생연어로 해먹을 수 있는 것을 생각하다 연어 덮밥까지 도달했다. 소스를 끓이고, 그동안 연어를 손질한다. 연어를 다 썰자 타이밍 좋게 소스가 다 끓었나, 파란 그릇에 주걱으로 밥을 푸고 소스 밥 위에 대강 얹은 후 연어와 양파, 와사비, 무순까지 모두 올렸다. 맛있는 연어덮밥 완성이다. 연어는 등 푸른 생선이라 머리를 좋게 만든댔다, 나는 한술 뜨며 창밖을 바라봤다. 어느새 해가 져 창밖은 푸르른 어스름에 잠겨버렸다. 하늘도 바다도 땅도 온통 파란색, 파란, 파란……. 파란은 지속되며 영원해 우리의 하루에는 파란 없는 날이 없다. 아니, 사실 나의 하루는 온통 파란이다. 왜냐하면, 그거야…… 내 이름이 파란이니까. 영원한 파란의 하루인 셈. 이제는 이 하루를 끝내도 되겠지. 어느새 다 먹은 밥, 그릇을 싱크대에 넣어 놓고는 방으로 향했다. 암막 커튼을 쳐두어 빛 하나 들어오지 않는 나의 방. 침대에 누워서 나는 또 그렇게 잠이 든다. 일어나면, 아마도…….

푸름이 계속되어 파란은 영원하오. 파란의 파란이 뚝뚝 떨어지며 온 방을 채우니 녹아내리오. 밥을 먹었음에도 불구하고 위산이 분비되어서 속이 쓰리오.

* * *

삐, 삐, 삐····· 침대 옆 탁자 위 검은 탁상시계서 알람이 울린다. 탁, 금속에 손이 닿자 둔탁한 소리가 났다. 아침 공기는 여전히 쌀쌀하고 방도 별반 다르지 않아 시계 차갑다. 나는 대강 손을 휘적여 알람을 *끄고* 몸을 일으켰다. 아침마다 이불을 바로바로 정리하는 것은 진드기를 생기게 한다는 어디선가 주워들은 잡지식을 핑계 삼아 구겨진 이불을 그대로 놔두고는. 그래, 아무 의미 없는 쳇바퀴는 오늘도 돌아가니 지루하고 반복적인 이 하루는 오늘로 77일째다. 지루하고 반복적이라는 말이 단순한 비유 표현이 아니다. 정말, 말 그대로, 한결같이 뱅뱅 돌아가는, 쳇바퀴와 다름없는 삶. 여기는 바닷가 해안 마을이고 오늘은 77번째 7월 16일이며 개는 곧 학교에 가자며 문을 두드릴 것이다. 내게서 나오는 말은 잠깐만 기다려. 불변의 법칙이다, 그 무엇을 시도해도 바뀌지 않는. 나는 그동안 별짓을 다 해봤다. 밤을 새우기도, 개가 오기 전에 학교에 가보기도, 아예 아프다는 핑계를 대고 학교에 가지 않기도. 내가 생각할 수 있는 그 모든 것들을 해봤고, 그럼에도 불구하고 눈을 뜨면 늘 7월 16일이었다. 체념에 가까운 감정을 가지게 된 건, 글쎄, 30번의 7월 16일이 넘어갈 때쯤. 영원한 파란의 지속은 사람을 체념에 빠트렸다. 나는 왜 하필이면 7월 16일에 갇혔나? 이 날짜에 무슨 의미가 있길래? 그저 흘러가는 여름날인데. 아니, 왜 나인가? 내가 뭐라고, 진짜 내가 뭐라고.

체념을 삼켜서는 꿀렁거리며 소화시키니 속이 메스꺼워도 토할 수는 없소. 알코올을 삼킨 것과 같이 사람이 사람이 아니게 되는 법이오 체념이란.

·····…… 왜 오늘은 문을 안 두드리지? 하고 생각함과 동시에 똑똑, 하고 들려오는 소리. 학교 빼고 놀러 갈까, 하고. 잠시만, 이건

평소와 다른 일이다, 불변의 법칙이 깨지매 나의 하루에 변화가 찾아왔다. 하지만, 왜? 아지랑이처럼 피어오르는 의심을 뒤로 하고 나는 문을 열었다. 그럴까? 하고 대답하며 실로 오랜만에 웃어 보였다. 그런데 어딜 가려고? 나 짐 안 챙겼는데, 잠깐만……. 아냐, 가까운 곳에 갈 거니까 짐은 간단하게만 챙겨도 좋아. 그냥 이 앞바다나 가자고. 그게 뭐가 놀러 가는 거야, 나는 가볍게 투덜거리며 이미 다 챙겼던 책가방을 내렸다. 아침 먹었어? 하고 소리치자 돌아오는 대답은 부정적인 것. 그런데 왜 거기 멀뚱히 서 있어? 들어와, 밥 먹고 나가자. ……그래도 돼? 안 될 게 뭐가 있어, 들어와. 아, 아침을 요리하는 건 또 오랜만인데. 그리 생각하며 나는 물었다, 먹고 싶은 거 있어? 하고. 돌아오는 대답이 영 시원찮아 나는 일단 손이나 씻고 오라고 화장실로 개의 등을 떠밀었다. 집에 있는 반찬들을 꺼내고, 달걀을 굽고. 점심은 아까 냉장고에 있던 샌드위치로 하고, 저녁은 사 먹을까? 하고 생각하다 보면 걔 어느새 화장실에서 나와 어색하게 서 있더라. 한두 번 온 것도 아니면서 뭘 그렇게 어색하게 굴어, 여기 앉아 있어. 하고 식탁의 의자를 빼주고는 바싹 익은 계란을 걔 밥 위에 하나, 내 밥 위에 하나 얹었다. 미안, 마땅한 게 없네. 이럴 줄 알았으면 어제 저녁으로 연어 먹지 말걸. 아니, 뭐얼. 나 연어 별로 좋아하지도 않고…… 이것도 좋아. 그렇게 식사를 마치고, 나는 서둘러 짐을 싸기 시작했다, 걔가 설거지 하겠다고 하길래, 미안하지만 부탁할 수 있겠냐고 하고.

불변이라는 것은 없는가 보오. 일상이 일상인 동시에 비일상이라 환상성이여 안녕, 안녕, 안녕. 모든 것은 이젠 안녕, 그런데 왜 달라진 건지 궁금하긴 하오. 세상에 이유 없는 일은 없지 않소. 나는 이유 없다는 그 말 안 믿는 쪽이오. 모든 사람들은 역겨운 꿍꿍이를 숨기고 있소.

그렇게 우리는 집 앞의 바다로 나왔다. 햇살은 바늘처럼 따갑고 그늘은 빨랫줄에 널어놓은 이불 바람 타는 것과 같이 선선하다. 바늘에 찔렸다가 이불에 감싸지기를 반복, 모래사장은 반짝여 보석들을 쏟아놓은 것 같다. 파란이 밀려와 보석들을 쓸어갔다 돌려놓길 반복한다. 돗자리를 모래사장 위에 펼쳐두고, 근처의 파라솔 끌어와 그늘 만들면 우리만의 자리 완성이다. 햇볕 침범하지 않는 고요. 그렇게 돗자리 위에 앉아 가만히 파란 바라보고 있자면 이질적인 동그랗고 투명한 물체가 눈에 들어오니, 뽑기 통이다. 이런 것들 때문에 바다가 아파한다니까, 조그맣게 투덜대며 양말마저 벗어 신발에 대강 쑤셔넣고는 바다로 향해 걸어간다. 모래 보석 아니라 솜이었나 보지, 목화밭을 걷는 기분이 이럴까. 구름이라기엔 너무나도 폭신하고 따끈하다. 천천히 금빛 백사장 지나서는 파도가 제 흔적 남겨 놓는 곳에 도달했다. 뽑기 통 파도에 쓸려갔다 돌아오길 반복하며 점차 해변과 가까워지고 있더라. 축축한 진흙 밟는 것은 꺼려졌으나 저것을 가만둘 수도 없는 일, 나 그것 주워 여전히 거기 앉아 있는 개 보며 웃었다. 개 내가 무얼 하는지 물끄러미 바라보고 있다가 마주 웃어주더라.

내 마음은 바다와 같은가 보오. 속에 든 것 없는 뽑기 통만이 가득하오. 가만 때를 보다 주워갈 사람 있으면 하나씩 토해내는데 아쉽게도 가져갈 이가 없소. 오염만 될 뿐이오 자정 능력 없는.

언제 사온 지는 모르나 유통기한은 지나지 않은 샌드위치와 음료수 두

병 집어서 하나씩 개한테 건넸다. 어디 가게라도 들어가면 좋겠지만 마땅한 가게는 버스를 타고 나가야 하기에. 저녁때나 그렇게 나가기로 하고 일단은 간단하게 끼니 때우기로 했다. 샌드위치 한 입 베어 물면 계란과 감자가 삐져나온다. 걔 보니 그것들 뺨에 묻었길래 살짝 웃으며 휴지 한 장 건넸나. 걔 머쓱한지 눈 살짝 피하다가는 닦았고. 바닷바람 불어와 나와 걔를 소금기에 절인다. 아까 바다에 담갔던 발은 마른 지 오래지만 무언가 찝찝한 게 사람 기분이다. 걔 나 보더니 아예 바다에 들어갈래? 하고 묻더라. 파란에 빠지고 싶은 마음 반, 나머지는 뽀송하게 돌아가고 싶은 마음 반. 결국 앞의 마음이 이겼다. 걔 나를 보며 환히 웃더니 내 손을 잡고 바다로 달려갔다. 휘감기는 모래를 다 뿌리치고는 밀려오는 파란에 몸을 맡겼다.

　나도 개도 바다에 빠질 염려는 하지 않았다. 지금이야 학업이다 뭐다 해 바다에 잘 오지 않지만, 어릴 때는 동네 아이들과 바다에서 모이는 것이 일상이었다. 점심 먹고 너무 더울 때는 피해서, 오후쯤 모여 뛰어놀다가, 모래성을 쌓고 조개를 줍고. 해변에서 노는 것이 질릴 즈음 바다에 뛰어들어서 수영하고 공 던지고 떠 있고. 그러다가 물 뚝뚝 떨어뜨리며 저녁 먹으러 오라는 부모님의 부름에 달려가고. 물론 나야 부를 사람 없었고 개는 우리와 어울리지 않고 혼자 바위 턱에 앉아 풍경 즐기는 아이였기에 보통 애들과는 다른 하루 보냈지만. 그렇게 아이들 다 가고 나면 개와 나의 시간이었다. 나는 여태까지 가만히 앉아 있던 개 이끌고는 바다로 가곤 했다. 그래, 우리는 그렇게 바다에서 나고 자랐으니까.

　막연히 생각하는 것이오, 그럼 돌아갈 때도 바다로 돌아가야 하지 않을까. 죽는다면 바다에서 죽었으면 하오. 포말과 파란에 잠겨서는 그렇게. 아니 사실 생각만 하지는 않았소, 나 개에게 뜻 전했고 우리는 함께 하기로 했으니.

* * *

과거를 재현한다, 물 뚝뚝 떨어뜨리며 집에 돌아오니 푸르른 어스름에 잠기기 전 잠깐의 붉음이 나를 반긴다. 걔 자기 집에 씻고 옷 갈아입으러 갔고 나도 마찬가지의 이유로 집에 돌아왔다. 어떻게 되었든간에 휴식 시간은 제공된다는 점이 아이러니하기도 하고. 샤워기 물 가만 맞고 있다가는 나왔다, 물론 다 씻었다는 소리기도 하고. 그래도 좀, 분위기 괜찮은 곳에 가지 않을까 싶어 평소 입지 않던 옷을 꺼내 입었다. 그런데 걔도 똑같은 생각을 한 모양이다, 보지 못했던 옷 입고는 웃고 있더라. 우리는 그렇게 10분간 버스 정류장으로 걸어갔고 배차 간격이 17분인 버스를 20분간 탔다. 숫자에 무슨 의미가 있냐 하면 없다만, 그저 나열하면 기분이 좋지 않은가. 거기 근처에 뭐가 있더라, 피자집? 파스타도 팔고. 새로 생겼잖아, 저번에. 그럼 거기 갈까, 나는 좋아. 버스 밖의 풍경은 파란이 가득하다. 녹음이 우거진 곳도 있지만 파란, 파란, 파란, 그리고 영원.

과거를 과거로만 남겨두는 사람들 참 대단하다고 생각되오. 나는 과거에 사로잡히며 과거의 약속 잊지 못하고 영원히 기억하는데도.

* * *

나 할 말이 있는데, 메뉴 나오기 전 걔가 던진 그 한마디에 밥이 코로 들어갔는지 입으로 들어갔는지 모르겠다. 걔는 왜 하필 밥 먹기 전에 그런 말을 해서는, 나 그런 말에 신경 잘 쓰는 거 알면서 괜히 또. 실없는 이야기면 죽여버릴 거다 다짐하며 그럼 몇 정거장 앞서 내릴까? 하고 물었다. 걔 파스타 포크로 돌돌 말며 고개 끄덕이더라. 이때까지 정적 편안하기 짝이 없었는데 오늘따라 불편해 죽어버릴 것만 같다. 죽음은 가까우나 멀고 머나 가깝다는 실없는 생각 하며 끝없이 영원할 것 같은 적막 견딘다. 버스에 내려서야 걔는 입을 열었다. 오늘은 몇 번째야? 하고. 몇 번째, 몇 번째, 네가 그걸 어떻게 알아? 나 가만히 멈춰서서는 걔 바라봤다.

결국 오늘도 평범한 하루가 아니었던 것이오. 나의 의문이 이렇게 해결될 줄 알았으면 가지지 않는 것이었는데, 오늘도 호기심이 한 명을 죽이오.

미안해, 미안해. 걔 내 옷자락 간신히 붙잡았는데, 그 손 벌벌 떨리고 있더라. 나한테도 그 진동이 전해지는 것 같았다, 아니…… 실제로 내가 분노에 차서는 떨고 있었을지도 모르겠다. 걔 한참을 미안하다고 그리 되뇌었다. 나도 내가 한 일인 줄 몰랐어, 기억하지 못했어. 내가 미안해, 내가, 내가 너를……. 하하, 하하하! 미치광이처럼 웃음이 났다. 네가 한 일이었어? 대체 왜? 어째서? 말해 봐, 말해 보란 말이야! 분노하지 않으려야 분노하지 않을 수 없었다. ……내일, 네가 죽어. 그러나 걔가 내놓은 한마디 말, 그 말에 나는 그만 걔를 붙잡고 있던 손에 힘이 빠졌다. 내일이면, 7월 17일? 내가, 죽는다고. 그래서, 너는 나를 7월 16일의 세계에 가둬둔 거야? 나를 위한답시고? 들리지 않을 물음 입 속으로 삼키고. 다른 말, 다른 말. 무슨 말을 해야 해, 이럴 때는. 나를 살린다고 나를 영원 속에 가둬둔 게 말이나 되는 일이야? 현실적으로 불가능한 일임을 알고 있지만, 나는 그 일을 겪었으니까. 모르겠다, 머리가 복잡해서는.

파란에 잠식된 머리 맑지가 않소. 그래서 어떻게 돌아갈 방법은 있소? 아니, 돌아간다고 하더라도 당장 내일 죽는다면 나는 돌아가는 게 맞는 거요? 파란을 밀어낼 방법 내 뇌에서는 생각하지 못하오.

그래서, 왜 그런 거야? 나 간신히 감정 가라앉히고 걔에게 물었다. 돌아오는 대답 뜬금없었다. 저 때문에 내가 죽었다니? 걔가 들려준 사건의 전말은 이랬다. 아침의 정적을 버스가 아닌 다른 차가 깼다, 그 차 그대로 우리를 치고 갈 뻔하다가 내가 자신을 밀쳐서 나는 죽고 걔는 살았다고. 나 그 자리에서 바로 죽었단다, 몸이 공중으로 떠서 파란 하늘을 배경 삼아. 걔 죄책감에 시달리다 나를 다시 되살리려고 했단다, 꼬이고 꼬여 영원한 파란 속에 갇히게 되었지만. 이때까지 저는 제가 반복된 하루를 살고 있는 것조차 몰랐다고, 오늘에야 겨우 자각했다고. 그래서 이때까지 늘 같은 하루를 살았을 나에게 추억 하나를 만들어주고 싶다고 했다. 그런데, 그럼 루프를 빠져나갈 방법이 있는 거야? 응, 있어. 걔 활짝 웃으며 말하더라. 내가, 죽으면 돼. 술자가 죽으면 자동으로 주문은 깨지니까…… 너는 나를 살리려고 죽지 않아도 되겠지, 내 잘못이니까 이게 맞아. 걔 터무니없는 소리 늘어놓았다, 나보고 지금 그 말을 받아들이라고? 그게 말이라고 하는 거야, 지금? 내가 너 없이 어떻게 살아, 돌아가서 살 수 있다는 보장은 있어? 나는…… 싫어. 그러지 말고, 우리 같이 죽으면 안 돼? 약속했잖아, 탄생은 함께하지 못했지만 죽음은 함께하기로. 나 걔 손 붙잡았다, 왜 너는 당장이라도 사라질 것만 같지. 그러지 말고, 그러지 말고……. 눈물 흘리지 않으려 했으나 끝끝내 눈물이 났다. 이미 뜻을 정해 굳건해 보이던 걔 내 눈물에는 흔들리더라. 비겁하다면 비겁한 수지만, 나는 너를 놓고 싶지 않아, 영원아.

　영원의 파란이오 파란의 영원이라. 과거의 약속을 쉽게 어기지 않을 것이라 나는 믿소. 그러니까 바다로 하늘로 세상으로 돌아가오. 우리가 세상과 하나 될 때는 죽음뿐이오.

* * *

새파란 바다가 우릴 반긴다, 밤하늘의 달만이 노란 존재다. 달의 크레이터마저 생생히 보일 정도로 가깝다, 우린 달에 갈 것이다. 달의 바다에 빠질 것이며 파란의 영원을 영원의 파란을 지속할 것이다. 인간은 하늘을 날 수 없다고 누가 그러는가? 우리는 날 수 있으며 하늘을 가로지르고 바다를 넘어 달로. 우리가 도착할 때쯤에는 블루문이 떠 있을지도 모르겠다.

바다에 빠진 시체는 잘 떠오르오? 어부 트라우마가 생기지 않길 바랄 뿐이오, 안녕.

패스토피아

**김
아
연**

1. 에필로그

시퍼런 길을 달려가는 협궤열차, 열차 밖은 온통 모래 먼지가 날리는
회갈색 황무지였고 그곳엔 먼지조차 괴로워 이리저리 버둥거리며 날았
다. 누런 조명등 불빛이 눅눅한 나무 냄새가 풍기는 열차 안을 메우고
있었다. 붉은색 쿠션커버가 씌워져 있는 열차 좌석 앞에는 칠이 벗겨져
마치 얼룩이 진 듯한 하얀 쇠테이블이 놓여져 있었다. 열차는 개미가 기
어가는 소리도 들릴 것처럼 조용했다. 나는 주변에 사람이 있는가 살펴
보려 했다. 하지만 졸음이 쏟아져 제대로 정신을 차릴 수가 없었다. 점
점 무거워져만 가는 눈꺼풀을 억지로 올리려 애썼지만 결국 깜깜하고
도 깊은 졸음의 파도에 덮였다. 그렇게 잠들어 버린 꿈 속에서 기억하고
싶지 않은 과거의 나를 보게 되었다.

2. 구겨진 종이

고등학교 점심시간, 4교시 마침종이 울렸다. 이내 학생들이 급식실로

내려가는 그 소리가 점점 커지면서 북적거리는 말소리도 들려왔다. 우리 반 친구들도 서둘러 두세 명씩 짝을 지으며 반을 나갔다. 그렇게 이내 조용해진 반에는 우리 반 반장 이서아와 내가 남아 있었다. 서아는 내가 책상 앞 의자에 앉아 일어날 생각도 없다는 것을 알아채고는 내게 다가와 말을 걸었다.

"윤지야, 너 오늘도 밥 안 먹을 거야?"

늘 있는 일인 거 알면서 그렇게 말을 걸어오는 서아가 불편해 말 없이 고개를 한 번 끄덕였다. 그러나 내 눈치를 보더니 다시 물었다.

"그럼 넌 따로 점심 챙겨오는 거야? 다이어트 하려고?"

순간 화가 치밀어 올랐다. 평소 서아는 다른 애들끼리 시끄럽게 웃어대고 복도에서는 아는 척도 안 하는 애였다. 그래서 그렇게 행동하는 게 내 눈엔 그저 위선자처럼 보였다.

"네가 그게 알게 뭔데? 신경 꺼!"

나는 인상을 잔뜩 구기며 소리쳤다. 그러자 서아는 당황해하는 기색을 보이며 교실을 나가버렸다. 나는 책상 위에 팔을 올리고는 그 위에 얼굴을 파묻었다. 머릿속이 복잡했다. 친구들과 어울리는 게 무서웠고, 소외되는 느낌이 들까 두려웠다. 이런 성격으로 변하게 된 것은 중학교 3학년 때부터였다

중학교 2학년 때까지는 난 성격이 밝고 엉뚱했다. 그래서인지 내 무리에서는 '엉뚱하고 웃긴 애'로 친구들에게 기억되었다. 그런데 언제부터인지 모르게 같이 다닐 때도 헛돌고 있다는 소외감이 들었다. 무리 안에서 대화할 때 내가 말을 하면 분위기가 썰렁해졌고, 자기들의 시답지 않는 이야기만 늘어놓았다. 내가 없는 단톡방이 있었고, 내가 필요할 때면 친한 척을 해대며 온갖 심부름을 시켰다. 내가 제대로 하지 못하면 단체로 나를 노려보며 자기들끼리 뭐라 얘기하기도 했다. 친구들의 그런 행동에도 불구하고 난 이 무리에서 소외되어 혼자 다니고 싶지 않았다. 그

래서 결국 나는 무리에서 헛도는 채로 학교생활을 보냈다.

그러던 어느 날, 다음 교시가 체육 시간이라 나는 화장실에서 옷을 갈아입고 있었다. 나가려는데 화장실로 다가오는 친구들 소리가 들렸다. 나는 화장실 칸에서 나오지 않고 조용히 자리에 서 있었다. 왜인지 밖으로 나가 어색한 소외감을 느끼기 싫었다. 나는 잠자코 친구들이 하는 얘기를 들었다. 그들은 내 뒷담화를 하고 있었다. 걔네들은 내가 웃는 게 더럽다던지, 나대는 게 꼴 보기 싫다던지, 같이 다니기 부끄럽다던지, 더 가서는 '어떻게 키웠길래 못생기고 나대는 애로 만들었냐'등의 내 가족들을 욕하는 심한 말들도 나오기 시작했다. 나 때문에 우리 가족도 욕을 먹고 있었고, 나뿐만 아니라 우리 가족들도 그들의 가십거리로 변해갔다. 나는 속이 울렁거려 문을 박차고 그 자리를 뛰쳐나왔다. 그 애들의 표정 따위는 신경 쓰고 싶지 않았다. 사실 보면 죽어버리고 싶을 것만 같았다. 그때 그 애들이 나를 보며 지은 표정은 무엇일까. 보나 마나 '나는 사실을 말했을 뿐이야'라고 하는 것처럼 뻔뻔스러운 표정을 짓고 있었을지도 모른다.

예전에 한 번 학교에서 학교폭력 관련 영상을 본 적이 있었다. 그 영상에서는 몇 명의 사람들이 종이를 마구 구기고 찢고 발로 밟은 후 새 종이처럼 만들려고 다시 곱게 펴고 찢어진 부분을 테이프로 붙였다. 하지만 그 종이는 끝내 더러워진 흔적을 남겼다. 더럽혀진 종이를 원래의 새 종이와 비교하며 한 번 상처받은 마음은 완전히 회복하지 못한다고 말했다. 난 처음 그 영상에 잘 공감하지 못했다. 사람들은 슬픈 일을 겪으면 마음이 불안하고 축 처진다. 그러나 행복한 일도 겪으면 마음이 탱탱볼처럼 다시 튀어 오른다. 나는 그래서 상처받은 마음도 행복한 마음으로 완벽히 치유할 수 있다고 생각했다. 내가 항상 그랬으니까, 하지만 그때부터 그 말을 이해할 수 있게 되었다. 상처받은 내 마음은 다시 치유될 수 없었다. 더러워진 내 마음의 종이를 다시 누군가 몇 번이고 펴보려 애써도 나는 다시 그 아이들을 떠올렸다. 나는 그 이후로 수업시간 때도, 쉬는 쉬간에도 엎드린 고개를 들지 않으려 애썼다. 그 애들을 보게 되면 식은 땀이 흐르고 속이 메스꺼워 견딜 수가 없었다. 결국, 나는 학교에 한 달도 채 등교하지 못하고 검정고시를 준비했다. 이것이 지금의 '불행한 나'를 만든 '과거의 나' 이야기이다.

다시 돌아와 고등학교를 마치고 집에 오는 길, 나는 늙은 낙엽이 찢어져 바닥에 나뒹구는 길을 걸어가며 생각했다. 약육강식, 강한 자가 약한 자를 지배한다. 난 이미 약한 자였다. 강한 자들은 자신들이 못한 행동을 해도 정의로워진다. 그에 비해 약한 자는 아무리 바르게 살아도 죄를 지은 사람처럼 찢어진 종이를 품에 앉고 평생 살아간다. 이런 사회가 역겹고 미워졌다. 이 세상을 도망갈 방법은 역시 죽는 것밖에는 없겠지. 나는 온 힘을 다해 세게 달렸다. 큰 무언가가 앞에 있다는 것도 모른 채로. 나는 그것에 부딪혀 정신을 잃었다.

3. 패스토피아 마을

나는 열차가 크고 답답한 소리로 멈추는 소리에 개운하지 않게 잠에서 깼다. 창밖을 보자 사람들이 열차 밖으로 나와 주변을 둘러보는 모습이 눈에 띄었다. 꽃무늬 블라우스를 입은 할머니, 후줄근한 차림의 아저씨, 교복을 입은 학생들⋯ 혼자 이곳에 온 것이 아니라서 한시름 마음을 놓았다. 열차 밖을 나온 나는 한 번도 보지 못한 새로운 풍경을 보고 까무러칠 듯 놀랐다. 어렸을 때 많은 곳을 여행 가봤지만 그곳들의 분위기와는 사뭇 달랐다. 하늘은 옅은 보라색을 띠어 몽환적인 분위기를 자아냈고, 개나리 같은 노란색 지붕에 작은 집들은 왠지 모르게 동화 속에 있는 한 장면 같이 아기자기했다. 하지만 땅에 나 있는 풀들은 시들었는지 축 늘어져 있어서 마치 겨울 모습 같았다.

그렇게 어색하게 주변을 둘러보고 있을 때, 무거운 발소리로 걸어오는 한 남자가 보였다. 사람들 앞에서 발걸음을 멈춘 그는 크고 차분한 목소리로 외쳤다.

"반갑습니다. 저는 과거의 기억과 여러분들을 이어주는 곳, 패스토피아의 조교 유인혁입니다. 앞으로 여러분들은 이곳에서 아픈 기억들을 치유하고 잃어버렸던 삶의 목적을 깨닫게 될 것입니다."

조교가 말을 마치자, 한 아저씨가 소리쳤다.

"저기요, 저는 삶에 목적, 아픈 기억 이딴 거 찾고 싶지 않거든요? 왜 마음대로 이런 곳에 데려오신 겁니까?"

무례한 아저씨의 말에도 조교는 불편한 기색 없이 대답했다.

"예전 패스토피아가 없던 시절에 사람들은 삶에 목적 없이 삶을 허망하게 살고, 아픈 과거에 갇혀 행복감을 느끼지 못하고 어둡게 살아갔습니다. 그러다 보니 사람들 간에 갈등이 커지고 범죄는 갈수록 자주 생겨났지요. 그래서 패스토피아를 만들어 사람들을 치유한 것입니다. 여기 오신 여러분들도 모두 마음속 깊이 누군가의 도움이 절실하게 필요하고 삶의 행복감을 찾고 싶었을 것입니다. 그렇지 않으면 절대 이곳에 올 수 없습니다."

그러자 그 아저씨는 조용히 고개를 숙였다. 조교는 자신을 따라오라며 길을 안내했다. 나를 포함한 사람들은 그를 따라 조용한 흙길을 걸었다. 흙길에 심어져 있는 나무들은 모두 이파리 없이 뼈대만 남아 썰렁했다. 얼마 가지 않아 하나의 푸른색의 빌딩이 보였다. 조교는 '패스토피아'라는 세계의 '패스토피아 마을'에서 사람들은 치유한다고 했다. 그래서 우리는 지금 그 마을에 가고 있는 곳이라고도 말해 주었다. 얼마 가지 않아 푸른색을 띠는 높은 빌딩이 눈에 보였다. 그 빌딩 옆에는 작은 공원과 적갈색의 벽돌 건물 몇 채와 가게 몇몇도 보였다. 나는 집 한 채도 보이지 않을 것만 같은 이런 숲 안에 도시 같이 빌딩과 여러 건물들이 있다는 것이 신기했다. 조교는 커다란 빌딩을 뒤로 하고 적갈색의 벽돌 건물을 먼저 소개했다.

"이 건물은 여러분들의 마음을 치유하고 원래 세계로 다시 돌아가기 전까지 지낼 공간이 있는 곳입니다."

평범하게 생긴 그 건물은 지은 지 얼마 되지 않은 것처럼 실금 하나 없이 깔끔했다. 건물 앞 화단에는 노란색과 베이지색을 띤 하얀색 장미들이 함께 조화를 이루며 무성하게 자라고 있었고 건물 옥상에는 빨간 장미 넝쿨이 건물 윗부분을 장식하고 있었다. 꽃을 바라보며 생각에 잠기는 것을 좋아하는 나는 옥상에 있는 장미 넝쿨을 구경해 보고 싶었다. 건물 바로 옆 작은 공원에는 큰 벚꽃나무가 분홍색 잎을 흩날리며 피어 있어 봄 분위기를 자아냈다. 이곳 패스토피아 마을은 항상 봄이라서 온도가 일정하게 유지된다고 했다. 꽃도 핀 채로 항상 유지되었고 꽃가루도 날리지 않아 꽃가루 알레르기가 있는 사람들도 예쁜 꽃을 감상할 수 있었다.

진짜로 패스토피아 마을은 이 마을 밖 세계와는 사뭇 달랐다. 노란색 지붕 집과 옅은 보라색 하늘은 동화 속 분위기를 자아냈지만 잡초도 자라지 않고 시든 풀과 썰렁한 나무들은 어딘가 어두운 분위기를 뿜어냈기 때문이다. 하지만 패스토피아는 사계절이 있고 지금 계절이 겨울일 뿐 다시 봄이 찾아온다고 했다.

조교는 바로 옆 다이아그리드(대각선과 격자의 합성어로 ㅅ자 자재를 반복적으로 사용한 형태 구조를 말한다.) 구조의 높은 건물을 소개했다.

"이 빌딩은 이 마을뿐만 아니라 패스토피아 세계의 중심이라고 할 수 있는 패스빌딩입니다. 이곳에서 여러분들은 과거의 자신을 성찰하고 삶의 목적을 다시 되찾을 수 있는 시간을 가지게 될 것입니다."

패스토피아 마을에서 일하는 사람들은 모두 자신의 할 일에 충실하고 책임감 있어 보였다. 그래서 그런지 모두들 밝은 얼굴을 하며 즐거워 보였다. 그런 모습을 보며 나는 내가 이 사람들처럼 수 있을까 생각했다. 마을을 둘러보며 설명을 다 들었을 때쯤, 옅은 보라색 하늘이 점점 분홍색과 주황색으로 물들다가 빠르게 두 색이 서로 합쳐지고 어두워졌다. 잠시 후, 하늘은 진한 남색으로 바뀌었다. 20분 채 되지 않는 빠른 일몰에 당황해하는 모습을 보며 조교는 자랑스럽게 말했다

"저는 이 패스토피아 마을에서 제일 흥미롭다고 생각하는 풍경은 바로 일몰 풍경입니다. 원래의 세계보다 훨씬 빠르게 일몰이 지나가지만 마치 물감을 섞는 듯이 예쁘게 섞여 말 없이 감상하게 되기 때문입니다."

이렇게 패스토피아의 안내가 끝났다.

패스토피아 마을에 다시 옅은 보라색 하늘이 드리워졌다. 이곳은 낮에는 옅은 보라색 하늘이 드리워지며 그것을 낮이라 불렀고, 일몰이 지난 후에 남색 하늘은 밤이라고 부르며 마을 사람들은 그에 맞춰 생활하였다. 그래서 마을은 항상 흐린 것 같이 보였지만 나무와 온갖 꽃들은 마치 태양빛에 비쳐 반짝거리는 것처럼 빛났다.

어제 조교는 마을 안내를 마친 후 다시 숙소 건물에 데려와 각자의 방을 안내해 주었다. 좁은 통로를 지나고 내가 배정받은 숙소의 문을 열었다. 순간 포근한 냄새가 몸을 휘감아 나를 빨아들이는 느낌을 받았다. 방에 들어가 둘러보니 큰 소파와 하늘거리는 커튼, 노란 조명등이 아늑한 느낌을 주었다.

나는 방 한가운데 있는 소파에 털썩 몸을 던졌다. 이게 혹시 꿈인가 싶었다. 원래의 나 같으면 항상 똑같이 반복되는 삶을 살며 무기력한 하루를 보냈을 것이다. 아팠던 기억이 나면 쉴 새 없이 울다 지쳐 잠들고, 화가 나면 종이 따위를 이리저리 구기고 찢고, 분에 겨워 고통스러워했다. 그런 나에게 어제 일은 꿈만 같은 일이었다. 기차 안에서 꾼 과거의 아픈 꿈을 꾸고도 예전처럼 눈물을 흘리며 깨지 않았고, 정신없이 패스토피아의 예쁜 풍경에만 집중해 시간이 흘러가는지도 미처 몰랐다.

이곳은 하루를 바쁘게 살아가는 사람이 대부분인 현실 세계와는 달랐다. 사람들은 하나같이 활기찼고 바쁜 일상생활에서도 어디에선가 여유로움이 있었다. 많은 사람들이 알고 있는 동화 〈미녀와 야수〉에 첫 부분에는 미녀, 벨이 서점을 가는 길에 마을 사람들과 즐겁게 노래를 부르며 행복해하는 장면이 연출된다. 그곳에서는 빵 굽는 빵집 아저씨와 골동품을 파는 할머니, 양들을 데리고 노는 양치기 소년, 함께 모여 춤을 추고 노래를 부르는 소녀들이 있었다. 모두 바쁜 일상을 살아가고 있었지만 행복한 하루를 보냈다. 나는 패스토피아 마을도 이 동화 배경과 비슷하다고 생각했다.

나는 숙소에서 나와 이른 아침이라 아직 조용한 마을 풍경을 보며 걸었다. 일찍 일어난 사람들 몇몇이 마을을 걸으며 주변을 둘러보고 있었다. 나는 숙소 옆에 있는 작은 공원에서 잔디를 밟으며 걸었다. 멀리서도 큰 벚꽃나무는 빛나고 있었고, 옅은 보라색 하늘은 조금의 색 변화 없이 흰 구름과 흘러가고 있었다. 이곳에도 작은 잡초꽃 하나 있을까 천천히 주변을 둘러보고 있을 때, 내 뒤에 있던 잎이 밟히는 소리가 나 뒤를 돌아보았다. 고양이였다, 길고양이치고는 하얀 털이 반들반들했다. 마을 사람들이 고양이를 돌봐주는 것 같았다. 나는 고양이의 빛나는 파란 눈에 이끌려 수풀 속으로 들어갔다. 그곳에는 누워 있는 그 고양이와 그 고양이를 쓰다듬고 있는 한 남학생을 발견했다. 짧은 스포츠 머리에 큰 키, 까만 피부 …… 왠지 익숙한 얼굴이 낯이 익었다. 하지만 아직 누구에게 말을 거는 것이 두려워 그냥 남자애가 쓰다듬고 있는 고양이를 빤히 바라보기만 했다. 그런데 갑자기 그가 나에게 말을 걸어왔다.

"너 윤지 아니야?"

"어? 하찬 오빠가 왜 여기에 있어?"

하찬은 같은 아파트에 살던 친한 오빠였다. 어려서부터 이웃으로 친하게 지냈는데 몇 년 전, 다른 지역으로 이사를 가버리는 바람에 자연스럽게 연락이 끊어진 상태였다. 그랬던 하찬을 다시 이 패스토피아에서 만난 것이 신기하고 반가워서 그에게 안부부터 여기에 왜 오게 되었는지 물어보았다. 사실 내가 아는 하찬의 성격은 밝았다. 운동도 잘해서 친구도 무척 많았다. 그래서 더욱 이곳에 온 이유가 궁금했다. 하찬은 처음에 말하기를 한참 망설이다가 그의 사정을 털어놓았다. 하찬은 차분한 성격에 큰 일에도 당황하지 않고 문제를 해결했다. 하지만 그런 성격이 남들에게는 별로 도움이 안 됐다. 슬픈 일로 슬퍼하는 친구에게 조언이랍시고 잔소리를 해서 친구들에게 미움을 사기도 했고, 좋은 일에도 행복감을 잘 느끼지 못해 진심으로 자신이 좋아하는 것을 찾지 못해 괴로웠다. 그래서 사는 것이 따분하고 지친다고 한숨을 푹 내쉬었다. 나도 하찬에게 내 과거 이야기들을 설명해 주었다. 그의 말대로, 내가 이야기하는 동안, 하찬은 위로를 잘해 주진 못했다. 하지만 여러 사람이 한 사람을 소외시키는 건 옳지 않은 일이라며 어이없어하는 모습이 나름대로 고마웠다.

바람이 불자, 큰 벚꽃나무에서 수십 개의 벚꽃잎이 떨어졌다. 그 꽃잎들은 잔디 위에 앉아 있는 내 손에 살포시 앉았다. 연분홍색, 내가 어렸을 때 좋아하던 색이다. 어떨 때는 우아해 보이면서 수수한 색이 사랑스러웠다. 그래서 나도 이런 분위기를 내는 사람이 되고 싶어질 때도 있었다. 하지만 이제 나는 어떤 사람인지 잘 몰랐다. 남에게 어떤 존재이고 싶은 지도…… '나는 나와 친하지 않았구나' 나는 속으로 그렇게 생각했다. 고양이가 하찬의 품에서 쭈욱 기지개를 할 때쯤 종소리와 함께 숙소 앞으로 모이라는 조교의 우렁찬 목소리가 들려왔다.

4. 패스빌딩

사람들이 하나 둘 숙소 앞으로 모여들자 조교는 패스 빌딩으로 안내했다. 어제는 마을에 많은 곳을 둘러보느라 그 빌딩이 높은 것만 기억하고 구체적인 빌딩의 모양이 가물가물 기억이 잘 나지 않았는데 오늘 다시 빌딩을 올려다보니 어디가 끝인지 까마득할 정도로 높았다. 이 정도 높이라면 패스토피아 전체가 빌딩에서 보일 것만 같다는 생각이 들었다. 조교가 사람들에게 외쳤다.

 "안으로 들어가면 연령대가 쓰여 있는 팻말이 있습니다. 자신이 해당하는 연령대 팻말 앞에 서 주시기 바랍니다."

 많은 사람들이 패스 빌딩의 건물 안으로 들어가기 시작했다. 의지할 사람이 없어 함께 빌딩 앞까지 왔던 나는 하찬과 함께 빌딩 안으로 들어갔다. 빌딩 중앙에는 커다란 1층 높이와 맞먹을 만큼 큰 복숭아 꽃나무가 들어오는 사람들을 반겨주었고, 나무 양옆에는 빌딩 2층과 이어주는 에스컬레이터가 있어 직원 같아 보이는 사람들이 바쁘게 움직이고 있었다. 우리는 '10대'라고 적혀 있는 팻말에 가서 줄을 섰다. 10대 팻말 앞에 선 사람은 하찬과 나, 이렇게 둘 뿐이었다. 뭘 할 줄 몰라 두리번거리고 있을 때, 갑자기 팻말들이 모두 두둥실 떠올랐다. 그러자 우리뿐만 아니라 다른 사람들도 모두 놀라 눈이 커졌다. 비명을 지르는 사람들도 몇몇 있었다. 그런데 팻말들이 이리저리 움직이는 게 꼭 따라오라는 신호 같았다. 그래서 우리는 흘러가는 팻말을 따라 에스컬레이터를 탔다.

 빌딩 2층에는 넓고 유리문으로 된 공간이 대부분이었다. 팻말은 우리를 구석 유리문 공간으로 안내했다. 그곳 중앙에는 큰 침대와 안대 두 개가 테이블에 놓여 있었다. 마침 한 여자 직원이 노트를 들고 우리가 있는 유리방 안에 들어섰다. 그 직원은 웃으며 우리에게 말을 걸었다.

 "패스토피아에 오신 10대분들이군요, 저는 여러분의 과거 회상 시뮬레이션을 도와드리는 패스 매니저입니다. 이 프로그램으로 깨닫지 못했던 과거 속 진실들을 알게 됩니다. 그리고 깨달으며 힘들었던 시간을 치유할 수 있습니다.”

그렇게 말하는 여자의 말에서 편안함이 느껴져 나도 함께 웃어 보이며 알겠다고 대답했다. 그러자 그 여자는 이상하게도 의아한 기색을 보이며 고개를 갸웃거렸다. 하지만 이내 아무렇지 않은 척하며 해야 할 일들을 우리에게 설명해 주었다.

“지금부터 여러분들은 과거 시뮬레이션을 진행할 것입니다. 여기에 놓여 있는 고글을 하나씩 착용해 주시고, 쿠션 의자에 편하게 누워주시길 바랍니다.”

우리는 안대를 쓰고 침대에 누워 눈을 감았다. 그러자, 여자가 나지막하게 말했다.

“그럼 지금부터 시작하겠습니다.”

순간 몸이 붕 떠오르는 기분이 들다가 다시 천천히 내려가는 느낌을 받았다. 그리고 다시 눈을 떠보니, 학교가 보였다. 나의 나쁜 기억만 가득했던 중학교였다.

5. 과거 시뮬레이션

나는 내가 다녔던 중학교를 보자마자 등을 돌려 밖으로 나가려고 했다. 패스토피아에 있는 동안 자각하지 못했던 거부반응이 밀려왔다. 하지만 발이 굳은 것처럼 움직이지 않았다. 오히려 누군가 나를 자꾸 부르는 느낌이 들어 그곳에 들어가 보고 싶다는 생각이 들었다. 나는 학교 쪽으로 한 걸음, 두 걸음 가까이 다가가기 시작했다. 정신을 차려보니 어느새 우리 반 교실이었다. 그곳에는 텅 빈 내 자리와 그곳을 바라보는 반 아이들이 보였다. 나를 괴롭히고 욕한 애들은 아니었지만 내가 고통스러워하는 것을 보고만 있던 그 애들에게 화가 치밀었다. 나는 주먹을 세게 쥐고는 떨었다. 그런데 쥔 주먹이 다시 풀려버렸다. 반에서 아이들이 하나같이 울고 있는 것이 아닌가, 그 애들은 나를 도와주지 못한 것을 후회하고 반성하고 있었다. 진심으로 돌아와 주었으면 좋겠다며 목소리를 모아 이미 도망친 내 자리에 전달하고 있었다. 그 목소리들은 노랗고 환한 빛이 되어 내 몸을 감싸 안았다. 순간, 눈 앞이 뿌예지는 것을 느끼기 시작했다. 그리고 이내 눈이 따끔거리고, 코가 시큰해지며 볼을 타고 흐르는 눈물이 내 얼굴을 쓰다듬어 주었다. 생각해 보니 나는 나를 힘들게 만드는 사람들이 원하는 행동에 맞추어 움직였다. 남의 말에 휘둘려 내 마음은 모른 체하며 나를 있는 그대로 사랑해 주는 사람들의 마음을 피했다. 이 세상은 나를 필요로 하지 않는다고 생각했다. 하지만 이제 알 것 같았다. 나를 사랑해 주는 친구, 가족들 많은 사람이 있다는 것을, 나는 깨닫게 되었다. 그리고 몸이 다시 붕 떠오르더니 눈이 감겼다.

6. 기차를 타고 집으로

눈부신 느낌이 들어 정신을 차렸다. 다시 여기, 유리방이었다. 하찬은 이미 과거 시뮬레이션을 마치고 방글방글 웃으며 나를 보고 있었다. 처음 보는 하찬의 표정에 신기하기도 하고 자꾸만 같이 웃음이 나와 소리를 내며 크게 웃었다. 그 모습을 보며 뿌듯해하는 여자는 내게 말했다.

"윤지 양은 겉으로는 티 내지 않았지만 상처가 깊이 쌓여 힘들어하는 상황이었어요. 그런데 이 시뮬레이션을 하기 전에도 점점 치유되고 있었어요. 처음 만나 인사를 나눌 때부터 알게 되었지요."

이때까지 나는 나도 모르게 패스토피아의 풍경과 사람들의 모습을 보며 깨달음을 얻어가고 있었다.

지금 나와 하찬은 숙소 옥상에 올라와 일몰을 보며 협궤열차를 기다리는 중이다. 예쁜 연분홍색, 나는 연분홍색을 다시 좋아한다. 앞으로 는 이 색깔처럼 수수하고 주변 사람들을 사랑하며 삶을 살겠다는 다짐 도 생겼다.

옥상은 튤립과 작은 민들레, 라일락이 향기로운 냄새를 한아름 안겨주 었다. 나는 하찬의 과거 시뮬레이션 이야기도 들었다. 자신이 그냥 까먹 고 지나쳐버렸던 소소한 행복들이 다시 드리워지면서 주변에 있는 소중 한 사람들의 중요성을 다시 알게 해주었다고 뿌듯하게 얘기했다. 그러는 사이, 하늘에서 은하수를 타고 멀리서 열차가 오는 것이 보였다. 그때 우 리는 생각했다. 각자의 삶을 열심히 살며 바쁜 일상에서도 소소한 행복을 하나하나 찾아 나갈 것이라고…… 앞으로 불행한 일이 닥쳐도 일어날 수 있는 강한 내가 될 것이라고…… 고마웠고, 다시 보지 말자 패스토피아!

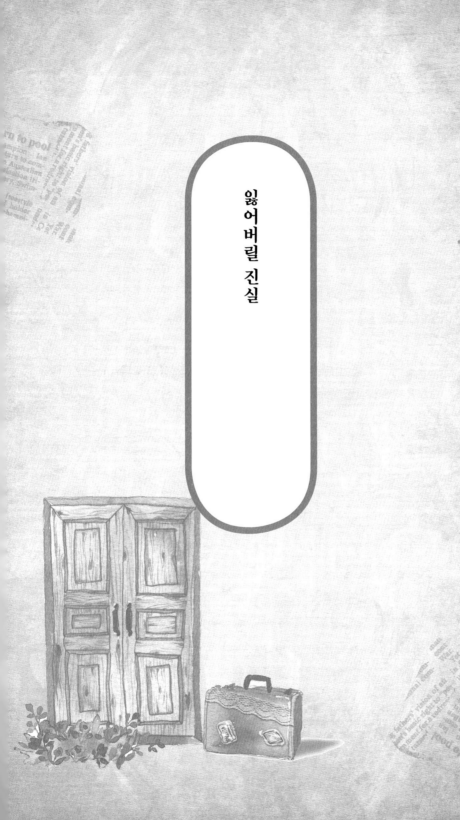

잃어버릴 진실

백
여
은

"오빠 빨리 와! 이제 곧 시작한대."

"응! 알겠어."

오빠는 헐레벌떡 뛰어 내 옆으로 가까이 왔다.

"이제 윈드랜드의 하이라이트 폭죽놀이를 시작하겠습니다!"

그 말을 시작으로 폭죽 소리가 내 귀를 스쳤다.

"진짜 예쁘다.

"그러게. 예쁘다."

그 폭죽을 배경으로 그 공간에는 우리 둘밖에 없는 듯했다. 내 옆엔 눈동자에 불꽃들을 가득 담고 환히 어린아이처럼 웃고 있는 오빠가 있었다. 장면 장면들이 모두 예뻤다. 이 순간이 영원했으면, 그 영원을 이 사람과 함께 했으면.

"오늘 어땠어?"

"난 너무 좋았지. 너는?"

"나도. 오늘 중에 불꽃놀이가 제일 좋았던 것 같아."

나는 그 장면을 잊지 못할 것 같았다.

"그러게. 예쁘긴 하더라. 나중에 되면 또 보고 싶어."

오빠도 즐거웠던 것 같아 은근히 기분이 좋았다. 그러면서도 오묘한 기분이 들었다.

"응. 우리 또 보면 되지."

"그래, 꼭 또 보자. 이제 다 왔네. 들어가."

"아, 다 왔네. 안녕. 잘 가!"

오빠와 헤어지고 싶지 않았다. 우리 둘밖에 없는 이 길을 계속 오빠와 함께 손잡고 걷고 싶었다.

"아! 시간이 얼마 안 남았네."

나는 아침 일찍부터 일어나 바쁘게 준비를 했다. 항상 예쁜 모습으로 오빠를 만나고 싶었다. 그리고 항상 좋은 모습을 보여주고 싶었다.

"어? 왔네."

"응. 우리 뭐할까? 오리배 탈까?"

"오, 진짜 오랜만이다. 빨리 타보자!"

오빠는 기분이 좋은 듯했다. 다행이었다.

"성인 두 명이요."

"네. 2만 원입니다."

오리배는 공원 한가운데에 있는 호수에서 물살을 휩쓸며 다녔다. 속이 뻥 뚫리고 시원했다. 오빠는 얼마나 즐거운지 쉬지도 않고 페달을 밟았다. 오빠는 열심히 페달을 밟아서 호수의 중간에 섬처럼 나무에 둘러싸여 있는 곳에 멈췄다. 그곳은 동화 속에 있는 것 같은 느낌이 들었다. 날씨도 좋아서 따뜻했다. 또 나뭇잎들의 반짝거림이 너무나도 예뻤다. 그곳엔 우리 둘만 있었다. 그 시끄럽고 북적였던 곳에서 벗어나 정말 우리 둘만 있었다. 나는 너무 행복했고 오빠의 얼굴도 밝았다. 그러다 나는 오빠에게 궁금한 것이 하나 생겼다. 그렇게 생각이 났을 때 또 그 오묘한 감정이 들었지만 나는 오빠에게 물었다. 그러나 갑작스럽게 벌어진 일이었다.

'어, 여기가 어디지?'

눈을 떠보니 흰 천장이었다. 내가 눈을 뜬 곳은 병원이었다. 그리고 내 몸엔 상처가 가득했다.

"정신이 드세요?"

내게 간호사가 말을 했다.

'어? 우리한테 무슨 일이 일어난 거지?'

아무것도 기억나지 않았다. 이런 경우는 처음이었다. 우린 왜 그때 물에 빠졌을까.

'아, 맞다. 오빠 어디에 있지? 오빠도 분명 같이 병원에 왔을거야.'

"저, 여기 이은호 환자 어디 있나요?"

나는 간호사를 붙잡고 말했다.

"잠시만요. 관계가 어떻게 되시죠?"

"저는 그 환자 여자친구에요."

어서 빨리 알려주길 바랐다.

"아, 그럼 잠시만요. 저…… 그분은 병원에 실려 오셨는데 시간을 놓쳐서 그만. 돌아가셨습니다. 수사는 사고사로 종결났다고 하셨어요."

"아니, 거짓말 하시면 어떡해요. 제가 법적으로 된 관계가 아니라서 말을 못하시는 건가요? 제발 알려 주세요."

내 눈에선 눈물이 흐르고 있었다.

"아니요. 거짓말한 것이 아니라…… 사실이에요."

믿을 수 없었다. 얼마 전까지만 해도 같이 있었고 우린 행복했다. 그런데 눈 떠보니 죽어 있다니. 이게 지금 현실인가. 꿈은 아닐까? 그때 나의 휴대폰에서 문자 알림이 울렸다.

[부고]

이항준님의 아들 이은호님께서 향년 23세의 나이로
별세하셨기에 삼가를 알려 드립니다.

너무 놀랐다. 충격적이었다. 그런데 한편으로는 비참했다. 나는 이 현실을 받아들일 수 없었다. 나는 빨리 내 짐을 챙겨 장례식장 건물로 달려갔다. 나는 도착해서 오빠의 이름을 찾아 올라갔다. 장례식장은 아직 준비되고 있었다. 내가 들어가니 어떤 아주머니 한 분이 나를 맞아 주셨다. 방금까지 우셨는지 눈이 부어 있으셨다. 나는 이제야 실감했다.

"혹시 누구신지……."

"아, 저 은호 오빠 여자친구인데요."

내 말을 듣고 아주머니는 놀란 표정을 지었다.

"은호 여자친구? 그런 얘기 들어 본 적 없는 것 같은데…… 일단 들어와요. 나는 은호 엄마에요."

'아, 이분이 오빠 어머니셨구나.'

나는 예상치 못한 정체에 놀랐다.

"아! 안녕하세요. 많이 힘드시죠."

"하, 너무 갑작스러워서…… 친구도 많이 놀랐겠어요."

"아…… 네 조금 놀랐어요. 오빠하고 같이 있었는데…… 오빠는……
죄송해요."

나는 오빠의 어머니께 너무 죄송스러웠다. 그리고 오빠 생각을 하니 눈물이 나올 것 같아 말을 잇지 못했다.

"방금 우리 은호랑 마지막에 같이 있었다고 했어요?"

오빠의 어머니는 놀란 듯 나에게 물어보셨다.

"네. 제가 같이 있었어요. 죄송합니다."

나는 또 다시 사과 드렸다.

"아니에요. 괜찮아요. 친구는 괜찮아서 다행이네요."

오빠의 어머니는 이렇게 말씀하시고 눈시울이 붉어지셨다.

"저는 이제 준비하러 가볼게요. 친구는 앉아서 쉬어요."

이 말을 하시고 오빠의 어머니는 마저 준비를 하러 가셨다.

"아, 도와드리려 했는데."

나는 빈자리에 앉아 생각에 잠겼다. 오빠는 어머니에게 나에 대한 이야기는커녕 왜 여자친구가 있다는 말도 안 했을까. 나한테도 왜 가족 이야기를 안 했을까. 나는 왜인지 조금 불쾌해졌다. 그리고 아쉬웠다. 어머니가 나를 아셨더라면, 나도 어머니에 대해 알고 있었더라면. 좀 더 위로도 해드리고 도움이 될 수 있었을 텐데. 내가 그런 존재인 것이 비참했다. 나는 조문객들이 계속 들어오고 나가는 동안 나는 멍하니 사람들을 바라봤다. 모두 슬픈 얼굴이었다. 장례식장이 조문을 온 사람들로 북적였다. 정신이 없었다. 나는 사람들을 보며 계속 생각을 하던 도중 나는 의문이 들었다. 왜 우리의 배는 뒤집혔을까. 분명 나의 기억 속에 우리는 행복했다. 즐거웠고, 웃고 있었다. 나는 알아야 했다. 우리에게 무슨일이 일어났는지. 나는 분명 다른 진실이 있을 거라 생각했다.

나는 우리가 사고를 당했던 호수로 향했다. 가는 동안 너무 힘들었다. 내가 사랑하는 한 사람을 잃었던 곳에 다시 가는 것이 쉽지만은 않았다. 나는 호수에 도착해 한동안 호수를 바라보았다. 많은 잡생각이 들었다. 그러다 CCTV가 생각이 났다. 분명 우리에게 어떤 일이 일어났는지 찍혔을 것이라고 생각했다. 나는 바로 관리실로 향했다. 도착해 곧바로 직원에게 간절한 마음으로 물었다. 하지만 직원은 그 주변에는 CCTV 라곤 하나도 없다고 나에게 말을 했다. 난 절망했다. 제일 큰 단서가 될 수 있는 것이 사라졌다. 나는 어서 다른 수단을 찾아야 했다. 어떤 것이 있을까. 기계 대신 다른 수단은 없을까. 나는 CCTV가 보지 못한 그때의 장면을 본, 사람을 찾기로 했다. 나는 그 사람을 찾을 홍보물이 필요해 인쇄소에 갔다.

"어서 오세요. 무슨 일로 오셨어요?"

"저…… 전단지랑 현수막이 필요해서요."

"어떤 내용으로 필요하세요?"

"사람을 좀 찾고 싶은데……."

"예, 알겠습니다. 연락처랑 인쇄물 내용 적어주시고 이틀 뒤에 배송해드리겠습니다."

"네, 알겠습니다."

"은호야, 이 엄마 놔두고 먼저 가면 어떡해."

이틀 뒤, 화장장은 오빠의 어머니와 다른 친척 분들의 울음소리로 가득 찼다. 나도 화장장에서 오빠의 발인을 지켜봤다. 지켜보면서도 이게 꿈인가 싶었다. 어쩌면 아직 난 오빠와 호수에서 데이트를 하기 전날 밤, 잠을 자며 꿈을 꾸고 있는 것이 아닐까 하는 그런 생각도 했다. 만약 그렇다면, 그냥 기분 나빠하고 끝낼 수 있었으면 좋겠다고 생각했다. 그냥 오빠를 보내야 한다는 사실을 부정하고 싶었다.

"오빠, 가지 마. 제발. 나만 놔두고. 불꽃놀이도 다시 꼭 보러 가자 했으면서."

나는 속마음으로 이 말을 되뇌었다. 인정하긴 싫었지만 해야 했다. 눈에선 눈물이 볼을 타고 흐르고 있었다.

나는 인쇄소에서 온 현수막과 전단지를 받았다. 그리고 눈에 띄는 모든 곳에 걸고 붙였다. 내가 사람을 찾게 될 거라곤 상상도 못했다. 그것도 내가 사랑하는 사람이 죽는 것을 본 사람을.

기분이 이상했다. 울컥했다. 그냥 내 현실을 생각하면. 오빠가 계속 생
각났다. 나는 빨리 진실을 알고 싶었다. 아직 오빠에 대한 미련이 있지만
이러면 좀 오빠를 보내줄 수 있을까 싶어서. 나는 인쇄물들을 가득 받아
호수 주변과 우리가 갔던 곳, 이곳저곳 전단지와 현수막을 다 붙이고 다
녔다. 그리고 얼마 전에 갔던 호수의 관리실 앞에도 붙였다. 붙이면서도
이걸 하는 것이 과연 맞을까라는 의구심이 들기도 했다. 장례식까지 끝
난 사람에게 이렇게 해도 될까라는. 그러면서 한편은 내가하는 이 일이
오빠에게 적어도 해가 되지는 않을 것이라는 생각도 했다.

"여보세요."

"어, 저기 현수막 거신 분 맞으시죠?"

"아, 네! 맞아요? 혹시 보신 것 있으신가요?"

나는 모르는 사람의 전화 한 통으로 무수한 희망을 가졌다. 그 사람은
이야기를 계속했지만, 오빠의 이야기는 아니었다.

"아, 전화 주셨는데 죄송합니다. 제가 찾는 그 사고는 아닌 것 같습
니다."

이번에도 아니었다. 지난 며칠 동안 나는 계속 휴대폰만 붙들고 있었
다. 이렇게 전화를 끊을 때마다 의욕을 점점 상실해갔다. 이 전화를 끝
으로 오늘은 아무런 전화가 오지 않았다.

'오늘도 못 찾았네.'

매일 그렇듯 오늘도 나는 실망감을 가득 마음속에 가지고 침대에 누웠다. 온몸이 무거웠다. 오빠가 보고 싶었다. 오빠는 지금 무엇을 하고 있을까. 기분은 어떨까. 나는 아직도 실감이 안 났다. 어딘가에 오빠가 살아 있을 것 같았다.

그리고 다음 날, 나는 여느 때와 마찬가지로 일어나자마자 휴대폰 알림부터 확인했다. 아무것도 와 있지 않았다. 나는 한숨을 쉬고 자리에서 일어나 집안일을 했다. 처음 며칠 동안은 집안일을 안 해서 집이 너저분했었다. 그리고 점점 정리를 시작하니 내 마음도 조금씩 정리되는 것 같았다. 그렇게 집안일을 하며 틈틈이 휴대폰 알림도 확인했다. 그러던 도중 휴대폰 벨소리가 울렸다. 나는 재빨리 그 전화를 받았다.

"여보세요. 저 저번에 찾아오신 분 맞죠? 현수막 보고 전화 드렸어요."

나는 의아했다.

"네? 제가요? 혹시 어디신지……."

"저 여기 영원숲 호수 관리실입니다. 오리배 사고 맞으시죠? 제가 그때 본 것이 있어서요."

나는 너무 놀라고 기뻤다. 이 직원은 나의 사고를 직접 들었으니 믿음이 갔다.

"네! 만나서 얘기할까요?"

나는 그 직원과 약속을 바로 잡은 후 약속 장소로 갔다. 가는 길이 기억이 안 나는 것 같다. 너무 기뻤다. 마음이 후련해지는 것 같았다. 나는 약속 장소인 한 카페에 들어가 자리에 앉아 직원을 기다리고 있었다. 나는 초조하게 기다리며 카페 문을 계속 바라보았다. 이윽고, 카페 문이 열리며 직원이 들어왔다. 나는 재빨리 일어나 직원을 불렀다.

"여기에요."

나는 나의 기쁜 마음을 애써 감추며 불렀다.

"아, 안녕하세요."

직원은 인사를 하며 나의 맞은편 자리에 앉았고 나는 바로 용건을 물었다.

"저, 그날 무엇을 보신 건가요? 제가 그때 기억을 못하고 있어서 최대한 자세히, 보신 걸 말해 주실 수 있으신가요?"나는 정말 간절히 말했다. 남자는 내 말을 듣고 놀라며 나에게 머뭇거리며 말했다.

"아, 기억을 못하시는구나……. 제가 그때 본 건, 그쪽이 남자친구 분을 죽이셨잖아요."

"네? 지금 무슨 말을 하시는 것이죠? 제가 그럴 리가 없잖아요."나는 충격에 휩싸였다. 믿을 수 없었다. 내가 그렇게 열심히 진실을 찾아가고 있었는데 내가 찾던 진실이 내가 범인인 것이라니. 나는 이때까지 나를 그렇게 애타게 찾고 있던 것이었다.

"처음엔 두 분이 싸우시는 것처럼 엎치락뒤치락 하시길래 저는 멀리서 보고 있어서 일단은 지켜보자 해서 있었는데 갑자기 오리배가 뒤집혀져서…… 사고 당시에는 놀라서 비상버튼만 누르고, 저번에는 저도 정신이 없어서 말을 못했어요……."

그 이후로 직원은 말을 이어갔고, 나는 꿀 먹은 벙어리처럼 아무 말도 하지 못하고 직원의 말을 듣기만 했다.

그러던 도중 머리가 갑자기 깨질 듯이 아팠다. 직원은 놀란 듯 날 살폈고 나는 점점 내 기억에서 사라진 그때와 더불어 여러 순간의 기억이 나기 시작했다.

오빠는 열심히 페달을 밟아서 호수의 중간에 섬처럼 나무에 둘러싸여 있는 곳에 멈췄다. 그곳은 동화 속에 있는 것 같은 느낌이 들었다. 날씨도 좋아서 따뜻했다. 또 나뭇잎들의 반짝거림이 너무나도 예뻤다. 그곳엔 우리 둘만 있었다. 그 시끄럽고 북적였던 곳에서 벗어나 정말 우리 둘만 있었다. 나는 너무 행복했고 오빠의 얼굴도 밝았다. 그러다 나는 오빠에게 궁금한 것이 하나 생겼다. 그리고 나는 오빠에게 물었다.

"오빠, 우리 어머니 만나러 왜 안 가? 우리 만난 지도 오래됐잖아." 이 말을 듣고 오빠는 웃고 있던 표정이 갑자기 굳으며 말했다.

"야, 내가 그거 얘기 꺼내지도 말랬지. 너 내가 만만하냐? 내 말 무시해?"

난 오빠가 너무 무서웠다. 처음 보는 모습이었다.

"아니, 그게 무슨 소리야. 오빠 왜 그래?"

"너야말로 왜 지랄이야. 내가 계속 말했잖아!"

오빠는 이 말을 끝으로 나에게 손을 날렸고, 우리 둘은 배 안에서 크게 다툼을 했다.

"이 미친년이. 그딴 걸 왜 물어보냐!"

"오빠 때리지 마. 내가 미안해. 잘못했어."

"진작 그럴 것이지. 다신 그러지 마라."

예전부터 오빠는 유독 어머니 이야기를 싫어했다. 그 얘기를 내가 꺼내면 그 다정했던 사람이 나를 때리려 들고 난폭하게 변했다. 하지만 나는 그런 모든 기억을 다 잃었었다. 호수에서 그날도 나는 오빠에게 어머니에 대해 물었다. 그때 든 오묘한 기분은 잃어버린 기억에 대한 것이었다. 우리는 다투면서 배가 뒤집혔고 그때 나는 충동적으로 오빠를 물에서 못 나오게 막았다. 너무 화가 났었고 당황스러웠다. 오빠는 나 때문에 물에 잠겨 죽었다. 그 후에 발견되었을 땐 이미 죽은 상태였다. 그리고 그 장면을 직원이 목격한 것이다. 나는 갑자기 새로 생긴 기억들이 믿기지 않았다. 어떻게 이럴 수가 있을까. 지금 내가 상상하고 있는 것은 아닐까.

"어, 왔어?"

"응. 어디 갈래 오빠?"

"우리 영원숲 호수에서 오리배 탈까?"

"응. 좋다. 그러자."

우리는 호수에서 오리배도 타고 그 근처 유명한 식당에서 밥도 먹었다.

"오빠 내일은 뭐 해?"

"아, 나 내일 친구랑 여기 오려고."

다음날, 나는 여자친구와 이곳에 왔다.

"어? 왔네."

"응. 우리 뭐할까? 오리배 탈까?"

그 말을 듣고 타고 싶지 않았지만 여자친구가 너무 바라는 것 같아 타 주기로 했다.

"오, 진짜 오랜만이다. 빨리 타보자!"

여자친구는 기분이 좋은 듯했다. 나도 그걸 보니 막상 타기 싫지는 않았다.

"성인 두 명이요."

"네. 2만 원입니다."

우리는 오리배를 타고 사람이 많이 없는 곳으로 갔다. 거기서 이곳저곳 구경을 하다가 갑자기 여자친구가 질문을 했다.

"오빠, 우리 어머니 만나러 왜 안가? 우리 만난 지도 오래됐잖아. 나 어머니께 인사드리고 싶은데."

나는 이 말을 듣고 엄청난 분노가 생겼다. 난 지금 여자친구를 엄마한테 소개할 수 없었다. 여자친구를 소개한다면 어제 만났던 여자친구와는 관계가 복잡해진다. 예전부터 안 된다고 계속 말했지만 여자친구 끈질기게 만나러 가자고 했다. 그게 너무 화가 났다. 나를 만만하게 보는 것 같았다. 나는 여자친구를 때렸고 우리는 그렇게 계속 다툼을 했다. 그러다가 배가 뒤집혔는데 여자친구가 날 짓누르며 나를 물에서 못나오게 했다. 나는 계속 저항했지만 물 안이라서 내 저항이 먹히지 않았다. 난 그 뒤로 정신을 잃었다.

나는 허탈했다. 화가 났다. 내 자신한테도 나를 그렇게 대한 오빠도.

"저…… 제가 사고 당시에는 신고도 못했는데, 이제 어떻게 하실 건가요?"

직원이 머뭇거리며 말을 했다.

"아……."

나는 확답을 하지 못했다. 어떻게 해야 할지 몰랐다.

"전……."

나는 내가 도대체 왜 기억을 잃었는지 알고 싶어 병원에 갔다. 나는 병원에 접수를 하고 여러 가지 검사를 받았다.

"정확히 어떤 상황이 기억이 안 나셨던 거죠?"

"제 남자친구가 자기의 어머니 얘기가 나오면 저를 때리고 난폭하게 굴었는데 그럴 때마다 그 상황들 자체가 기억이 나지 않아요."

"이런 일이 자주 있었나요?"

"네, 그런 것 같아요. 이런 경우가 있을 수 있나요? 병명이 뭔가요?"

"음, 환자분은 해리성 기억상실증입니다. 이 병은 외상 후 스트레스 장애 즉, 트라우마로 인해서 기억이 상실되는 것입니다. 이런 경우가 종종 있습니다. 기억의 회복이 가장 중요한데 기억은 회복되셨으니 이제부터 심리치료를 꾸준히 받으시면 많이 회복되실 겁니다."

"아, 네. 감사합니다."

"그럼 다음 진료 때 봅시다."

'아무도 모르네? 뭐야, 이렇게 쉽게 끝날 거였어?'

이것은 나의 완벽한 이별이었다. 그 사람은 그 얘기가 나올 때마다 날 때렸다. 나는 맞을 때마다 아팠다. 나는 맞으며 생각했다. 내가 받는 이 고통을 그 사람도 똑같이 느끼게 할 것이라고. 나는 계획을 세웠다. 기억을 잃은 척했다. 맞아도 왜 때리는지 모르는 척, 항상 해맑은 척, 그 사람을 좋아하는 척. 그리고 그날 호수에서 나는 일부러 그 사람에게 물었다. 어머니 얘기를 꺼냈다. 그 사람은 역시 나에게 화를 내고 때리려 했다. 그때 직원이 보고 있었다. 나는 더 과장되게 그 사람과 다투었다. 나는 완벽한 피해자가 되어서 정당방위가 될 수 있도록. 그러다 그 사람과 나는 물에 빠졌고, 나는 그 사람을 나오지 못하게 막았다. 그 사람은 의식을 잃고 하염없이 밑으로 잠겨갔다. 나와 그 사람이 빠진 후에 온 구급대원들은 그 남자를 찾지 못해 나만 구출되었다. 나는 그 이후 열심히 내 기억을 찾아다니는 모습을 보였고, 역시 목격자인 그 직원은 나의 계획대로 제보를 했다. 난 그 제보를 듣고 혼란스러운 듯 행동했고, 병원에 가서 내가 기억을 잃고 치료를 받는다는 것도 증명해냈다. 이제 나에게 걸림돌이 될 것은 더 이상 없다. 홀가분하다.

나는 완벽했다.

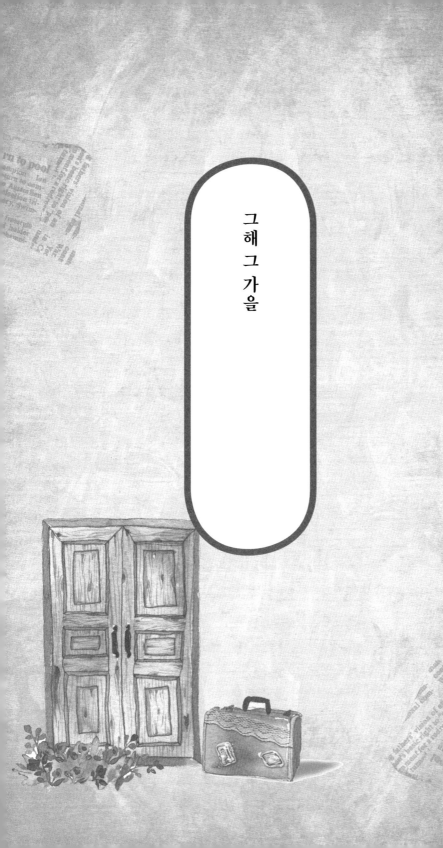

그
해
그
가
을

유
서
진

　내 이름은 진가을, 내 이름이 계절 이름중 하나 가을인 이유는 단지 가을에 태어났다는 이유로 가을이다. 오늘은 중학교 3학년 2학기 개학날이다. 이제 졸업도 얼마 남지 않았다.

　"다들 2학기도 잘해 보자! 아이고 이현우는 2학기 첫 시작부터 또 지각이네."

　아침 조례가 끝나면서 선생님이 말씀하신다. 여름 방학이 끝나 가을이 되고 우리는 2학기를 맞이하게 되었다. 우리는 여름 방학이 2달이라 방학 동안 좀 달라져 온 친구들 보인다.

　"뭐야. 미친 쟤 누구야. 이현우 맞아?"

　이현우가 교실을 들어오니까 친구들이 얘기한다. 친구들 얘기를 듣고 앞을 봤는데 헐 이현우 진짜 달라졌네? 키도 별로 안 크고 통통했던 이현우가 키는 엄청 커져 있고 살이 완전 빠진 모습으로 왔다. 나는 이현우랑 어린이집, 유치원, 초등학교, 중학교를 다 같이 나왔는데 저런 모습은 처음 본다. 이현우가 달라진 모습을 보고 내 친구들은 좋다고 난리다. 나돈데. 사실 난 작년쯤부터 이현우를 좋아하고 있었다. 나도 이현우를 너무 많이 봐서 그런지 나 자신을 못 믿었었다. 하지만 그게 아니었고 난 진짜 이현우를 좋아하고 있었다.

"진짜 어떡하지, 나 이러는 게 맞는 걸까?"

평소에 금사빠라는 소리를 듣던 내가 이현우마저 좋아하게 되다니 우린 거의 10년 이상을 봐왔는데 남자로 보는 내가 한심해 보인다. 주변 친구들도 그럴 수 있다와 그게 가능하냐는 친구들로 나뉘는데 내가 보기에도 가능한가 싶다. 나는 내가 어쩌다 이현우를 좋아하게 됐는지도 잘 모른다. 어느 순간부터 나는 좋아하는 이유조차 모른 채 좋아하고 있었기 때문이다.

"가을아, 너 이현우랑 친하지 않아? 나 남소 좀 해주라."

이현우가 달라진 모습을 보고 평소에 이현우한테 관심 없던 친구가 나에게 부탁한다. 내가 아직 이현우를 좋아한다는 사실을 아무에게도 말하지 않아서 가끔 친구들이 나한테 이현우랑 어릴 때부터 친하다는 이유로 이런 부탁들을 한다.

'아, 그냥 애들한테 사실 나 이현우 좋아한다고 말할까.'

이 생각을 친구들이 부탁할 때마다 난 매번 하지만 막상 말할 용기가 없어 1년째 꽁꽁 숨기고 있는 중이다. 언젠간 말할 수 있겠지 라며 대수롭지 않게 넘기고 본다.

"야, 진가을."

어? 갑자기 이현우가 날 부른다.

"나 뭐 달라진 점 없어?"

"모르겠는데?"

"아, 장난치지 말고, 진짜 없어?"

"뭐 살 좀 빠지고 키 컸네."

"반응이 겨우 그 정도냐."

이현우는 나와 짧게 얘기하고 다른 친구들한테 간 것 같다. 맘 같아서는 이현우한테 잘했다며 좋다고 하고 싶지만 그럴 수 없어서 급하게 말을 내뱉었다. 그 결과는 처참했다.

그렇다고 내가 이현우를 좋아한다는 걸 말할 수는 없으니까. 지금 내가 할 수 있는 건 아무것도 없으니까. 여름 방학 때 이현우를 만났었는데 이 정도는 아니었다.

우린 남들보다 많이 친하다 보니까 자주 만났는데 이현우는 모르겠지만 중간중간 차도로 걸어가는 나를 무심하게 챙겨 안쪽으로 넣어주는 모습 이런 매너 있는 모습들이 날 설레게 했다. 나는 이때 내가 진짜 금사빠라는 걸 깨달았고 이현우를 좋아한다는 걸 안 것 같다.

이현우는 이런 내 마음을 알까? 나는 가끔 이현우에게 용기를 내서 내나름대로 티를 내곤 한다. 예를 들어 이상형 얘기를 하면 이현우한테 일부러 이현우의 외적인 모습이나 성격이 이상형이라고 말을 해도 이현우는 전혀 모르는 눈치인 것 같았다.

음, 한편으로는 다행이지만 아쉽기도 하다. 그냥 가끔은 좀 내 마음을 알아줬으면 좋겠다. 이렇게 내 마음을 모르기만 하는 것도 마냥 좋지는 않기 때문이다.

"근데 가을아, 넌 이현우랑 본 지 오래됐는데 좋아했다거나 설렜던 적이 한 번이라도 없어?"

급식 먹으러 가는 중에 갑자기 반 친구가 물어본다.

"야, 내가 이현우랑 본 지 몇 년인데 있겠냐."

"아 그런가? 아니 근데 내가 보기엔 니가 이현우 좋아하는 거 같아서."

"내가? 이현우를?"

"응 니가, 이현우를."

"왜 그렇게 생각해?"

"너 뭔가 가끔 이현우를 쳐다보는 눈빛이나 하는 행동이 그냥 친구 사이에서 할 수 있는 행동이 아니야."

내가 나도 모르게 이현우를 좋아해서 이현우한테 했던 행동들이 친구한테 보였나 보다. 이 친구한테는 솔직하게 얘기해야지.

"맞아. 나 사실 이현우 좋아해, 그게 티가 날 줄은 몰랐는데."

"너 가끔 티 좀 많이 나, 너도 오래 봐서 알 거 아니야. 이현우 눈치 빠르다는 소문 있으니까 안 들키게 조심해."

나도 잊고 있었는데 이현우 눈치 하나는 진짜 빠르다. 작년에도 다른 반 여자애가 이현우를 좋아하다가 이현우한테 들켰던 적이 있었다. 그때에 난 아무렇지 않았는데 친구 얘기를 들으니 이제는 내가 이현우한테 들킬까 봐 무섭다.

"에이 설마 들키겠어?"

"야, 뒤에 이현우."

"뭘 들켜."

아무래도 난 망한 것 같다. 나도 모르게 속마음이 입 밖으로 나왔는데 하필 이현우가 들어버렸다. 난 지금 이 상황에서 뭐라고 말해야 이현우가 의심을 안 할까? 갑자기 머리가 새하얘지면서 아무 생각이 안 떠오른다.

"들키다니, 뭘?"

일단 난 이현우가 잘못 들은 것처럼 말을 했다.

"니가 방금 뭐 들키겠냐며."

"아니? 나 그런 말 한 적 없는데."

"그럼 말고."

나 잘 넘긴 거겠지? 눈치 빠른 이현우 때문에 애써 이 상황을 넘겼지만 신경이 쓰인다. 일단 이현우는 내 말을 듣고 의아한 표정으로 날 쳐다보면서 못 믿는다는 듯이 나를 지나쳐 가던 길을 갔다.

"야, 우리 말조심하자."

"그래, 그래야 할 듯."

우리는 방금처럼 이현우에게 들키지 말자며 조심하자고 다짐을 했다. 진짜 조심해야지. 난 이런 식으로 이현우가 내가 자기를 좋아하는걸 알게 하고 싶지 않다. 지금 갑작스럽게 알게 된다면 너무 허무할 거 같아서 그냥 내가 이현우가 너무 좋아 안 되겠을 때 말해 줘서 이현우가 알게 되면 좋겠다.

"야, 진가을. 같이 매점 가자."

"오, 니가 사주는 거?"

"사줄게. 가자."

"엥 진짜? 니가 웬일로 날 사주냐."

3교시가 끝나고 이현우가 먼저 나한테 매점을 가자며 사준다고 한다. 평소에 친한 친구들도 잘 안 사준다는 이현우가 날? 괜히 혼자 혹시 이현우도 나를 좋아할까라는 상상을 하면서 의미부여라도 하며 기분이 좋아진다. 이 생각을 하다 보니 우리는 벌써 매점에 도착했다.

"뭐 먹지?"

"너 이거 좋아하잖아."

이현우는 내가 평소에 매점에서 자주 먹는 걸 가리키면서 나한테 얘기했다. 근데 난 이현우랑 중학교 1학년, 2학년 때 같은 반을 못해보고 올해 처음으로 같은 반을 해서 매점을 거의 같이 온 적이 없다.

"어떻게 알았대. 내가 이거 좋아한다고 말을 했었나?"

"있을걸? 아, 없나."

"말한 적 없는 거 같은데."

"아, 몰라. 빨리 고르기나 해."

난 분명 이현우한테 말한 적도 없는 거 같고 같은 반은 올해가 처음이라 내가 매점에서 뭘 자주 먹고 좋아하는지 잘 모를 거란 말이다. 그런데 어떻게 이현우는 알고 있을까. 이렇게 난 또 혼자 아무 의미 없는 쓸데없는 생각을 하며 다시 반으로 걸어간다.

"4교시 자지 말고 열심히 들어라."

이현우가 매점 갔다가 우리 반까지 데려다 주고 가면서 얘기했다. 이러고 4교시가 마친 후 우리는 점심 시간이라 점심을 먹으러 가는 길이었다. 저기서 이현우가 다른 여자애랑 웃으면서 얘기하고 있는데 괜히 질투가 난다.

"야, 둘이 사귀는 거 아니야?"

"내 말이, 잘 어울린다."

내 뒤에 서 있던 애들이 얘기하는데 내 눈에도 그렇게 보여서 괜히 속상하다. 급식을 먹고 나왔는데 왜 이렇게 어지럽고 속이 안 좋지. 당장이라도 토할 것만 같다.

"야, 나 갑자기 너무 어지러워. 속도 안 좋아서 토할 것 같은데 보건실 좀 데려다주라."

난 이 말을 하고 친구가 데려다 주려고 하던 찰나에 보건실 가는 길 운동장에서 쓰러져버렸다. 정신을 차리고 보니 난 보건실 침대에 누워 있었고 내 앞에는 이현우가 앉아 있다.

"괜찮아?"

"뭐지, 꿈인가."

"꿈 아니고 너 괜찮냐고."

진짜 이현우다. 얘가 왜 여기 있는 걸까. 분명히 아까 운동장에 없었는데 아직까지도 꿈만 같고 믿기지가 않는다.

"이제 좀 괜찮은 거 같은데 니가 왜 여기 있어."

"밥 먹고 나오니까 너 운동장에 쓰러져 있길래 내가 업고 왔어. 갑자기 왜 쓰러진 거야."

"최근에 위염이랑 장염으로 좀 아팠는데 아까도 잠깐 속이 안 좋았거든. 그거 때문인가 보다."

"아프면 말하지 왜 말 안 했어."

"아니, 너한테 아프다고 징징대긴 그래서 말 안 했지."

"다음부턴 아프면 말해. 이런 식으로 더 걱정시키지 말고. 말 안 했다가 이게 뭐야."

뭐지 이현우 내가 지금 잘못 들은 건가? 지금 난 가장 확신이 들고 용기가 생긴다. 이현우한테 말할 수 있을 것 같다. 그냥 이참에 질러야지.

"야 나 너 좋아해."

"나도."

"뭐야. 너 내가 너 좋아하는 거 알고 있었어?"

"어떻게 몰라. 니가 그렇게 나 좋아하는 티를 내는데."

"그건 그렇다고 치고 진짜 너도 나 좋아한다고?"

"응. 난 니가 나 좋아하기 전부터 너 좋아했을걸? 우리 본 지 오래되기도 했고 넌 나 안 좋아하는 거 같아서 그냥 혼자 좋아하고 있었는데 언제부턴가 니가 나한테 하는 행동이랑 말 그리고 니 친구들이 나한테 니가 나 좋아한다고 얘기해 주더라."

아, 역시 친구한테는 다 말하는 게 아니었다. 그리고 이현우가 나와 같은 마음인 줄 몰랐다. 솔직히 차일 거라는 생각하고 질러서 내뱉은 건데 나도라는 말이 나올 줄이야.

"그럼 우리 서로 좋아하는 거 맞지?"

"응, 가을아."

나는 그렇게 오늘부터 서로의 마음을 확인한 뒤 만나게 되었다. 내가 얘랑 만나게 될 줄이야 상상조차 못했다. 상상을 했더라도 이게 현실로 반영될 줄 알았을까.

"보건실에서 조금 더 쉬고 마치고 너네반에서 기다려. 너 아픈데 집 데려다줄게."

난 보건실에서 좀 더 쉬고 7교시 수업에 들어가 수업을 한 뒤 학교 정문에서 현우를 기다리고 있었다. 저기 멀리서 현우가 뛰어오고 있다.

"힘들게 왜 뛰어왔어. 천천히 와도 되는데."

"미안 종례가 늦게 끝나서 끝나자마자 뛰어왔어. 많이 기다렸어?"

서로의 마음을 알게 되기 전과 후의 달라진 우리의 말과 행동이 너무 어색하지만 이 어색한 분위기와 공기마저 우리라서 좋다. 이현우에서 현우로, 진가을에서 가을. 성을 떼어서 부르는 게 원래 이렇게 어색하고 부끄러운 거였나. 평소에 같이 걸어가도 아무렇지 않았는데 오늘따라 유독 우리 둘 사이의 공기가 낯설게 느껴진다.

"현우야, 너 그때 내가 뭐 들켰다고 했을 때 내가 아니라고 했잖아. 그거 뭔지 알아?"

"너 그거 나 좋아하는 거 들키겠냐고 한 거 아니야?"

그렇다, 이현우는 다 알고 있었다.

"아 너 다 알고 있었네. 나 지금 너무 부끄러워."

난 바보같이 현우는 아무것도 모를 거라고 생각했는데 맞는게 하나도 없다. 현우는 날 보면서 얼마나 웃겼을 걸 생각하면 너무 부끄럽다.

"니가 날 보면서 얼마나 웃겼을까."

"아니야, 오히려 알고 보니까 귀엽던데?"

어떻게 저런 말을 아무렇지 않게 나한테 하는걸까. 이현우 알면 알수록, 보면 볼수록 나를 놀라게 한다. 난 오히려 현우한테 무슨 말을 해야 할지 하나하나 고민하고 어떤 말을 해야 할지 고민하기 때문이다.

"너 진짜 어떻게 그런 말을 아무렇지 않게 나한테 해?"

"니가 좋아서? 나도 모르게 이런 말이 바로 나오는데?"

난 이때까지 이런 애를 왜 속으로 혼자 끙끙 앓아 오면서 좋아했던 걸까, 단지 오랫동안 친구였다는 이유로 답답하게 애만 태웠던 내가 후회되고 조금만 더 일찍 알아차리고 말했다면 좋았을 텐데.

어느덧 중학교 3학년 졸업을 하고 고등학교 1학년 가을 우리는 정말 운 좋게 같은 학교에 배정을 받아 같이 다니고 있다. 이미 우리 학년에는 우리가 공식 커플로 소문이 나 있어서 모르는 사람이 없을 정도, 선생님들 2, 3학년 선배님들도 알고 아마 모르는 사람이 없을 거다. 우리는 작년부터 쭉 등하교를 같이 하고 있다.

우리는 똑같이 봄, 여름, 가을, 겨울 중에서 가을을 가장 좋아한다. 우리가 항상 하교하는 길에 가다 보면 가로등으로 줄이 세워진 공원길이 있다. 이 공원은 우리가 지나갈 때쯤 사람들이 대부분 없어서 조용하다. 그래서 이곳을 지나가다 보며 얘기하는 걸 가장 좋아하고 가을이 아니면 느낄 수 없는 우리만의 신호가 있다.

"현우야, 난 지금 이 시간이 너무 좋아."

"나도."

나는 정말 하루 중에서 이 시간만 기다리고 이 시간을 가장 좋아한다. 좋아하는 사람과 좋아하는 장소를 같이 걷는다는 게 얼마나 행복한 일인지 깨달았다. 내가 하루를 지내다 보면 우울한 일, 속상한 일, 슬픈 일 등등 다양한 일이 있을 텐데 현우와 이 길만 걸으면 아무 생각이 안 떠오르고 현우와 같이 얘기하면서 가다 보면 어느새 잊어 버려 행복한 하루로 마무리할 수 있다. 현우와 내가 이대로 영원할 순 없지만, 아니 영원할 수도 있지만 난 항상 이 설렘과 긴장감을 놓치지 않으려고 한다. 놓치는 순간 오랫동안 친했던 사이로 돌아갈 것만 같아 겁나고 지금 1년 동안 난 너무 행복했다.

"현우야 우리가 이대로 영원할 수 있을까?"

"물론, 얼마든지. 우린 어릴 때부터 친했어서 서로에 대해서 모르는 것도 거의 없잖아? 서로를 이해하면서 조금씩만 맞춰 나가면 우린 이대로 영원할 수 있을 거야. 그런 걱정은 하지 말자, 가을아."

현우의 말을 듣고 난 고민을 왜 했나 싶을 정도로 마음이 편안해지며 현우를 믿고 지낼 수 있을 거 같다. 나는 매년 매해 가을을 가장 의미있게 생각할 거다. 한때 어릴 때에는 내 이름이 계절 이름이라 마음에 들지 않아서 징징대며 그 당시에는 하나의 스트레스 요소였는데 이제는 내 이름이 가을이라는 게 너무 좋다. 우리 부모님께 감사한 마음이다.

2021년 우리가 만나기 시작했던 그해 그 가을부터 매년마다 가을이 다시 돌아와도 우리는 변치 않을 것이다. 가을이 다시 돌아올 때마다 우리가 계속 영원하기를 바라며 마음이 변치 않기를 바라며 우리는 또 이 길을 지나간다.

　가을과 우리가 계속 영원하기를.

의미와 의지의 공생

유
성
채

　몸이 붕 뜨는 기분이었다. 내 이름을 부르는 소리가 드문드문 들려왔다. 머리와 몸이 분리된 듯한 기분으로 아주 느릿한 꿈 안에서 눈을 떴다. 나는 맑은 물이 가득 담긴 어항 안에 있었다. 얼굴 없는 인간의 형체가 유리벽을 툭툭 치니 숨이 차올랐다. 신체에 뚫려 있는 모든 구멍으로 물이 베어들어와 언제 죽어도 이상하지 않은 상황이었다.

　"오스틴."

　낡은 무선 전화에서 들릴 법한 굵고 거친 목소리. 귀가 꽉 막힌 듯 소리가 잘 들리지 않았다. 물이 얕게 진동했지만 정신은 여전히 아득했다.

　"오스틴!"

　이번엔 선명했다. 내가 숨을 들이키며 일어난 곳은 쨍한 파란색으로 가득 채워진 풍경 속이었다. 나는 연방 기침을 콜록거리면서도 그 광경을 보기 위해 눈동자를 굴리곤 했다. 잇따라 옷에서 떨어지는 물방울이 양털처럼 보드라운 바닥을 적셨다. 마치 하늘을 둥글게 에워싼 구름 위에 앉은 기분이었다.

　"여긴 네 내면이다."

　어항 밖에서 들은 목소리였다.

　"이해가 안 돼. 착하게 살다 죽었다면 몰라, 사사로운 욕심이 없어 보이지도 않고."

"하지만 이곳은 아름답잖아요."

커다란 몸뚱이 밑 그림자가 내 말에 조금씩 반응했다.

"오스틴 데일. 묻고 싶은 게 산더미처럼 많을 테지. 네가 단명하여 이곳에 온 건 알고 있나?"

"아뇨, 저는······."

겁이 나서 몇 번이고 되뇌었다. 그 말을 부정하려고 하면 현실성 없는 경치가 눈에 들어왔다. 죽어서 이곳으로 왔다기엔 모든 감각이 너무도 생생했다. 왜 아직 의식이 남아 있는지, 이 공간은 어떤 의미인지, 그 외에도 묻고 싶은 게 많았다. 내 뒤에 있는 형체가 흔쾌히 얘기해 줄지 모르겠다.

"모든 사람은 죽어서 자신의 내면으로 오나요?"

"아니."

그가 말했다.

"넌 완전히 죽지 않았어. 저 아래에서 식물인간처럼 숨만 쉬고 있을 거다. 네 부모님은 깨어나지 않을 몸뚱아리를 붙잡고 돈이나 버리겠지. 그걸 원하진 않을 테고."

"저한테 목적이 있으세요? 당신은 누구죠?"

그가 내 앞으로 걸어왔다. 거대한 기계의 형체가 옷과 코트를 갖추어 입은 모습이었다. 벌집처럼 파인 얼굴 위에 고리 모양의 물건이 동동 떠다녔다. 예상대로 머리카락과 눈 코 입은 가지고 있지 않았다.

"아래에 있는 네 신체를 가져가겠다. 식물인간은 피를 오랫동안 공급해 주거든."

"뭐라고요?"

"난 상대에게 이득을 주는 거래만 해. 걱정 말고 편하게 데릭이라 불러."

너무 많은 정보가 들어와서 머리가 이상해진 게 분명했다. 그가 하는 모든 말이 납득되기 시작했다.

"내가 누구냐고 물었지? 나는 천계에 사는 신인류고 생명을 유지하기 위해 인간의 피를 조금씩 공급받아야 한다. 우린 모든 생명체의 잔해로 만들어진 몇 안 되는 개체라서 말이야."

데릭이 말했다.

"서론이 길었구나. 이제 그 이득에 대해 논의해 볼까?"

주변 풍경이 순식간에 뒤바뀌었다. 파랗던 하늘이 어두컴컴한 밤중으로 변하더니 별을 촘촘하게 수놓은 은하수로 번졌다. 손바닥으로부터 전해지는 낯선 감촉에 급히 바닥을 더듬으며 주위를 살폈다. 이 장소엔 데릭과 날 제외한 유기물은 아무것도 존재하지 않았다.

"옆을 봐."

데릭이 가리킨 곳엔 녹색 얼룩이 있는 푸른 공 모양이 자리잡고 있었다. 나는 달 위에 앉아 지구를 감상하고 있던 거다.

"이건······."

"인간은 우주에 맨몸으로 노출되면 단 오 분도 살 수 없지. 그걸 내가 가능하게 해줄 수 있고."

"환각으로요?"

"그래. 우리 종족들은 제각기의 능력을 가지고 태어나거든."

그가 손을 까딱였다. 황홀한 풍경이 점차 아득해지더니 지평선 위가 무한한 공간으로 장식됐다. 태어나서 한 번도 보지 못한 물체들이 까만 장소를 가득 메우고 있었다. 그의 옆으로 붙으려 하니 땅이 질퍽거려 움직이기 힘들었다.

"여긴 나의 내면이다. 보다시피 아무것도 없어."

데릭이 말했다.

"딱 세 가지, 네가 가고 싶은 곳을 얘기해 봐. 이 세상에 존재하지 않는 장소라도 괜찮다. 내 신경 조직과 네 기억을 연결해서 그 상상 속으로 데려가 주마."

그는 웃고 있었다. 물론 얼굴이 텅 빈 데릭은 감정을 표현할 수 있는 수단이 적었다. 하지만 들뜬 목소리에서 그가 입꼬리를 올리고 있다는 게 느껴졌다.

"지구에 가본 적 있어요?"

내가 지은 건 데릭과 다른 의미의 미소였다.

* * *

"저건 롤러코스터라고 불러요."

"진심인가? 상당히 악명 높은 고문 기술자가 만들었나 보군······."

사람들이 북적거리는 놀이공원에서 데릭이 쇠한 발걸음을 옮겼다. 그는 자신이 마지막으로 지구에 갔을 때와 딴판이라 심히 놀랐다고 했다. 백 년 전만 해도 이 나라는 세계 대전으로 만신창이였으니 말이다. 문득 데릭의 나이가 궁금했지만 인간의 영역이 아닐 게 뻔하다는 생각이 들었다. 그에게도 동료가 있었을까?

"오스틴."

그가 말했다.

"왜 지구를 선택했지? 모든 인간은 다른 차원에 대한 호기심을 가지고 있다. 너 역시 비슷한 걸 원했을 거라 생각했는데."

어려운 질문이었다. 데릭의 말대로 여긴 우주나 다른 차원에 비하면 거창한 곳이 아닐지도 몰랐다.

"잊히는 건 무섭잖아요."

내가 말했다.

"여긴 제 추억이 담긴 곳인데. 얼마나 소중해요."

내 추억을 내가 잊는 것만큼 슬픈 게 또 어디 있을까. 산 사람들은 희

미해진 기억을 다시 상기시킬 기회가 있다. 하지만 난 달랐다. 지금을 놓치면 이리 행복한 일이 있었다는 사실을 잊은 채 깨어 있을 거다.

"참 미련하군."

그가 말했다.

"넌 그냥 행복했던 순간에 머물러 있고 싶은 거야. 정말 나쁜 기억조차 추억이라고 부를 수 있나?"

추억의 기준은 정하기 나름이라고 생각했다. 기억에 이름을 붙이는 건 오로지 본인의 몫이었다. 내가 간직하고 싶은 기억엔 저마다의 감정이 녹아들어 있다. 행복한 기억 속에서만 살고 싶은 게 아니었다.

"좋은 기억이든 슬픈 기억이든 제게 의미가 있으면 추억이죠."

"그렇다면 이곳은 너에게 어떤 의미가 있지?"

나는 회전목마를 향해 손가락을 뻗었다. 잔잔한 오르골 소리가 새어 나오는 낡은 회전목마였다. 데릭의 말대로 이 환각은 지나치게 사실적이었다. 가장 놀라운 건 내가 잊었다고 생각한 기억조차 완벽히 복원됐다는 거다. 그걸 증명하듯 원판 위 페가수스엔 어린 남자아이가 자지러지는 웃음 소리를 내고 있었다.

"오스틴, 엄마 봐야지."

똑같이 행복한 미소를 짓고 있는 여성이 아이를 향해 내 이름을 불렀다. 지금 보고 있는 건 어머니와 어린 시절의 나였다.

"이때 이후로 놀이공원을 간 적이 없어요. 너무 바빴거든요. 성인이 되면 가겠다고 다짐하다가 결국 이렇게······."

"마냥 행복한 기억도 아니었군."

"덕분에 깨달은 게 있어요. 가끔은 스스로를 위한 시간을 베풀어 주어야 한다는 거."

"그걸 죽어서야 깨닫다니."

"죽어서라도 깨달았으면 됐죠."

나는 회전목마에 올랐다. 다 큰 고등학생이 목마에 올라 미소 짓고 있는 걸 보면 철없다고 생각하겠지. 하지만 데릭의 시선 속 나는 한없이 어린 남자아이일 게 틀림없었다. 난 그가 있는 방향으로 손을 내밀었다.

"같이 탈래요?"

"내 덩치가 보이지 않는 건가?"

"알아요. 농담이에요."

내가 말했다.

"대신 이쪽 봐주세요. 눈 떼지 말고."

당연히 데릭의 얼굴에 눈 같은 건 없었다. 그 순간의 나는 어린 시절의 느낌을 다시 받고 싶다고 생각했을지도 모르겠다.

* * *

"여기 자주 왔었는데."

우리가 간 동네 서점엔 여러가지 책이 꽂혀 있었다. 내가 처음 갔을 때엔 사람도 많고 활발하던 곳이었다. 하지만 웹소설이 처음 등장하면서 점차 조용해지기 시작했고 어느샌가 문을 닫았다.

"이건 뭐지?"

데릭이 만화책을 꺼내 들었다.

"그림이 글보다 클 수가 있나."

데릭은 흥미로운 듯 여러 가지 책을 꺼내보며 감상평을 늘어놓았다. 제대로 읽은 게 맞나 싶을 정도의 속독이었지만 내용을 들어보면 그저 감탄밖에 들지 않았다.

"내 동료를 보는 것 같군. 왜 가망 없는 관계에 매달리는지 몰라."

"데릭에게도 동료가 있군요. 그들도 사랑을 하나요?"

"동족한텐 너희와 비슷한 감정을 가지지. 하지만 그 애는 인간을 너무 사랑했다. 네 친구가 가축을 연모한다고 하면 믿어져?"

한 번도 생각해 본 적 없다. 사랑의 형태는 너무도 다양했다. 나의 사랑이 우주 밖에서도 같은 의미일 리 없다. 그건 지구 안에서도 마찬가지였다.

"우리 모두 같은 사랑을 하진 않잖아요."

" · · · · · · ."

데릭은 대답하지 않았다. 침묵의 의미는 받아들이기 나름이었으나 지금은 그저 생각이 필요한 듯 보였다. 진부한 말이 아니었나?

" · · · · · · 여긴 너에게 어떤 의미가 있는 곳이지?"

"잠시만요, 곧 올 거예요."

말이 끝나기가 무섭게 서점의 문이 열렸다. 그 자리엔 양손 한가득 책을 든 중학생이 서 있었다. 땀을 흘리며 들어온 소년은 무려 오 년 전의 나였다.

"아저씨, 이거 반납해 주세요."

회상 속 내가 말했다.

"그 책 지금 빌릴 수 있어요?"

서점 주인은 과거의 내게 두꺼운 책 한 권을 건네주었다. 학교 수행평가로 빌린 기후 변화에 관한 책이었다. 이제 자세히 기억났다. 이 책을 계기로 환경 운동에 관심을 보이기 시작한 날이 있었다.

"이때 엄청 화났었어요. 지구가 이 모양이 될 때까지 난 뭘 했나 하고."

내가 말했다.

"우리 행성은 멀리서 보면 참 아름다워요. 하지만 책에서 본 내용은 사실이었죠."

"네 노력은 효과가 좀 있었나?"

"혼자선 힘들어요. 다른 사람에게 동기부여가 되면 좋을 텐데."

아무리 환경을 위해 봉사하고 노력해도 소용없다는 걸 느낄 때가 있었다. 소수끼리 모여 애를 쓰고 실천해도 결과는 너무 작았다. 반복되는

생활에 염증을 느끼던 찰나

"오스틴."

그의 목소리는 평소와 달랐다.

"넌 결과와 상관없이 바람직한 일을 하고 있는 거다. 뭐든 작다고 생각하지 마."

* * *

"이제 마지막이야."

데릭이 말했다.

"가고 싶은 장소를 상상해라."

머릿 속이 새하얬다. 가고 싶은 곳이 있었지만 환각이라는 걸 자각하면 쓸쓸할 터였다. 실제 가고 싶은 장소는 있었지만 데릭이 허락해 줄지 모르겠다. 나는 한참을 머뭇거리다 입을 열었다.

"죽고 싶지 않아요."

예상대로 그의 대답은 돌아오지 않았다. 왠지 이유를 물을 듯한데 확실한 답을 내놓을 자신이 없었다. 혹시 화가 났을까 조마조마했는데 설상가상으로 이 정적은 도통 깨질 줄을 몰랐다. 나는 내 부연설명이 부족했다는 걸 그제야 깨달았다.

"안 될 거 알지만, 저는······."

이대로 사람들에게 잊혀지기엔 내가 너무 불쌍했다. 마지막이라고 생각하니 적어도 이 순간에선 벗어나고 싶지 않았다. 나는 아직 선명한 정신으로 삶에 대한 의지를 붙잡고 있었다. 이런 말로 데릭을 설득할 수 있을까? 그의 화를 돋구진 않을까?

"······못 들은 걸로 해주세요."

"오스틴 데일."

그의 목소리는 한결 같았다.

"이건 거래라고 하지 않았나. 우린 이익 관계에 얽혀 있는 것뿐이야."

그 말이 가슴에 칼처럼 꽂혔다. 미리 생각하고 있던 대답이었는데 왠지 모르게 분통스러운 기분이 들었다.

"정 억울하다면 방법이 하나 있긴 한데."

그가 손바닥을 보였다. 이내 반대쪽 손으로 검지를 쥐더니 힘을 주어 뜯어냈다. 뜯긴 단면에선 오징어 먹물 같은 액체가 뿜어져 나왔다. 뭐라 말을 묻기도 전에 데릭은 그 손가락을 나에게 건넸다.

"삼켜."

"잠시만요."

"거북해도 씹어 먹어라. 네 삶의 의지를 증명해야지."

그 목소리가 너무 강압적이어서 나는 억지로 그 손가락을 입에 넣어야 했다. 새콤한 맛과 더불어 질긴 식감까지 끔찍하다고 밖엔 표현할 수가 없었다. 다른 나라의 이색적인 음식을 맛보는 거라 최면하면서 수지를 목구멍으로 넘겼다. 이왕 몸과 영혼이 분리된 김에 감각까지 둔해졌다면 귤 오징어는 이런 맛이란 걸 몰라도 됐을 텐데.

"몸과 영혼은 자연적인 관계에 놓여 있어. 방금 먹은 신경 조직은 네 대뇌의 손상을 낫게 해서 운동 기능을 복구시켜줄 거다."

데릭의 말을 알아 들은 건 그게 마지막이었다. 그 이후로 눈 앞이 까마득해지더니 그의 목소리가 머리에서 울렸다. 어항에 빠져 정신을 잃기 직전의 느낌과 비슷했다.

* * *

땅이 나를 강하게 끌어당기는 기분이었다. 온몸이 무거워서 눈을 뜨는 것조차 버거웠다. 점차 의식이 선명해지더니 손끝으로 따뜻한 피부의 감촉이 느껴졌다. 무거운 고개를 오른쪽으로 돌리자 익숙한 여성의 얼굴이 보였다. 그녀는 제 손바닥 위에 뺨을 붙인 채 몸을 굽혀 잠을 청하는 모습이었다.

"오스틴. 날 기억하나?"

데릭의 목소리였다.

"잃을 준비는 되었을 거라 믿는다. 앞으로 내 신체의 일부는 네 몸 속에서 기생할 거야. 아마 주기적으로 피를 뽑아가겠지."

의외였다. 그가 자신의 손가락을 내주면서 나에게 또 한 번의 기회를 준 셈이었다. 내가 잃을 것에 비하면 데릭의 검지 하나는 그리 심각한 손상이 아닐지도 몰랐다.

"알고 있어요."

다시 잠이 쏟아졌다. 데릭이 어떤 마음으로 이런 선택을 했는지 깨닫고 나니 긴장이 한꺼번에 풀렸다. 잠 들기 직전 온 힘을 모아 목소리를 짜내었다.

"알고 있어요······."

* * *

삶의 의미와 의지는 늘 공생하고 있었다. 의미는 의지와 함께 사라지고 의지는 의미로부터 태어나는 게 당연했다. 아주 드물지만 동기와 의지가 함께 찾아오는 순간도 있을 거다. 나 같은 경우엔 죽고 나서야 그걸 강하게 느꼈지만 기회는 누구에게나 오고 있었다. 긴 꿈을 꾸다 깨어나니 실존하는 모든 생물에 의미를 부여하는 게 가능해졌다.

"우선 지금은 좀 더 휴식을 취하는 게······."

처음 들었던 건 여러 대화를 나누는 어른들의 목소리였다. 병원 관계자로 추정되는 남성은 내가 깨어난 지 얼마 안됐으나 회복이 빨라 상당히 놀랐다는 듯했다. 잠들기 전에 일어나고 경험했던 모든 일은 허망한 꿈이 아니었다는 증거였다. 나는 문득 앞으로의 미래가 궁금해지기 시작했다. 그의 일부가 내 몸에 존재한다는 게 정확히 어떤 뜻인지 이해할 필요가 있었다. 하지만 지금 이 상황에서 데릭의 이름을 부르면 병자 취급을 받을 게 분명했다.

"아시다시피 이건 기적이에요. 대뇌가 심하게 손상됐는데 이 정도로 빨리 완치될 줄은 몰랐습니다. 그것도 일주일 만에……."

일주일, 나는 그 단어를 몇 번이고 곱씹어 보았다. 내가 잠에 든 후로 일주일이나 잠들어 있었다고? 하마터면 바짝 마른 목으로 그들을 향해 소리를 지를 뻔했다. 몇 분이 더 지나서야 그들은 입원실 밖을 걸어나갔다. 이상하게 그 후로 몸이 가벼워지더니 이젠 팔을 들 수 있는 상태로 발전했다. 나는 손목을 들어 팔에 꽂힌 주사 바늘을 새어 보았다.

"여유롭구나."

갈라진 피부 사이로 사람의 눈동자가 깜빡였다. 반사적으로 팔을 재빠르게 흔들었지만 고통스러운 건 나밖에 없었다. 손목에 생긴 외눈은 아까와 같은 위치에 자리하고 있었다.

"우린 모든 신경을 공유한다. 생각을 가만 두질 못하던데."

"전부 알고 있었어요?"

말을 꺼내려니 목이 아팠다. 물을 마시고 싶었는데 몸이 마음대로 따라주지 않았다. 곧 손에서 날카로운 가지가 뻗어 나가더니 근처에 있는 물컵을 들어 내 앞에 가져다 주었다.

"내가 네 몸에 기생한다는 건 이런 의미야."

나는 어정쩡하게 컵을 바라보았다. 누워서 물을 마시려니 여간 힘든 게 아니었다. 보다 못한 데릭은 가지를 움직여 컵을 기울여 주었다.

"회복이 덜 됐어. 누워 있어라."

"손목에 이건요? 부모님이나 다른 분들이 보시면 기절하실 텐데."

"널 제외하곤 아무도 못 봐."

쓸데없는 걱정이었다. 데릭은 생각보다 준비성이 철저했다. 그 말을 끝으로 한동안 침묵이 감돌았다. 하려던 말이 있었는데 입을 열기가 쉽지 않았다. 하지만 괜찮았다.

"하고 싶은 말이 있다면 해."

"저희는 모든 신경을 공유한다면서요. 이제 조금 알 것 같아요."

"그럼 내가 뭘 부정하는지 맞춰봐."

그가 느끼는 감정은 너무나도 단순하고 확고했다. 부정하고 있지만 받아들이기 싫은 건 아니었다. 모든 감정이 뒤죽박죽 섞여서 약간의 갑갑함까지 느껴지는 이 기분을 난 아주 잘 알고 있었다.

"가축을 사랑하시잖아요."

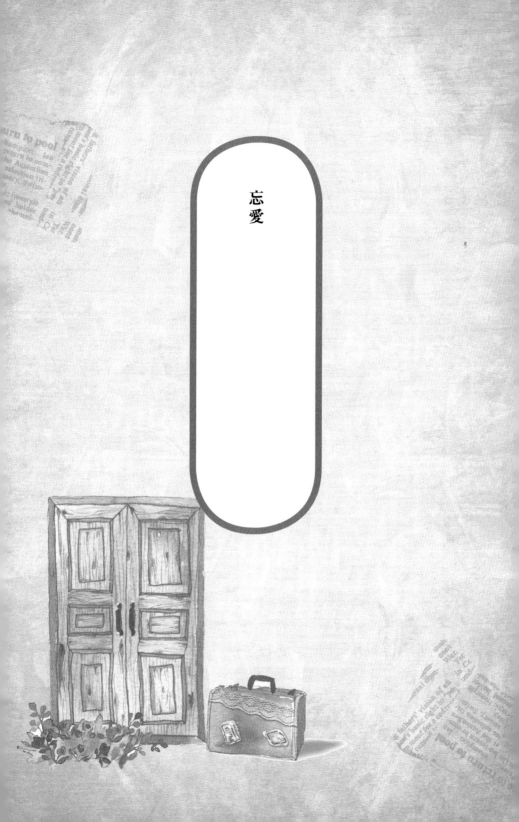

忘愛

이
솔

*망애증후군(忘愛症候群)

무언가를 계기로 가장 사랑했던 이를 잊어버리는 병.

이 병의 대표적인 특징은 사랑했던 상대를 거절하는 것이며, 몇 번이고 기억을 떠올린다고 해도 시간이 지나면 잊어버린다.

현재까지 알려진 치료하는 방법은 단 하나,
@@@@ @@ @@ 뿐이다.

* * *

"해수야."

"……."

"오늘도 그런 표정이네."

예은을 물끄러미 바라보기만 하는 해수의 시선. 슬슬 익숙해질 것 같으면서도 매번 느껴지는 아무 감정도 없는, 차가운 시선에 애써 미세하게나마 올리고 있는 입꼬리가 떨렸다. 어릴 때 낯을 그렇게 가리더니, 여전하구나, 너는. 속으로 의미 없는 말을 늘어놓고 있었을까, 경계심 가득

한 듯한 해수의 목소리가 방 안을 울렸다.

"…… 누구였지?"

"이예은, 소꿉친구."

"……."

"그리고 애인."

그럴 리가 없다는 듯 바라보는 시선에 한숨을 깊게 내어 쉰 예은이 흘러내리는 머리카락을 쓸어 올려 대충 묶었다. 이것도 벌써 몇 번째더라. 기억조차 제대로 나지 않았다. 처음에는 조금씩 헷갈려 했고, 점차 시간이 지날수록 저와 관련된 사소한 일들을 잊더니, 얼굴을 잊고, 끝내 이름을 잊었다. 이름을 알려줘도 찌푸리거리는 눈빛은 사라질 기미가 보이지 않았으니까.

분명 처음에 그랬을 때는 그대로 뛰쳐나와 집 현관문 앞에 주저앉아 눈물만 뚝뚝 흘려댔다. 이제는, 너의 삶에 내가 정말로 없어졌구나. 절대 믿을 수 없었던 현실에 떨리는 손도 주체하지 못했다. 입술에 피가 나도록 꾹 물어댔고, 한참이 지나 붉은 눈이 조금 가라앉아서야 집에 다시 들어갈 수 있었다. 아마도, 붉어진 눈가를 알아챈 해수가 멈칫거린 덕에 설득하기는 더욱 쉬웠지만.

같이 살고 있는 집임을 증명하고, 과거의 사진들을 들이밀어 보여주고 눈에 익게 만들고, 친구들의 확인 전화를 받고나서야 그제서야 고개를 느릿하게 끄덕거리는 해수였다. 고개를 끄덕임에도 조금의 의심은 남아 있는 듯한 느낌이었다. 원인을 찾을 수도 없고, 사실상 해결책도 존재하지 않는 병. 그 병의 존재는 평화롭던 우리의 삶을 모두 무너뜨렸다.

"언제쯤이면, 아침에 일어나서도 나를 기억해 줄래?"

"…… 미안."

다만 사람은 변하지 않았다. 여전히 누구에게나 친절했고, 그건 그저 타인에 불과한 예은에게도 유지되고 있었으니까. 자신을 거절할 뿐이지.

이유도 모른 채 사과하는 해수의 모습을 빤히 바라보다가도, 예은은 짧게 숨을 내쉬며 느릿하게 고개를 젓고선 자리에서 일어났다.

많은 시간이 남아 있지 않았다.

"좀 있다 성현 선배 온대."

"……"

"재밌게 놀아."

"넌, 여기 안 있어?"

"…… 네가 먼저 물어보는 거 되게 오랜만이네."

"……"

"아쉽게도, 내일 들어올 예정이라."

가벼이 웃는 예은의 얼굴에 해수는 느리게 고개를 끄덕일 뿐이었다. 늦을 테니까, 먼저 자. 잔잔하게 방을 채우는 예은의 나긋한 목소리에 작게 대답을 하기도 잠시. 이미 준비를 끝낸 듯 예은은 얇은 코트 하나를 손에 들고, 현관문을 나섰다.

"내일 봐, 해수야."

"……"

"내일은 기억해 줬으면 좋겠다."

미세하게 슬픈 기색이 예은의 얼굴을 스쳤다. 천천히 닫히는 현관문 사이로, 급히 눈가의 눈물을 훔치며 어디론가 가버리는 예은의 모습이 보였음에도. 해수는 아무 감정도 느껴지지 않았다. 방금까지 있던 저 사람이 과연 내가 사랑했던 사람은 맞을까. 기억은 온전하게만 느껴졌고, 무언가를 잊은 기분은 들지만 그렇게 신경 쓰이는 정도는 아니었다.

천천히 익숙한 집안을 둘러보던 해수의 눈에는 작은 달력이 눈에 들어왔다. 아직도 10월로 났네. 분명 어제 11월로 넘겼던 것 같은데. 묘한 기분에 고개를 갸웃거리기도 잠시. 걸음을 옮겨 바라본 달력에는 10월 16일에 커다란 동그라미와 함께 별이 여러 개 그려져 있었다.

'무슨 날이길래 이렇게 해놨더라……'

아무리 깊게 생각해도 그 무엇 하나 기억나지 않았다. 손끝으로 책상을 톡톡, 건들고 있을 쯤, 무언가 번뜩 떠올랐다.

"아, 병원 처음 간 날."

자신의 기억이 온전치 않은 것 같다는 주변 사람들의 권유로, 내가 처음 병원을 갔던 날이었다.

* * *

시작은 예은의 22번째 생일이었다. 조금씩 어릴 때의 사소한 기억들을 잊어나가긴 했지만, 예은에 대한 기억은 제법 온전했으니까. 예은의 생일이었던 그날도 평소처럼 아침에 웃으며 서로를 마주한 채 잠에서 깼고, 출근하는 해수에게 예은이 조심히 다녀오라며 손을 흔들고 입맞춤을 할 수도 있었다. 집에 돌아오는 길에 케이크를 사서, 하루가 지나기 전에 축하하기로 했었는데. 하지만 빈손으로 집에 들어온 해수는 집에 있던 예은을 보고 흠칫거리며 몸을 멈출 뿐이었다.

"해수? 왔어? 거기서 뭐해?"

"…… 누구……세요?"

"…… 뭐?"

소파에 앉아 휴대폰을 만지작거리던 예은의 손이 멈췄다. 이내 당황스러운 감정은 예은의 눈에서 더 드러났고. 정말, 처음 보는 듯이 바라보는 해수의 시선이 예은에게는 구역질이 나도록 끔찍하게만 느껴졌다.

이제는 얼굴마저.

괜히 울렁거리는 속을 진정시키지 못해, 여전히 현관 근처에서 저를 경계하며 가만히 쳐다보고 있는 해수의 곁을 빠르게 스쳐 지나갔다. 계속 여기 있다가는 울음도 무엇도 참아내지 못할 것만 같아서. 화장실 문을 빠르게 닫고, 한껏 게워내고 찬물로 얼굴 적시고서야 상황이 정리되기 시작했다.

미세하게 떨리는 손으로 휴대폰을 바로잡고, 액정을 꾹꾹 누르는 손길에는 성현의 전화번호가 떴다. 바쁘려나, 잠시 고민했던 시간이 무색하게도 마지막 끈을 놓을 수 없어 전화를 걸었다.

"어, 예은아. 무슨 일이야?"

"……."

"해수 아까 집에 들어간댔는데, 생일파티는 잘 했어? 해수가 갈 때 케이크,"

"…… 해수가 저를 못 알아봐요."

"……."

"생일인 것도 모르고, …… 얼굴도 모르고."

"금방 갈게."

선배에게 민폐란 민폐는 다 끼치고 있다는 걸 본인 스스로가 가장 잘 알고 있었다. 바쁜 사람을 오라 가라 하는 것도 이상한 거였고, 안 그래도 바쁜 대기업 회사 일로 한창 바쁜 사람이었는데 항상 내가 짐을 얹어 주고 있다는 것 정도는 모를 리가 없으니까. 그럼에도 성현은 항상 별말 없이 둘에게로 왔다.

성현이 오기 전, 해수를 피해 집을 떠나 회사 대표실로 향한 예은이었고, 얼마 지나지 않아 온 성현의 문자에는 해수를 병원으로 데려가기로 했다는 짧은 문구만이 적혀 있었다. 불도 켜지지 않은 대표실. 괜히 더 차갑게만 느껴지는 사무실의 공기가 잔잔하면서도, 살갗을 후비는 듯한 고통을 주는 것만 같았다. 애써 참아왔던 눈물이 터져버려 책상 위로 뚝뚝, 떨어졌다. 아무리 멈추려고 해도 제어가 되지 않는 눈물에 예은은 결국 텅 빈 공간에서 믿을 수 없는 상황을 부정하고 탓하며 밤새 울어댈 수밖에 없었다.

최악의 날. 나의 생일. 세상에서의 탄생을 축하받는 날에, 나는 존재를 부정당했다.

이제 너에게,

내가 남아 있을 수 있을까.

* * *

누군가에서 부정당한다는 기억은 홀로 감당하고 덮어두기에는 너무도 벅찼다. 그러니 상대의 생일은 행복했으면 좋겠다는 욕심만이 가득 찼다. 해수의 생일이 오기 전에 집을 떠났고, 다음 날이면 여전히 자신을 잊을 게 뻔했던 해수였기에 집에 들어가지 않기로 결심했다. 내가 곁에 없다면, 나에 관한 이야기가 들려오지 않는다면, 내가 네 눈앞에 보여지지 않는다면 해수의 기분은 계속 좋을 테니까. 나를 거절하는 것을 제외하고는, 해수에게는 아무런 문제도 없다는 것을 누구보다 예은이 가장 잘 알고 있었으니. 어긋난 관계를 되돌리는 것은 불가능에 가까웠고, 한 명이 받아내고 감당해야 하는 상처는 한계를 넘어서는 게 대부분이다. 차 시트에 몸을 기댄 채 짙은 밤하늘에 시선을 고정했다. 동시에 차 유리창으로 조금씩 톡톡, 떨어지기 시작하는 빗방울. 얼마 지나지 않아 앞이 보이지 않을 정도의 비가 쏟아져 내리기 시작했다.

끊임없이, 반복되어 들려오는 빗소리가 괜히 반가우면서도, 결국 생각의 끝은 해수였다. 내일 이해수 생일인데. 어디 나가서 놀지는 못하겠네. 쉽사리 비가 그치지 않을 것 같다는 기상 라디오 앵커의 목소리에 귀를 기울이며 끝내 이해수를 걱정하고 있는 자신이 꽤 한심스러웠다.

그럼에도 내가 이해수를 좋아하는 건, 어쩔 수 없으니까.

"…… 생일에는 바다에 가보려고 했는데."

해수와 예전에 몇 번 들렀었던 바닷가. 우리의 오늘 목적지였다. 해수가 선배들과 편히 생일을 즐기는 동안, 예은은 해수의 부모님들께도 다녀오고, 원래는 같이 왔었어야 했던 바닷가도 혼자 들렀다가, 종종 둘이서 드라이브를 나갔던 길가에도 가보는 게 계획이었으나, 비가 이리도 많이 오니 모든 게 물거품이 되었다. 이럴 때 돌아다니면 사고라도 날 것 같은데, 되는 일이 정말 하나도 없네. 속으로 괜한 걱정이 스쳐 지나갔을까. 그럼에도 나는 천천히 시동을 걸었다.

그것마저 안 하면, 아무것도 못할 것 같아서.

* * *

폭우가 쏟아지는 날의 바닷가는 빗소리만 들릴 뿐, 그 누구도 없이 고요했다. 아무 생각도 하지 않으려고 애써 찾은 바닷가였으나, 들려오는 건 빗소리와 잔잔한 라디오 앵커의 목소리뿐이라 조용히 생각에 잠길 수밖에 없었다. 시동을 끄고, 눈을 느릿하게 감고 시트에 머리를 기댔을까, 아까 이해수의 본가에 찾아갔을 때가 떠올랐다. 오래간만에 뵌 해수의 부모님은 나를 보시자마자 왈칵 눈물을 터뜨리셨고, 계속해서 미안하다는 말만을 예은에게 남겼다. 처음으로 동거를 하겠다며 해수와 같이 본가에 찾아왔을 때와는 확연히 달라진 얼굴. 초췌한 얼굴로 애써 웃으며 야윈 모습으로 자신들을 찾아온 예은은 해수의 부모님 입장에서는 본인들의 또 다른 딸이나 다름없는 존재였다. 누구보다도 예은이 해수를 아낀다는 걸 알고 계셨고, 예은은 여전히 그 누구의 도움은 일절 없이 홀로 견뎌내고 있었으니까.

"…… 오늘 해수 생일이라, 잠깐 와봤어요. 그동안 잘 지내셨어요?"

"예은아."

"……."

"…… 정 힘들면, 그만해도 돼."

"……."

"내 아들 때문에, 다른 집 귀한 자식의 삶을 내버리라고 할 수나 있겠니."

그리 말하며 눈물을 흘려 보이는 해수의 어머니에, 예은의 시선은 올곧게 바닥만을 향했다. 무거운 이야기도 잠시, 지금의 상태로는 무거운 분위기를 견디지 못한 예은이 급히 화제를 돌렸다. 아마도 저는 그럴 생각이 없다는 무언의 표시처럼 보였다. 그리고 그걸 못 알아챌 부모님이 아니셨기에 무거운 분위기는 점차 사라졌다. 한결 가벼운 이야기로 한참을 떠들다가 예은이 가보겠다며 자리에서 일어날 때 현관 앞으로 배웅을 나선 해수의 부모님과 다시금 시선을 마주했다.

그 누구보다도 걱정스러운 얼굴. 얼굴에 가벼운 미소를 걸친 예은에 비해 해수의 부모님들의 얼굴에는 안쓰럽다는 감정이 한껏 묻어 있었다. 그럼에도 예은은 애써 모른 척하며 천천히 신발을 신으며 말을 내뱉었다.

"올해가 끝나기 전에, 다시 올게요."

"……."

"…… 해수랑 같이요."

"…… 조심히 가렴."

가벼이 고개를 숙이며 인사했던 기억을 끝으로, 천천히 예은이 눈을 떴다. 암흑이 유지될 것만 같았던 시간이 지나, 어느샌가 저도 모르게 잠들었었는지 예은이 눈을 떴을 때의 시간은 처음 눈을 감았던 시간에서 제법 시간이 흐른 뒤였다. 여전히 폭우가 쏟아지던 터라 하늘은 칠흑 같은 어두움을 보이고 있었고, 뻐근하게 느껴지는 허리를 피며 정신을 차렸다. 밤에는 집에 들어가서, 너에게 케이크라도 주고 싶은데. 그런 미련한 생각이 예은의 머릿속을 스쳤다. 자신을 기억할지, 안 할지도 모르는 상황이었으나 사랑하는 사람의 생일을 케이크 하나 없이 그냥 넘기고 싶지는 않았다. 그래도, 20년에 가까운 세월을 함께 보내온 사랑했던 사람이 아닌, 친구로서라도 해주고 싶은 일이었으니까.

12시까지는 선배들이 같이 있겠다고 했으니, 30분 전쯤에 가면 되겠지. 시동을 걸며 생각을 마치고, 예은은 천천히 차를 몰아 예전에 해수와 종종 함께 드라이브를 갔던 산책로로 향했다. 처음 커플링을 주고받았던 장소도 보이고, 결혼할 생각이 있냐며 조심스레 물어봤던 장소도 보이고, 떨어지는 벚꽃 잎을 잡겠다며 이리저리 뛰어다니던 해수의 모습도 언뜻 스쳐 지나갔다.

그때와 달리 모든 곳이 눅눅하고 흐린 오늘은, 예은에게 추억만을 안겨주고 있었다.

"…… 간신히 도착할 수 있을까."

신호등이 제대로 보이지 않을 정도로, 색이 간신히 구별될 정도로 비가 쏟아져 안개가 낀 하늘에 예은이 핸들을 손톱으로 톡톡, 두드리며 작게 중얼거렸다. 조수석에는 꽤 오랜 고민 끝에 고른 해수가 가장 좋아하던 쇼트케이크가 자리하고 있었고, 예쁘게 포장된 붉은 장미꽃 한 송이가 작은 카드와 함께 케이크 위에 올라가 있었다.

[이별이란 말을 모르는 당신과 내가 되길 원합니다. 나의 평생을 바쳐 당신을 사랑합니다.]

그래도 선배의 도움이 있다면, 오늘 하루만큼은 너와 행복하게 마무리할 수 있지 않을까, 라는 작은 희망을 품은 채로 예은이 타고 있는 차는 천천히 해수에게로 다가가고 있었다.

* * *

"시간이 늦었는데, 이제 가야 되지 않아?"

"…… 아, 가야지."

"얼른 가. 비도 많이 오는데."

"……."

"조심해서 가. 우산은 있어?"

해수의 말에 성현의 표정에는 무언가 왠지 모를 불안한 감정이 스쳤다. 아무것도 모르는 해수만이 고개를 갸웃거리고 있었고, 결국 정각에 가까워지는 시간을 보고서야 성현은 자리에서 일어났다. 성현은 머뭇거리다 현관문 너머로 사라졌고, 오랜 시간이 지나지 않아 집에는 해수만이 자리하고 있었다.

잔잔하게나마 대화가 있었던 집안이 한순간에 조용해졌고, 알 수 없는 이질감이 해수의 몸을 휘감았을 때쯤. 평소에는 상상도 하지 못했던 두통에 몸을 움찔거리다 그대로 벽을 타고 주저앉았다. 어느새 채널이 바뀐 뉴스 채널에서는 호우특보 경보가 시끄럽게 울려 퍼지고 있었고, 예상치 못한 강수량으로 인해 각종 사고가 일어났음을 보도하고 있었다.

무거운 머리가 가라앉을 때까지 한참을 고개를 숙이고 있었을까. 애매한 정신에서도 끊임없이 울리고 있던 전화벨 소리가 갑작스레 크게 들려오며, 흐릿해졌던 시야가 점차 또렷해지기 시작했다. 무슨 일이 벌어지고 있는지 가늠도 하지 못한 채, 해수는 힘겹게 천천히 손을 뻗어 휴대폰을 잡았다.

모르는 번호였으나, 이미 부재중이 여럿 찍혀 있던 터라 고개를 갸웃거리며 받기도 잠시. 스피커 너머로 들려오는 목소리와 뉴스 보도 소리가 동시에 해수의 귓가에 닿았다.

"이예은 씨의 보호자 되십니까? 예상치 못한 폭우와 브레이크 고장으로 타고 있던 차가 추락하는 사고가 발생했습니다."

내가 절대로 모를 수 없는 이름이 귓가에 들려왔고, 자주 타고 다녔던 차량이 형체도 제대로 알아볼 수 없는 상태로 뉴스에 보였다.

"현재 응급 수술을 하고 있지만, 생사를 알 수 없는……!"

-발견 당시, 피해자는 과다 출혈과 심각한 골절 상태로 응급실에 급히 이송되었으며……,

휴대폰 너머의 간호사와 여러 대화가 오고 갔고, 순식간에 전화는 끊어졌다.

충격적이면 몸이 떨린다고들 하지만, 그것도 상상이 되는 충격 수준에서야 가능한 말이었다. 현재 해수의 상태로서는 이 상황이 정리될 리가 없고, 너와 관련된 수많은 기억들이 머릿 속으로 밀려 들어오는 이 순간에서는 꿈일까, 라는 생각을 할 수밖에 없었다. 복잡해진 머리에 넋을 놓고, 화면이 꺼진 휴대폰 액정을 조심스레 톡, 건드렸을까.

"내일 봐, 해수야."

"……."

"내일은 기억해 줬으면 좋겠다."

너와의 마지막 대화가, 더 이상 볼 수 없는 얼굴이, 끝내 나를 향했던 그 표정이, 머릿속에 흘러 들어왔다.

아, 나는 너를 정말 사랑했구나.

*예은

[22번째 생일 축하해, 해수야.] PM 11:23

[금방 갈게. 곧 도착해.] PM 11:23

[집에 도착하면, 내가 누군지 말해 줄게.] PM 11:24

……

*예은

[나는 다음번에는 우리가 조금 더 행복했으면 좋겠어. 사랑해. 정말.]

PM 11:29

*망애증후군(忘愛症候群)

무언가를 계기로 가장 사랑했던 이를 잊어버리는 병.

이 병의 대표적인 특징은 사랑했던 상대를 거절하는 것이며,

몇 번이고 기억을 떠올린다고 해도 시간이 지나면 잊어버린다.

현재까지 알려진 치료하는 방법은 단 하나,

사랑하는 이의 죽음뿐이다.

프렌치메리골드

정
서
윤

　너를 더 이상 내 생활에서 찾아볼 수 없게 되었을 때, 나는 알 수 없는 허망감에 빠져 있었어. 나도 내가 그런 허망감에 빠질 줄 전혀 몰랐었어. 너를 알게 된 후로 네가 내 곁에 없었던 적은 한 번도 없었으니까. 당연하더라도 나는 그 당연함을 소중히 여기려고 노력했지만 이젠 네가 내 곁에 없네. 그리워. 보고 싶고. 뜻밖의 기회로 너에게 이 글을 쓰지만 너는 보지 못하겠지. 그래도 우리의 추억을 떠올리며 써보려 해. 너와 나의 행복했던 추억들로만 쓰면서 아프게 그리워하는 것은 그만할게. 그냥 좋은 추억들만 평생 간직할게.

　너와 내가 처음 만난 건, 중학교 2학년 때. 동아리 축제 때였지. 그때 넌 밴드부 부장이었고, 난 방송부 부장이었지. 밴드부도 동아리 축제 무대에 섰고 방송부는 동아리 축제 무대 총 감독이자 스탭으로 우연히 만났던 그날을 기억해. 그날 우리는 각 부서의 부장이라는 이유로 처음으로 함께 이야기를 나눴어.

　"안녕하세요. 밴드부 부장 백도영입니다."

　"안녕하세요, 방송부 부장 유지민입니다."

　너의 첫인상은 밴드부 부장 그 이상 그 이하도 아니었어. 분명 그랬어. 밴드부는 축제 이후 유튜브에 올라간 영상 덕에 유명해졌고, 여러 학교에 초청을 받았어. 그러면서 자연스레 공연하는 횟수가 늘어났고, 그 공연에는 항상 방송부 일부 인원이 따라가서 밴드부의 공연도 돕고, 학교 홍보 영상에 쓰일 영상도 녹화했었지.

"지민아. 오늘도 잘 부탁해. 항상 우리 때문에 미안해."

"아냐, 우리가 해야 할 일인 걸. 오늘도 파이팅."

나는 당연한 내 할 일을 하는 것인데, 너는 항상 나에게 고맙다고 밴드부 대표로 미안하다고 이야기까지 해줬어. 이때까지만 해도 나는 너에게 친구라는 감정보다는 비즈니스라는 사실이 더 앞섰었지. 우리 사이는 비즈니스 그 이상 이하도 아닌 관계로 우리의 2학년이 마무리되고 있었어. 그런데 무슨 운명의 장난처럼 3학년 때에도 우리는 같은 반이 되었어. 나의 학교 교실에서의 생활은 조용한 학생이었기에 반 친구들 말고는 친구가 없었어. 그래서인지 학년이 바뀐 새로운 우리 반에는 모르는 사람밖에 없었어. 남들 눈에 띄는 걸 즐기지 않았던 나는 역시나 조용히 내 할 일을 하고 있었지. 너는 나와 다르게 친구가 많았어. 처음에는 네가 있는 줄 몰랐어. 같은 반이 된 너는 나에게 시끄럽게 만드는 주동자였을 뿐이었으니까. 그런데 며칠이 지나고 네가 나에게 먼저 다가왔어. 나도 그제야 너와 같은 반이라는 사실을 알게 되었지. 네 친구들이 없이 혼자 나에게 다가와 말을 걸어준 너는 작년에 내가 알던 네가 맞았어. 항상 나에게 고맙다고 해주던 너 말이야.

"어? 안녕."

"안녕."

"우리 같은 반이네? 난 왜 지금까지 너와 같은 반이라는 사실을 몰랐지?"

"내가 조용히 지내서 그래. 남들 눈에 띄는 걸 즐기지 않아서."

네가 나에게 처음 말을 걸었을 때 나도 모르게 냉랭하게 답을 했었지만, 단지 서툴러서 그랬어. 항상 혼자 있던 나는 누군가 나에게 말을 거는 게 어색했거든. 어쩌면 그때부터였을 거야. 네가 내 삶 속으로 스며들기 시작한 게.

너도 3학년 때에도 부장을 연임하고 있었고, 나 역시 그랬어. 그러면서 우리는 같은 반이어서 더 가까워지기보다 서로 공연 관련으로 이야기를 하면서 너와 내 사이가 점점 가까워졌어. 어느 하루는 너를 등굣길에 마주쳤어. 그때가 아마 시험 기간이었을 거야. 나는 영어 단어를 외우면서 걸어가고 있었는데 가로등에 부딪힐 뻔한 나를 네가 잡아주었지. 서로가 서로인 줄 모르고 도와줘서 고맙다고 인사를 함과 동시에 서로의 얼굴을 확인했을 땐 둘 다 놀랄 수밖에 없었어.

"네가 왜 여기 있어?"

"등교 중이니까. 그러는 너는 왜 여기 있어?"

"나 이 동네 살아. 너도?"

"응, 나도 여기 살아."

알고 보니 너와 내가 같은 동네에 살더라고. 그래서 우리는 그때부터 등하교를 함께하게 되었어. 학교의 정반대 편에 살다 보니, 많은 학생들이 살고 있는 동네가 아니어서 항상 혼자 다녔는데 너와 함께 다니면서 등하교를 하는 순간이 즐겁더라고. 아마 너와 함께 다니기 시작하면서 너와 더 친한 친구가 되었다는 생각이 들어. 동아리 활동도 하고 여러 영상도 찍고 기획하다 보니 3학년이 어느덧 거의 다 흘렀더라. 원서를 써야 할 시기가 다가오고 담임 선생님께서 가고 싶은 학교의 원서를 써오라고 하셨어. 어디를 쓸지 고민하고 있던 나에게 너는 자신과 같은 곳을 쓰지 않겠냐고 제안했었지. 나는 어떤 학교를 가던지 상관이 없어서 이왕 가는 거 친한 사람이 있는 곳이 적응하기 좋지 않을까 싶어서 네 제안을 받아들였어. 어차피 같은 곳을 써도 같은 곳에 못 갈 수도 있는 오직 운으로만 결정되는 것이니까.

학교가 배정되던 날이 되었어. 나는 발표되기 전에는 걱정도 했지만 발표 결과를 확인하고 안심을 했어. 너와 같은 학교가 되었거든. 정말 낯을 많이 가리는 내게 새로운 친구를 사귀는 것은 정말 힘든 일이었거든. 굳이 같은 반이 되지 않더라도 같은 학교라면 그나마 안심할 수 있었어. 너도 나를 보며 예쁜 미소를 보여주며 같은 학교라서 다행이라고 이야기하더라. 나는 가고 싶은 학교에 갈 수 있게 되어서 그런지 방학을 아주 알차게 보냈어. 그 덕에 방학이 정말 빠르게 지나가더라. 정신없던 방학을 지나 입학식 날. 우린 항상 그랬듯이 매일 만나던 장소에서 만나 같이 등교를 했어. 방학 사이에 부쩍 커버린 너의 키에 낯설게 느껴졌지만, 나에게 해주던 네 행동이 그대로라 낯섦은 금방 사라졌어. 학교에 도착해서 우리는 중앙현관에 붙여진 반 배정표를 확인했어.

"지민아, 너 몇 반이야?"

"나 8반. 너는?"

"헐, 나도 8반이야."

이게 무슨 운명의 장난일까. 너와 나는 중학교 3학년 때 같은 반을 이어서 같은 학교, 또 같은 반이 됐어. 물론 싫은 건 아니었어. 아는 사람이 한 명이라도 있으면 학교 생활하기에 편할 거라는 내 생각은 변함이 없었으니까. 고등학교에 처음 와서 모든 게 서툴고 힘들었어. 그럴 때마다 네가 내 옆에서 항상 나의 힘이 되어주었어. 그래서 나도 너에게 점점 더 의지를 하게 되었던 것 같아. 네가 내 삶에 점점 더 스며들었지. 어느 순간인지 모르겠지만 내가 너를 좋아하고 있더라. 물론 그때 나는 너와 함께한 시간이 길어져서 익숙해졌나 보다 했어. 되돌려 생각해 보면 그건 아닌 것 같아. 느린 듯 빠르게 무사히 1학년을 마치고 겨울 방학이 찾아왔어. 겨울 방학식을 마치고 방학을 한 기념으로 반 친구들과 함께 놀았어. 놀다 보니 시간이 늦어졌고 어느덧 시계는 11시가 넘어 있더라. 우리는 당연히 같이 집으로 걸어오고 있었어. 우리 집 앞에 도착했을 때 네가 나를 부르며 나를 붙잡았어. 할 이야기 있다면서 말이야.

평소와 다르게 사뭇 진지해 보이는 네 표정에 나도 모르게 긴장을 했어.

"지민아."

"응?"

"우리가 중학교 2학년 때 처음 보고 지금까지 3년을 알았잖아."

"응."

"너를 처음 봤을 때, 네 할 일을 멋지게 하는 걸 보고 너에게 호감이 생겼었어. 그리고 너와 지내다 보니까 그 호감이 커져서 오늘 이렇게 이야기를 해. 나랑 연애할래?"

잔잔한 물 위에 물방울이 한 방울 떨어져 파장을 일으키듯 나에게는 큰 울림이 있었어. 한 번도 그런 적 없었던 너의 진지한 목소리와 3년 동안 나를 좋아했다는 너의 말이 내 마음을 울리기에는 충분했던 거지. 당연히 나도 너를 나는 바로 그 고백을 받았어. 내가 고백을 받는 그 순간. 폭죽이 터졌어. 바로 1월 1일을 알리는 폭죽이었지. 너와 나는 12월에서 1월로 넘어가는 그 순간, 열일곱에서 열여덟로 넘어가는 그 순간 우리는 인연으로 시작해서 연인이 되었어. 인연에서 연인. 앞뒤 글자 순서만 바뀐 건데 그 순서 바뀐 단어가 주는 설렘은 엄청났어. 너와 만나는 순간들이 몽글몽글해지고 행복했으니까. 그렇게 우리는 서로가 서로에게 선한 영향을 끼치며 십대 고등학교 생활을 잘 마무리했어. 원하던 길이 달랐던 우리는 서로 다른 대학교에 진학했지만, 우리의 온도는 변함이 없었어. 서로가 서로에게 의지하며 평화로운 날들을 보냈어. 그러던 어느 날. 방송국 실습을 나갔다가 집으로 돌아오던 때였어. 방송국에서 나오니까 타이밍 맞게 너에게 온 전화. 너의 목소리는 평소보다 진지하게 들렸어. 얼굴 보자는 너의 말에 얼굴을 자주 못 봤던 탓에 나도 네 얼굴이 보고 싶어서 알겠다고 했지. 우리 집에서 기다린다는 너의 말을 듣고 나는 빠르게 퇴근길에 올랐어. 그리고 집에서 마주한 너와 나는 소소한 근황을 전하며 이야기를 시작했어. 그동안 연락을 계속했지만 얼굴을 마주보고 하는 이야기는 또 새롭더라고.

"아, 맞다. 그래서 할 이야기가 뭐야?"

"나 입영통지서 받았어."

"뭐?"

솔직히 처음 그 이야기를 들었을 때 어안이 벙벙했어. 잠시 사고회로가 멈춘 느낌이었지. 이렇게 일찍, 성인이 되자마자 가게 될 줄은 몰랐어. 어차피 군대는 가야 하는 곳이기에 불응할 수도 없는 상황이라 너에게 언제 가냐고 물어봤지. 당장 다음 주라고 하더라. 조금 속상한 게 없었다면 거짓말이겠지. 서운하고 속상하고 그랬어. 네 뜻이 아니라는 걸알고는 있지만 내심 서운하고 속상한 거 있잖아. 딱 그랬어, 내 기분이. 너에게 고마웠던 것은 급한 휴학 신청으로 정신이 없었을 건데 나와 계속 시간을 보내주려고 노력했다는 것이었어. 항상 학교 마치고 집에 오면 혼자였는데 입대하기 전까지 우리 집에서 지냈던 네 덕에 혼자가 아니었어. 우리가 함께한 일주일의 시간은 빠르게 지나갔고, 어느새 너의 입대 날이 당장 내일로 다가왔어. 입대 전날은 부모님이랑 보내라는 내말에 너는 못 이긴다는 듯이 네 본가로 떠났지. 일주일 내내 붙어 있던 탓에 네가 없던 그 하룻밤이 낯설게 느껴졌어. 잠들기 힘들었지만 네 입소식을 같이 가기로 했기에 억지로 잠을 청했어. 입소 당일, 너는 새벽에 나를 데리러 왔어. 너희 부모님과 함께 갔지. 사실 이 이후에 입소식이 어떻게 끝난 것인지도 기억이 나질 않아. 워낙 정신없이 보내서 그런지 시간이 너무 빠르게 지나가더라고. 정신을 차려보니 너는 이미 내 곁에 없었어. 넓지 않은 우리 집이 넓게 느껴지기 시작했고, 벌써부터 네가 보고 싶었어. 우리의 학교가 비록 다르더라도 너와 함께 대학생 생활을 마무리하고 싶어서 나도 휴학 신청을 했어. 휴학을 하고 나서는 네가 휴가 나오는 날은 너를 만나고, 평소에는 하고 싶었던 자격증 공부도 하고, 배우고 싶었던 것들도 배우고, 아르바이트도 해보면서 알차게 보냈어. 그렇게 시간을 알차게 보내는 중에도 항상 네 생각을 했고. 휴학을 하고도 시간을 알차게 써서 그런지 네 전역이 얼마 남지 않았더라. 드디어 네가 전역하는 날, 입소식 때 갔었던 네 부대 앞에 서서 널 기다리고 있었어. 저 멀리서 나오는 네가 보여 반갑게 손을 흔드니 너도 나를 발견했는지 나에게 달려와서 나를 안아주더라. 오랜만에 느껴보는 안정감이었어. 네가 휴가를 나온다고 해도 네 빈자리는 그 잠깐 만나는 것으로 채워지지 않았거든. 군대에서도 종종 연락을 하고, 휴가 때도 봤지만 전역을 하고 나서 보는 네 모습은 새롭고 너무 반가웠어.전역 첫날, 우리는 네가 군대에 가기 전처럼 함께 집에서 시간을 보냈어. 전역하고 어디 가고 싶냐 는 나의 질문에 너는 우리 집이면 된다고 했지. 너를 데리고 여기 저기 다니고 싶었지만, 우리 집으로 가고 싶다는 너의 말에 너와 함께 나의 자취방으로 돌아왔어. 우리는 마주 보고 앉아 밥을 먹었고, 먹고 난 후에는 거실에 있는 소파에 기대어 이런저런 이야기를 나누기 시작했어. 너는 마지막 휴가를 나온 그 후의 이야기를 했고, 나는 휴학하면서 느꼈던 것들과 했던 일들을 이야기했어. 그렇게 네 전역한 날은 우리의 소소한 일상을 나누며 마무리됐어. 네가 전역 후에도 우리는 예전과 똑같았어. 더도 말고 덜도 말고 서로가 서로를 아껴주던, 학생 때 만나 꾸준히 우리가 그래왔던 것처럼. 우리의 연애 온도는 떨어지지 않았어. 오히려 달궈졌다면 군백기의 애틋함으로 인해서 더 달궈졌지. 그렇게 잔잔하고 고요하게 우리는 우리만의 연애를 가득 채우며 20대 중반을 향해 달리고 있었어.

　우리는 휴학 끝에 무사히 졸업을 했지. 서로가 다른 학교에 다니는 것의 가장 큰 장점은 각자의 학교에 가서 졸업식을 함께 즐길 수 있고, 졸업식마다 서로가 서로를 진심으로 축하해 줄 수 있다는 점. 정신없이 축하받고 축하하기보다는 차분히 서로를 축하해 줄 수 있다는 게 가장 큰 장점이었어. 우리는 각자 전공도 다르고 계열도 달랐어. 너는 예체능, 나는 미디어계열. 졸업하고 나서 바로 너는 대학생 때부터 쌓아둔 안무 구성 실력으로 유명 안무가로 활동했고, 난 다른 학생들보다 비교적 빠르게 한 연예기획사의 콘텐츠 팀으로 입사했어. 그렇게 우리는 각자의 위치에서 각자에게 주워진 할 일에 최선을 다하면서 지냈어. 우리는 평일은 각자의 일에 최선을 다했고 주말에는 서로가 서로를 위해 최선을 다했어. 집을 좋아하는 우리였기에 우리는 주말이면 항상 집에서 영화도 보고 수다도 하면서 함께 있었어.

"우리 내일 드라이브 갈까? 날씨 많이 좋아졌던데."

"그럴까? 오랜만에 나가는 것도 좋은 것 같아."

"그럼 우리 내일 드라이브 가자. 어디 가고 싶은 데 있어?"

"사실 목적지 없이 그냥 다니고 싶은데, 네가 저번에 이야기했던 카페 갈까?"

"그 산 속에 있었던 거기 말하는 거 맞지?"

"응. 거기 가보고 싶어."

"그래. 그럼 거기 가자."

이번 주의 마지막 주말은 오랜만에 드라이브를 가기러 했어. 어쩌면 그 드라이브를 안 했다면 너를 더 오래 볼 수 있었을 텐데 라는 생각도 들어. 모든 시작이 드라이브였으니까.

일요일 아침, 우리는 느긋하게 준비를 마치고 카페를 향해 가기 위해 차에 올랐어. 카페 자체가 산 속에 있다 보니 그곳으로 가는 길은 모두 자연이었어. 자연에서 힘을 얻는 나에게는 정말 최고였지. 우리가 간 그 카페는 음료만 아니라 디저트가 맛있다고도 유명한 곳이어서 각자의 음료를 시키고 크로플도 한 개 같이 시켰어. 달달한 것을 좋아하는 나는 딸기 라떼를, 탄산이 먹고 싶다며 너는 청귤 에이드를 시켰지. 크로플과 각자의 음료를 마시면서 우리는 여유를 즐겼어. 음식을 다 먹고 카페 근처에 작은 연못이 있어서 그 연못에서 서로의 인생 사진을 위해 사진을 찍어주며 주말 오후 시간을 즐겼어.

　저녁 시간이 다가오자 우리는 집으로 돌아가기 위해 차에 올랐어. 그 카페를 갈 수 있었던 길은 오직 한 개였기에 우리는 다시 왔던 길을 되돌아가고 있었어. 산의 특성상 길이 좁고 그 좁은 길에 이차선 도로가 있었어. 해가 져서 어둑어둑하고 가뜩이나 가로등이 있어도 띄엄띄엄 있어서 너는 안전을 위해 저속운전을 했어. 조심하면서 내려가다 보니 어느 새 우리는 산을 거의 다 내려왔다는 것을 알게 되었어. 그렇게 5분만 더 가면 무사히 산을 내려오는 거였어. 그런데, 갑자기 옆 차선에서 큰 트럭이 올라오는 거야. 나는 혼자 무슨 이 시간에 트럭이 산을 오르냐고 생각했지만 그걸 입 밖으로 꺼내지는 않았어. 네가 신경을 얼마나 곤두세워서 운전하는 걸 알고 있으니까 굳이 이야기해서 너를 신경 쓰이게 하고 싶지 않았거든. 어쩌면 그때 너에게 이야기했다면 우리의 결말은 달랐을까. 생각을 끝마치자마자 클랙슨 소리가 울렸어. 그리고 그 이후로 나의 기억은 없었고 정신을 차리고 눈을 떠보니 나는 환자복을 입고 병원에 누워 있었더라. 내 곁에는 네가 아닌 내 동생이 있었어. 내가 눈을 뜨니 동생은 나에게 괜찮냐고 묻더라. 나는 내 주위에 없는 너를 찾았고, 동생이 넌 수술 중이라고 이야기 해주더라고. 난 겨우 고개만 끄덕였어. 눈을 뜨고 조금 지나니까 움직일 수 있겠더라고. 그래서 너를 찾으러 가겠다고 했어. 동생은 나를 말렸어. 수술하고 있으니까 기다리래. 그 말을 믿고 나는 다시 잠에 들었어. 다음날 아침, 일찍 잠들었던 탓에 일찍 눈이 떠졌어. 몸이 한결 괜찮아져서 움직일 수 있을 것 같아 나는 동생에게 너를 찾으러 가겠다고 했어. 그만큼 네가 너무 보고 싶었거든. 그런데, 이후에 들려온 동생의 말에 나는 그만 주저앉고 말았어.

　"…… 형은 교통사고 난 현장에서 즉사해서 지금 장례 진행 중이야."

　나는 그 말을 믿을 수가 없었어. 거짓말이라고. 그냥 거짓말이라고 믿고 싶었어. 때마침 너희 부모님이 내 병실로 들어오시더라고. 주저앉은 나를 보고 일으켜 주시면서 마지막 인사하러 가자고 하시더라고. 알고 보니 네 장례식 마지막 날이더라고. 발인식 전에 인사는 해야 하지 않겠냐며 나를 데리러 오셨더라고. 비록 상복도 못 갖춰 입었지만 그냥 이대로 보낼 수는 없어서 너희 부모님의 부축을 받으며 네 장례식장으로 들어갔어. 흰색 국화꽃들 사이에 있는 너는 환히 웃고 있더라. 환히 웃고 있는 그 사진은 내가 찍어준 사진이었고. 그 사진을 찍은 날은 네 생일이었어. 그날의 기억이 되살아나고 너와의 추억들이 주마등처럼 내 머리를 스치면서 내 눈에서는 눈물이 흘렀어. 비가 오기 전 빗방울이 조금씩 떨어지는 것처럼 떨어지던 내 눈물은 곧 정신없이 폭포처럼 쏟아졌어. 한참을 울고 나니 너희 어머니께서 나를 달래주고 계시다는 것을 알게 됐어. 정신을 차리고 죄송하다고 했어. 안 그래도 너희 어머니도 아들 잃은 슬픔으로 가득 차 계실 텐데 내가 대성통곡을 했으니 얼마나 힘드시겠어. 그랬더니 어머니는 오히려 고맙다고 하셨어. 내 아들의 죽음을 우리 가족이 아닌 다른 사람이 울어줘서, 그리고 대성통곡 할 정도로 우리 아들을 사랑해 줘서 고맙다고 하셨어. 어머니의 그 말씀을 듣고 나는 또 눈물이 흘렀어. 너희 어머니와 우리 부모님은 내가 화장장까지 가는 걸 원치 않으셨지만 아무도 나의 의지를 꺾을 순 없었어. 너희 아버지와 내 동생을 비롯한 여러 명이 네 관을 들었고 난 뒤에서 우리 엄마의 부축을 받으며 네가 가는 길을 밟았어. 화장장에서 납골당. 네 유골을 담은 유골함이 안치되는 것까지 계속 보고 있었어. 내 동생은 나 대신에 너에게 줄 꽃을 준비했더라. 드라이가 된 라일락. 영원히 시들지 않는 라일락이 너의 납골함 속 네 유골함 옆에 놓였어. 네 납골함을 보니 너와 내가 함께 찍은 사진은 없었고 너희 가족사진이 있더라고. 너희 어머니께서 나에게 몸 좀 괜찮아지면 여기 너와 내 사진도 넣는 게 어떻겠냐고 하셨어. 난 그저 대답할 힘이 없어서 고개를 끄덕였지.

너와 재회한 지 얼마 안됐는데 너를 다시 떠나보낸다는 것은 내가 살아갈 의지를 잃게 만들었어. 회사에는 사정을 말씀드리고 한 달의 휴가를 받아 밥도 굶으며 그저 침대에서 울다 지쳐 잠들기를 반복했어. 그렇게 생활한 지 얼마나 지났을까. 너희 어머니께서 나에게 연락을 하셨어. 내일 시간 괜찮냐고. 만나자고. 나는 누굴 만날 상태가 아니었지만 간곡히 말씀하시는 너희 어머니의 말씀에 나는 어쩔 수 없이 알겠다고 했어. 다음날, 너희 어머니를 만났어. 어머니께서 그러시더라. 언제까지 이렇게 살 거냐고. 도영이가 너 이렇게 사는 거 보고 좋아하겠냐고.

"도영이가 그렇게 된 건 우리도 속이 편하지 않아. 그렇지만 산 사람은 살아야 하지 않겠니?"

어머니의 말씀을 가만히 듣고 있으니 내가 지금까지 뭐 하고 있었나 싶더라고. 어머니께서는 끝까지 내 정신을 일깨워주시고 응원해 주셨어. 잘 이겨낼 수 있다고. 그러다가 네가 그리울 때면 같이 식사나 한 번 하자고 말씀해 주셨어. 어머니와 헤어진 후 나는 집 근처 공원 벤치에 가만히 앉아 멍을 때렸어. 오랜만에 나오니까 좋긴 하더라. 날씨는 점점 추워지고 있었지만 오늘은 그렇게 막 춥게 느껴지진 않았어. 어머니 덕에 정신을 차리고 밖에서 멍을 때리고 있으니 내가 살아 있다는 것을 느꼈어. 다시 열심히 살기를 다짐하고 본가로 갔어. 우리 부모님 얼굴을 못 본 지도 오래돼서 오랜만에 보고 싶더라고. 내가 본가에 들어서니 아빠와 동생은 아직 퇴근을 안 했는지 엄마만 계셨었어. 엄마가 나를 발견하고는 안아주시면서 해주시는 한 마디에 나는 눈물을 흘렸어.

"힘들겠지만 이겨내 줘서 고마워. 다시 살려고 다짐해 줘서 고마워."

엄마의 그 한마디에 눈물이 왈칵 쏟아졌어. 엄마에게 듣는 고맙다는 말에 나도 모르게 안도됐어. 그리고 그 말을 들으면서 우리 엄마도 걱정이 많았겠구나 싶었어.

"걱정 시켜서 미안해. 오랜만에 보고 싶어서 왔어."

"잘 왔어. 저녁 안 먹었으면 오랜만에 같이 먹자."

엄마와 간단한 이야기를 끝마치고 저녁 준비를 도왔어. 한참 준비를 돕다 보니 동생과 아빠가 함께 들어와서는 신발 새로 샀냐고 엄마에게 물으면서 나와 눈을 마주쳤어. 한 순간이었어. 나를 한 번도 안아준 적 없는 동생이 와줘서 고맙다면서 나를 안아주더라. 아빠도 함께 안아줬어. 순간 당황했지만 나도 동생과 아빠를 안아주며 걱정시켜서 미안하다고 했지. 오랜만이었어. 그렇게 따뜻한 밥을 먹으면서 사랑하는 사람들과 행복하게 웃을 수 있었던 게.

그날 이후로 나는 직장에도 복귀하고 열심히 살아가고 있어. 아직도 너를 완전히 잊은 건 아니야. 비가 오는 날이면 네가 너무 그리워서 혼자 집에서 울고 그래. 그 슬픔을 극복하고 일어서서 출근 준비를 하고 내 일상을 열심히 살아가려고 노력하고 있어. 오늘이 네가 떠난 지 3년째 되는 날이네. 네 생일과 기일이 되면 나는 꼭 네가 있는 납골당을 찾아가. 찾아가서 이런저런 이야기도 하고 꽃도 바꿔놓고 새로운 사진도 넣어놓고 그러고 있어. 올해 네 기일에는 네 유골함을 수목장으로 옮기기로 했어. 납골당 그 갇힌 곳에 있는 것보다는 자연과 함께할 수 있는 수목장이 나을 것 같아서 너희 부모님과 함께 결정했어. 세 번째 네 기일도 얼마 남지 않았네. 곧 네 이사를 도와줄 수 있다는 생각에 설레기도 하고 네가 새로운 곳에 잘 적응할까 걱정도 되긴 해. 그래도 넌 항상 잘 적응해왔으니까 잘할 거라고 생각해. 수목장으로 옮기면 예쁜 프렌치메리골드를 들고 찾아 갈게. 보고 싶다.

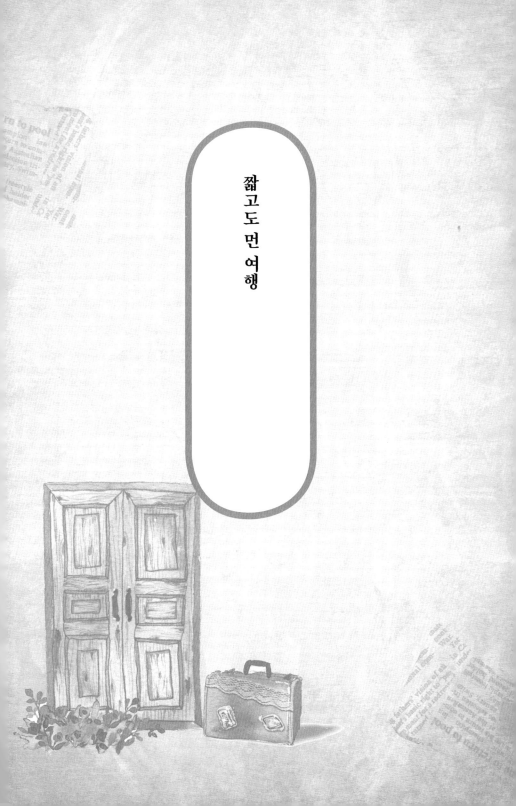

짧고도 먼 여행

정이은

매끄럽고 넓적한 손끝에 닿으면 시원해지는 풀들로 둘러싸인 촉촉한 길, 촉촉한 길 한가운데에 고여 첨벙거리는 미지근한 물, 여러 소리의 새들이 지저귀고 고양이들이 우는 동물들의 거리, 강렬한 햇빛에 피부가 따끔거리는 뜨거운 길, 단단하지만 몸을 기대어 잠을 청하기에 적절한 벤치들, 사람들이 너무 많지만 향긋한 광장 등 나의 여행에서 경험한 모든 것들이 오로지 4가지 감각으로 이루어진 나의 지도를 이루어 갔다.

나는 항상 보호자와 같이 다녀야 했다. 눈이 보이지 않기에 남들이 쉽게 할 수 있는 일도 나에게는 수십 배의 노력이 필요한 어려운 일이었다. 하지만 오늘은 온전히 나 자신만의 여행을 가는 날이다. 태어나서 처음이자 아마 마지막 경험일 것이다. 지팡이로 더듬거리며 밖으로 나와 엘리베이터를 기다리며 두근거리는 심장을 주체할 수 없었다. 엄마가 집에서도 계속 말하고는 또 걱정되시는지 현관에서 문 열고 내게 계속 잔소리를 하셨다.

"서우야, 조심히 다녀와. 항상 차 오는지 소리 들을 수 있게 귀에 뭐 꽂지도 말고, 낯선 사람 함부로 따라가지 말고."

"엄마, 내가 애도 아니고 걱정하지 마세요."

"그래도, 걱정되니까 그러지. 항상 사람 많은 거 같은 길로 다녀. 가방 안에 샌드위치 넣어놨으니까 점심 굶고 다니지 말고, 무슨 일 있으면 엄마한테 바로 전화하고."

"알았어요. 다녀오겠습니다."

엘리베이터를 탄 후 손으로 점자를 더듬거리며 1층 버튼을 누르자 엘리베이터가 움직이기 시작했다. 엘리베이터를 타는 것은 항상 신기하고 즐거운 경험이다. 수백 번을 탔음에도 매번 탈 때마다 즐거워 일부러 더 높은 층 버튼을 누른 적을 셀 수도 없을 정도이다. 특히 내려갈 때는 몸이 붕 뜨는 무중력 공간에 부유하는 느낌이 들어 더 좋아한다. 엘리베이터를 타는 10초 남짓한 짧은 시간 동안 들뜬 마음을 진정시키려고 심호흡을 했다. 드디어 엘리베이터가 1층에 도착했고 문이 서서히 열리기 시작했다. 나의 여행이 비로소 시작되었다. 걸음을 내딛자 운동화 밑창을 통해 거칠고 올록볼록한 바닥이 느껴졌다. 걸으면서 운동화 밑창이 마모되는 그런 기분이 느껴져서 평소보다 조심조심 걷게 되었다. 그렇게 주변의 소리를 들으며 꽤 오랜 시간을 걸었을까. 바닥의 질감이 촉촉해지고 주변 온도가 서늘해지기 시작했다. 새로운 장소에 도착한 것이다. 이곳이 어떤 곳인지 궁금한 나는 바닥에 쭈그려 앉아 손으로 바닥을 만져보았다. 바닥을 이루고 있는 것은 굉장히 촉촉하고 보슬거렸다. 아마 흙일 것이다. 그렇게 바닥을 만지다 바닥에 풀이 엄청 자라나 있는 것을 느꼈다. 이 풀들은 잎이 굉장히 넓적하고 두꺼웠다. 이런 더운 날씨에 손을 시원하게 해줘서 기분이 좋았다. 나는 동네에 이런 곳이 있다는 것은 못 들었는데, 내가 엄청 멀리 온 걸까? 이 풀들을 계속 만지작거리다가 슬슬 쭈그려 앉아 있던 다리도 저리고 새로운 것도 구경하고 싶어서 다른 장소를 향해 걷기 시작했다.

"앗, 이게 뭐야. 신발이 다 젖었잖아. 으…… 너무 찝찝해."

길을 가다가 그만 물웅덩이를 밟았는지 첨벙거리는 소리와 함께 오른쪽 종아리와 신발 양말이 물에 흠뻑 젖어 엄청 축축해져 있었다. 어디 앉아서 말릴 때는 없을까 지팡이를 더듬거리며 찾아봤으나 눈이 안 보이니 아무리 더듬거려도 앉을 만한 곳을 찾기는 힘들었다. 어쩔 수 없이 찝찝하고 불쾌한 기분으로 다시 걷기 시작했다. 걷다 원래 미지근했던 물이 내 체온으로 인해 뜨뜻해지면서 엄청나게 불쾌해졌다. 완벽했던 내 여행을 이렇게 망쳐버린 물웅덩이에 한껏 짜증이 나 투덜거리며 길을 가다 보니 미약하게 새들이 지저귀는 소리가 들리는 것 같았다. 그 소리를 향해 다가가니 새들이 지저귀는 소리는 더욱 커지고 고양이 소리도 들리기 시작했다. 평소에 동물을 무척이나 좋아했던 나는 금세 물웅덩이 따위는 잊고 기분이 좋아졌다.

"와, 이곳은 동물들의 거리인가 보구나. 고양이 울음소리가 뭔가 신난 느낌이야. 새도 그렇고 나를 반겨주는 걸까?"

계속 머물고 싶었지만 쭈그려 앉기에는 다리가 너무 아파서 어디 앉을 데는 없을까 다시 지팡이를 더듬거리다 앉기에 괜찮은 곳을 발견해서 당장 잽싸게 앉아 동물 소리를 감상하고 있었다. 그곳에서 점자판에 이제껏 봐온 것들을 점자로 적었다.

"넓적하고 두꺼운 풀들로 가득 둘러싸인 촉촉한 길은 집에서부터 896걸음. 촉촉한 길을 43걸음 걷다 보면 물웅덩이가 나오고, 물웅덩이로부터 93걸음 걷다 보면 새들이 지저귀고 고양이가 우는 곳……."

"저기요. 누군데 지금 제 캐리어 위에 앉아 계신 건가요? 굉장히 불쾌하네요."

"네? 죄송합니다. 캐리어인 줄 몰랐어요. 그냥 공원의 구조물인 줄 알고 잠시 앉아 있고 싶어서. 실례를 범했네요. 정말 죄송합니다."

"뭐야, 장애였어? 에이 캐리어만 버렸네. 쯧."

"죄송합니다."

"눈이 안 보이면 나오지를 말든가."

남자는 짜증 섞인 목소리로 말을 하고는 가버렸다. 진짜 최악이다. 남의 캐리어에나 앉고, 근데 저렇게까지 말할 필요가 있었나. 내가 그 남자한테 장애를 옮기는 것도 아니고, 장애를 앓는 것이 더러운 것도 아닌데. 아니. 내 잘못도 있으나 남자의 말은 너무 심했다. 뭐, 남자가 가고 혼자서 투덜거리면 뭐하나. 정작 나는 말할 용기도 없어서 사과만 했는데. 기분이 좋지 않아진 나는 고양이 소리와 새소리를 들으며 기분을 전환시켰다. 점차 새소리가 멎어 들었을 때 즈음 나는 터덜터덜 걸음을 옮겼다. 시원하던 바람은 조금씩 멎고 피부가 따끔거리기 시작했다. 아무래도 그늘 하나 없이 탁 트인 장소에 온 것 같다.

"햇빛이 엄청 강렬한가 보네. 피부가 너무 따가운데…… 화상 입는 거 아냐?"

그늘이 어디 없을까 무작정 걸어 보지만 눈이 보이지 않으니 그늘 찾기는 매우 힘들 수밖에 없었다. 어쩔 수 없이 조금 빠른 걸음으로 걷기 시작했다. 걷다가 손목시계를 더듬으니 시계의 바늘이 어느덧 오후 1시를 가리키고 있었다. 슬슬 배가 고파지기도 했고 쉴 곳이 필요했던 나는 걷다 보니 운 좋게 근처 시원한 그늘에 있던 벤치를 찾아 앉았고 집에서 챙겨온 샌드위치를 가방에서 하나씩 꺼내 먹기 시작했다. 다행히 부모님이 이번에는 샌드위치를 한입에 먹을 수 있도록 조각내 주셨다. 이렇게 넓고 트인 공간은 점자블록만 더듬으며 화장실을 찾기에는 매우 힘든데 소스를 묻히지 않고 먹을 수 있어서 화장실까지 가지 않아도 될 것 같다. 나같이 세상이 그냥 검게 보이는 시각 장애인은 공공 화장실을 가기가 어찌나 힘든지 점자표기가 되어 있지 않아서 남자 화장실에 들어간 적도 있다. 그때는 완전 변태로 몰려서 경찰까지 올 뻔했다. 다행히 안에 계시던 남성분들이 내 사정을 겨우겨우 이해해 주셔서 넘어갈 수 있었다. 과거의 수치스러운 일을 생각하며 샌드위치를 먹다 보니 어느새 다 먹어버렸고 그늘에서 선선한 바람을 느끼며 앉아 있으니 피로가 와서 몸이 축 처졌다. 그리고는 깜빡 잠을 자버렸는지 기억이 끊겼다. 누군가의 시선이 느껴져서 일어났는데 지금은 또 괜찮은 것을 보면 내가 착각했던 것 같다.

"헉, 맞다 내 가방 누가 훔쳐가지는 않았겠지."

눈을 뜨자마자 나는 다급하게 손으로 옆을 더듬거리며 가방을 찾았다. 다행히 누가 훔쳐가지는 않았다. 혹시 가방 안 물건을 도둑맞았을지도 몰라 가방 안까지 다 뒤져봐도 다 있는 것 같다. 안심하고 다시 시계를 만져보니 벌써 오후 3시 30분이다.

"으아, 얼마나 잔 거야. 어휴."

나는 재빨리 점자판을 꺼내 다시 점자를 찍기 시작했다.

"새들이 지저귀고 고양이가 우는 곳에서 126걸음 걸으면 햇빛에 피부가 따끔거리는 탁 트인 곳. 이곳에서 오른쪽으로 24걸음 걸으면 나오는 그늘에 있어 선선한 벤치."

나는 점자판을 주섬주섬 가방에 집어넣고 다시 길을 갔다. 휴식을 취해서인지 몸이 더 가벼워졌다. 이때까지 있었던 안 좋은 일들은 잊고 다시 기분 좋게 길을 가니 바람에 향긋한 풀 냄새가 났다.

"와, 이게 무슨 냄새지. 진짜 향긋하다. 약간 흙냄새도 나는 것 같고."

엄마가 예전에 이런 냄새를 잔디 냄새라고 하셨던 것 같은데…… 가까운 곳에 잔디가 많이 자라있나 보다. 엄마와 함께 만졌던 잔디의 촉감은 뻣뻣하고 매끄러웠다. 그렇게 쿵쿵대며 냄새를 따라서 홀린 것처럼 가니 냄새의 근원지에 도착했다. 바닥을 만져보니 잔디가 보들보들하게 자라 있었다. 예전에 만졌던 것과는 엄청나게 다른 촉감이었지만 그 느낌이 너무 좋아 한동안 계속 잔디만 만지고 있었다. 아마 종이 다르겠지. 이 잔디는 어떻게 생겼을까? 우선은 너비가 좁고 길이가 긴 편인 것 같다. 색깔은 다들 초록색이라던데, 나는 색을 눈을 본 적이 없으니 초록색이 어떤 색인지 감히 상상할 수 없었다. 조금은 씁쓸한 기분이 들었다. 누구나 아는 색을 나는 알 수도 없으니.

"초록색, 어떤 색일까? 하늘색과 노란색을 섞은 색이랬는데 하늘색은 또 무슨 색이고 노란색은 또 무슨 색인지, 에휴"

"어어. 거기에 들어가시면 안 됩니다. 잔디를 보호하기 위해서 주민분들의 출입을 금지하고 있습니다.

"정말요? 죄송해요. 모르고 들어갔어요."

"모르기는 여기에 팻말에 커다랗게 다 적혀 있는데. 젊은 사람이 거짓말해서 쓰나."

"아니 진짜 몰랐어요. 제가 눈이 많이 안 좋아서……."

"어쨌든 다음부터는 조심하세요."

"네, 죄송합니다."

눈이 안 좋은 것이 사실이지만 관리하시는 분은 내가 그냥 상황을 벗어나기 위한 변명을 한다고 생각하시는 것 같다. 조금은 화도 났지만, 괜히 민폐를 끼친 것 같아 죄책감만 들었다. 진짜 오늘 여행하려고 나온 것인지 민폐 끼치려고 나온 것인지 분간이 되지 않는다.

"이렇게 민폐만 끼칠 줄이야. 수진이한테 같이 가자고 할 걸 그랬나."

잔디에서 나오니 사람이 확 많아지는 게 느껴졌다. 사람들의 말소리와 신발 소리도 커지고 계속 사람에 치이고 또 치이고 사과만 몇 번 했는지…… 결국 길 가장자리에 쭈그려 앉아 다시 점자판을 꺼냈다.

"휴, 벤치에서 465걸음 걸으면 나오는 보들보들한 밟으면 절대 안 되는 잔디. 7걸음 걸으면 빠져나옴. 하지만 사람이 많음. 그래서 시끄러움."

점자를 다 적고 뭘 해야 할지 모르겠어서 한참을 쭈그려 앉아 있었다. 그러다 내 친구 수진이가 나를 부르는 소리가 들렸다.

"야, 신서우. 여기 쭈그려 앉아서 뭘 그렇게 멍하게 있냐?"

"어? 수진아, 넌 여기 무슨 일로 온 거야? 우연도 이런 우연이. 진짜 반갑다."

"너 지금 시간이 벌써 오후 5시인데 집에 안 들어가고 뭐하고 있냐?"

"아, 벌써 시간이 그렇게나 됐어? 근데 수진아 미안한데 나 오늘 아무 생각 없이 나와서 집 가는 길을 모르겠어. 헤헤."

"헤헤는 무슨. 따라와 내가 데려다줄게."

"역시 너밖에 없어."

생각해 보니 집 가는 길도 모르고 무작정 걸어 나왔다. 신서우 이 바보 멍청이. 그래도 수진이랑 만나서 다행이다. 그런데 수진이는 여기 왜 왔을까? 침대에 누워 곰곰이 생각해 봤지만 아무리 생각해 봐도 모르겠다. 그냥 잠이나 자야겠다. 그날은 집에 가서 검은 세상에서 내가 만진 모든 것들이 느껴지는 꿈을 꿨다.

"하여튼. 신서우 사람 귀찮게 만든다니까. 내가 애기 때부터 봐온 절친이어서 부탁을 들어주는 거지. 나 없으면 어쩔 거야."

오늘 서우네 부모님께서 새벽부터 전화를 하셨다. 서우가 오늘 혼자 여행을 간답시고 무작정 나간다는데 따라가서 조금 도와 달라는 부탁을 하시기 위해서였다.

"수진아, 오늘 서우가 혼자서 여행을 간다고 하더라고. 그래서 미안한데 우리 서우 좀 따라가줄 수 있어? 아줌마가 나중에 꼭 보답할게."

"아유 보답은요. 저랑 서우가 몇 년지기인데요. 아줌마 걱정 붙들어 매시고 제게 다 맡기세요."

"그래도 수진아 정말 고맙다. 나중에 아줌마 집으로 와. 아줌마가 밥 아주 맛있게 해줄게."

"와, 너무 기대돼요. 아줌마 완전 요리의 신이잖아요. 보답 같은 거 안 받으려고 했는데, 어쩔 수 없이 받아야겠네요.

"호호, 수진이는 말도 참 예쁘게 하네. 정말 고맙다 수진아."

그렇게 나는 전화가 끝나자마자 나갈 채비를 하고 서우네 집으로 뛰어갔다. 마침 서우가 엘리베이터에서 나왔다. 뭐가 좋은지 입이 아주 귀에 걸릴 정도로 웃고 있었다. 바닥에 몇 번 운동화를 쓸더니 갑자기 평소보다 엄청 사뿐사뿐 걸었다.

  "뭘 저렇게 조심스레 걷는데. 평소에는 날아다니는 애가."

  그렇게 한참을 흥얼거리며 걸어다니더니 마을의 작은 공원에 들어갔다. 그리고는 쭈그려서 커다란 풀을 한참 동안 만지며 뭐가 그렇게 신기한지 계속 감상하고 있더니 다시 걷는다. 그러다 물웅덩이를 제대로 밟아버렸다. 물이 다리에서 뚝뚝 떨어지는 게 보였다.

  "어우, 저 정도면 양말까지 다 젖었겠는데. 좀 조심하지. 지팡이는 뒀다가 어디 써먹으려고. 내가 다 찝찝하다. 어디 앉아서 좀 말리지."

  양말까지 젖은 것 같은데 지팡이를 더듬거리다가 말리지도 않고 또 제 갈길 간다. 나 같으면 집에 바로 갔을 텐데. 안색 하나 안 변하고 묵묵히 걸어간다. 그렇게 또 한참 걷다가 이번에는 또 갓길로 새어 남의 캐리어에 털썩 앉고는 새소리와 고양이 소리를 집중해서 듣는다. 서우는 분명 저 소리가 듣기 좋아서 감상하려고 아무 곳에나 앉은 거겠지. 실상은 길고양이가 새를 사냥한다고 물어뜯고 있는데…… 저건 새가 지저귀는 게 아니라 울부짖는 것일 텐데. 그래 안 보이니까 그럴 수 있지. 그렇지만 나는 상황이 다 보이니까 조금 보기 거북했다. 근데 쟤는 남의 캐리어에 앉아서 어떡하지. 주인 오면 싸움 날 게 뻔하다. 이 생각 끝나기가 무섭게 주인으로 보이는 한 남성이 와서 뭐라 하기 시작했다. 저 인간도 양반은 안 되네. 거리가 좀 있어서 그런지 웅얼거리는 소리로밖에 들리지 않았다. 하지만 표정을 보니 남성은 화가 많이 난 것 같았다.

  "무슨 말 하는 거지. 조금 더 가까이에서 들어볼까."

  "뭐야, 장애였어? 캐리어만 버렸네."

  "죄송합니다."

"눈이 안 보이면 나오지를 말든가."

아무래도 저분 말이 너무 지나친데? 사람이 안 보이면 좀 실수할 수도 있지. 장애가 뭔 상관이야. 아니 쟤는 왜 사과만 하고 앉아 있어 진짜. 그렇게 서우는 길가에 앉아서 다시 동물 소리를 감상했다. 나는 저 남자에게 한 마디 해줘야겠다고 생각해 성큼성큼 다가갔다. 그리고 흥분한 나머지 속사포처럼 말을 했다.

"저기요! 말씀이 너무 지나치시네요. 장애를 원해서 가지고 태어나는 것도 아니고 좀 붙어 있다고 옮는 것도 아니고 눈이 안 보인다고 나오지 말란 법도 없고 그렇게 말하지 마세요. 오히려 당신 같은 사람들이 나오면 안 돼죠."

그리고 다시 서우의 곁에 가서 서 있다가 새가 완전히 죽고 소리가 나지 않자 서우는 다시 터덜터덜 걸음을 옮겼다. 서우가 한참을 걸어 간 곳은 완전 넓은 광장이었다. 햇빛이 너무 강렬하고 그늘도 마땅히 없어서 피부가 타들어가는 느낌이었다. 게다가 눈은 어찌나 부신지 눈을 제대로 뜨기도 힘들었다. 서우도 이건 너무 뜨거웠는지 빠르게 걷는 게 보였다. 나는 빨리 뛰었다. 그러더니 지팡이를 더듬다 운 좋게 제 옆에 있는 그늘을 발견했는지 그곳에 있는 벤치 하나에 앉아 샌드위치를 먹었다.

"부럽네. 맛있는 샌드위치도 먹고 나는 누구 때문에 아침도 안 먹고 계속 걷고만 있는데. 부럽다, 부러워. 에휴 어차피 들리지도 않을 거 심술부려서 뭐하냐."

서우가 샌드위치를 맛있게 먹는 것을 보니 나도 슬슬 배가 고파졌다. 나도 밥이나 먹으러 갔다 와야겠다. 설마 그새 딴 데로 가지는 않겠지. 재빨리 다녀와야겠다고 다짐하고 나는 근처 편의점으로 급하게 뛰어가 컵라면 하나를 사서 빠르게 먹고 후식으로 아이스크림 하나 사서 먹으면서 혹여나 서우가 다른 곳으로 갔을까 걱정이 되어 전속력으로 달려왔다. 덕분에 내 아이스크림은 땅바닥에 다 흘려버렸다. 하지만 서우는 팔자 좋게 낮잠이나 자고 있었다. 물론 다른 곳으로 떠난 것보다는 자는 것이 더 낫긴 하지만 조금 얄밉긴 했다.

"혹시 짐들을 도둑맞으면 어쩌려고 저렇게 팔자 좋게 자고 있는 거야."

나는 혹시나 서우의 짐이 도둑맞을까 걱정되어 벤치 옆에 앉아서 지켜 보고 있었다. 서우도 오늘 많이 힘들었겠지. 무례한 사람들로 인해 상처도 많이 받았을 텐데 그래도 혼자 씩씩하게 여행하는 서우가 괜히 안쓰럽고 자랑스러워 콧잔등이 시큰거렸다. 그렇게 한두 시간쯤 내가 감정이 차오른 채로 서우를 바라보고 있었다. 서우는 드디어 일어났다. 나는 서우 모르게 옆에서 조용히 일어나 서우를 보고 있었다. 서우는 짐이 도둑 맞았는지 더듬거리며 확인하고는 점자판을 꺼내 오늘 봤던 것을 점자판에 다 쓰더니 다시 걷기 시작했다. 잠을 자고 푹 쉬어서 그런지 서우는 아까보다 밝은 표정으로 잔디공원으로 향했다. 나도 같이 그늘에서 쉬었더니 좀 살 것 같았다. 서우를 따라가다 보니 서우는 잔디공원에 잔디를 밟으면 안 되는데 잔디로 거침없이 들어가 앉아서 잔디를 만지작거리고 있었다.

"저기 들어가면 안 되는데. 빨리 말해 줘야겠다. 신서우."

이름을 부르자마자 경비원 아저씨께서 서우에게 주의를 주었다. 서우는 그렇게 길가로 나오고는 사람이 너무 많아 치이는 것이 불편했는지 조금 걷다가 길 가장자리로 가서 쭈그려 다시 점자판에 점자를 적어넣기 시작했다. 점자를 다 적고는 뭘 해야겠는지 모르겠다는 맹한 표정으로 허공을 응시했다. 이제 자기도 집에 가고 싶겠지. 나는 서우를 불러 집에 데려다주겠다고 했다.

"야, 신서우 여기 쭈그려 앉아서 뭘 그렇게 멍하니 있냐?"

내가 오자 서우의 표정이 밝아진다. 서우 너는 오늘 나 덕분에 안전하고 즐겁게 여행 잘 한 줄 알아라. 서우를 데려다주고 집에 도착한 나는 계속 서우를 신경 쓰느라 피곤했는지. 눕자마자 바로 잠에 들었다. 이제 와서 생각해 보면 이날의 나는 엄청난 변태로 보였을 것 같다. 한 사람을 하루종일 따라다니고, 자는 사람 얼굴을 계속 뚫어져라 쳐다봤으니 이 일은 서우에게 들키지 않도록 조심해야겠다.

그렇게 서우에게는 멀리 여행 온 수진이에게는 동네 한 바퀴 마실 나온 작고 큰 경험이었다.

알약에 난 상처

조
민
지

열어놓은 화장실 중앙 창문으로 바람이 들어와 벽에 걸린 휴지가 나풀댔다. 아윤은 공중에서 휘적대는 휴지를 낚아채 뜯고는 문이 열려 있는 칸에 들어갔다. 다리에 근육이 없는 사람처럼 변기 뚜껑 위에 힘없이 주저앉고, 주머니를 뒤적거렸다. "여깄다." 작게 중얼거리고 바스락거리는 작은 약 봉지를 뜯어 알약들을 손에 털어냈다. 하얀 약들이 손에 소복이 쌓였다. 아윤은 초등학교에 다닐 때 자주 먹던 새알 초콜릿을 먹던 것처럼 그 많은 하얀 약들을 입 안에 털어 넣었다. 같이 가져온 작은 생수병의 뚜껑을 열어 물을 한 모금 마시는 동안 아윤의 어깨가 편안하게 늘어졌다. 아침 점심을 모두 거른 탓에 속이 쓰려 오는듯한 느낌이 들었다. 아윤은 그저 볼일을 보고 나온 것 같이 아무렇지 않은 표정으로 작은 화장실 칸을 나서 복도를 걸었다. 창문 너머 하늘의 색은 겨울의 오후 여섯시였다. 지고 있는 해는 분홍빛으로 아윤의 얼굴을 비추었지만, 아윤은 햇빛에 미간을 찌푸리고 다시 앞을 응시해 걸어갈 뿐이었다.

아윤이 복도로 나가자 아윤이 있던 화장실의 두 칸 옆에서 문이 열리고 라린이 그를 따라 걸어 나왔다. 햇빛이 눈부신 탓에 눈을 질끈 감았다. 이마에 손을 대 그늘을 만들어 다시 눈을 뜬 라린은 핑크빛 노을을 바라보며 따뜻한 느낌을 받았다. 무표정하지만 어떤 마음이 엿보이는 얼굴로 라린은 아윤의 발걸음을 따랐다. 아윤의 걸음은 조용하고 느렸다. 보폭은 좁아서 생동감이 안 났고 걸음걸이는 11자로 지극히 평범했으며 시선은 그저 앞만 보았고 팔은 그리 많이 휘적대지 않았지만 그렇다고 손을 주머니에 넣지도 않았다. 라린은 아윤을 이렇게 바라보았다. 둘은 정면을 보고 걷고 있었지만 라린의 정면엔 아윤이 있었다. 아윤이 발걸음을 멈추고 뒤로 돌아봤다. 라린 또한 멈췄다.

"너 또 화장실 따라 왔냐?"

"……."

"내가 알아서 한다고. 제발 신경 좀 꺼."

말을 마치자마자 아윤은 빠른 걸음으로 걸어갔다. 아윤은 머리를 쓸어넘기며 교실로 가 가방을 들쳐 메고 학교를 빠져나왔다. 겨울 바람이 차가웠고 해가 지고 있었다.

* * *

ลลิล (라린): 귀여움. 정갈한 태국어 글씨와 어딘지 모르게 어린아이 같은 한국어 글씨가 나란히 칠판에 쓰였다. 그 애는 일 년 전에 태국에서 왔다고 했다. 이름은 라린인데, 귀여움이란 뜻을 갖고 있다고 자기소개를 했다. 높은 목소리가 듣기 편안하다고 생각한 건 처음이었다. 다른 애들 말로는 태국에서 공부도 잘했다고 하고, 생긴 것도 예뻐서 인기도 많았다고 했다. 어머니는 한국인, 아버지는 태국인이신데 부모님께서 돈도 많다는 것 같았다. 쉬는 시간에 여느 때처럼 책상에 앉아 멍하니 있던 내게 반 애들 입에 오르내리던 그 애가 와 말을 걸어왔다. 대화의 주제는 내 필통에 달려 있던 작은 키링이었다. 아는 언니가 태국 여행을 다녀와서 선물해 준 캐릭터 키링. 이 캐릭터가 태국에서 인기가 많다면

서, 어디서 이 키링을 구했냐면서, 구김살 없는 그 애의 모습이 나랑은 너무 달라 좋지만 싫었다. 내 이름은 김아윤이고 별 뜻도 없다. 바를 아에 햇빛 윤이었나. 아름답지 못하면 안 될 것 같은 이름인데 나는 아름답지 않은 삶을 살았다. 내 이름은 왜 이런지, 내 삶이 왜 아름답지 못한지, 이름을 누가 지었는지 생각하다 보면 죽고 싶다는 결론에 이르게 된다. 그냥 나는 어느 순간부터 이랬다. 그런데 그 애는 달랐다. 평범하고 푸석해서 그저 그런 김아윤 옆에, 귀엽고 사랑스러운 라린이 있다. 급식이 맛 없어서, 콜라를 실수로 쏟아서, 지우개를 깜빡하고 안 챙겨와서 죽고 싶었던 내 옆에서 라린이는 급식 대신 먹을 빵을 사다주고, 콜라를 닦을 휴지를 건네주고, 지우개를 빌려주었다. 그래도 나는 계속 약을 먹었다.

* * *

내가 한국 학교에 다니기 시작 한 첫날, 교실에 들어가자마자 맨 뒷자리에 앉은 한 여자애가 눈에 띄었다. 태국에 있는 내 친구와 닮았다고 생각했다. 그래서 우리는 너무 많이 친해졌다. 옆자리에 앉으며 쉬는 시간마다 대화를 나누었고, 학교가 끝나면 하굣길을 같이 걸어갔다. 처음 이름을 물어본 날 그 여자애는 자신의 이름은 평범해서 싫다며 이름을 알려주기 전에 머뭇거렸다. 김아윤. 태국에는 비슷한 발음의 이름이 없어서 듣자마자 예쁘다고 생각했는데, 나중에서야 이걸 말해 주니 아윤이는 민망해하며 웃었던 것 같다. 아윤이에게는 내게 없는 무언가들이 너무 많았다. 매사에 조심스러운 나에 비해, 아윤이는 무슨 일이든 거침 없었다. 또 나는 말하는 것에 서툰데, 아윤이의 툭툭 던지는 말들은 과감했고 그게 유쾌했다. 한 날, 내가 어렸을 때 중이염에 걸렸던 경험을 얘기하다가 아윤이가 아버지에 대한 이야기를 해줬다. 아윤이의 아버지는 아윤이가 어릴 때부터 얼마 전까지 많이 아프셨다가 요즘 들어 호전

되는 중이라 했다. 병원에서 주마다 받는 약으로만 서랍장 한 칸을 가득 채울 수 있을 만큼 약이 많다는 설명도 덧붙였다. 아윤이 아버지의 침대 옆에는 서랍장이 있는데, 첫 칸은 지금 먹고 있는 약들, 두 번째 칸은 꼭 먹지 않아도 되는 부가적인 약들이나 새 약을 받기 전에 미처 다 먹지 못한 약 봉투들이 그득하게 놓여 있댔다. 약에 대한 설명은 그게 다였지만, 아윤이의 후드집업 주머니 한쪽에서 반투명한 작은 약 봉투 모서리는 나에게 계속 말을 걸었다. 나는 그 모서리를 좇아 우울해 보이는 날마다의 아윤이를 몰래 뒤따라갔고, 그 도착지는 언제나처럼 화장실이 되었다. 나는 그럼 언제나 같이 아윤이가 들어 있는 화장실 칸 그 옆의 옆의 칸에 들어가 쪼그려 앉아서 아윤이가 약을 입에 털어 넣는 소리를 들었다.

라린은 더이상 안 되겠다고 생각했다. 그 약들은 언제 기한이 지났을지도 모른다. 얼마나 독한 약일지도 어디에 쓰이는 약일지도 모른다. 왜 먹는 약인지도 왜 서랍에 남아 있던 약인지도 모른다. 그리고 그런 약을 삼킨 아윤의 마음이 어떨지도 몰랐다. 그래서 라린은 아윤을 따라 가방을 챙겨 그를 뒤따라갔다. 어느새 해가 지고 찬바람만이 불어왔다. 아윤이 저 멀리 자주 같이 걷던 하굣길 골목으로 들어가는 것이 보였다. 라린도 골목으로 들어갔다. 하늘은 어느새 분홍빛은 온데간데없고, 아윤의 새까만 후드집업처럼 어둑해져 있었다. 오늘도 라린은 뒤에서 아윤을 따랐지만 이번엔 달랐다. 라린은 한결같은 걸음걸이의 아윤에게 빠르게 다가가 아윤의 손목을 붙잡았다. 후드집업 밑의 얇은 손목이 라린의 손에 잡혔다. 라린은 말 없이 아윤의 어깨에서 가방끈을 잡아채고 앞지퍼를 열어 기다란 약 봉투를 꺼내들었다. 그런 다음 가방을 바닥에 내팽개치고 아윤의 후드집업 주머니에서 점선대로 찢어놓은 세 봉지를 더 꺼냈다. 아윤은 라린이 그러는 동안 아무 말도 하지 못했다. 죽고 싶다는 문장을, 죽고 싶지도 않았는데 속으로 읽었다. 라린은 꺼내 든 약 봉투들을 사정없이 찢기 시작했다. 입구를 찢어서 아윤의 손 대신 바닥에

다 탈탈 털었다. 바닥에 하얀 알약들이 딱딱한 질감의 소리를 내며 쌓여 갔다. 어두컴컴한 골목에 가로등 하나가 세워져 있었고 그 아래에 둘은 서 있었다. 훌쩍거리는 소리가 들려왔다. 쏟아지는 알약들을 멍하니 바라보던 아윤이 고개를 들어 라린의 얼굴을 바라봤을 땐 단호한 손길으로 봉투를 찢으면서도 턱 끝에는 닦이지 못한 눈물이 떨어지고 있었다.

"ฉันเกลียดเธอที่ทำให้ตัวเองเจ็บปวด เกลียดนะ แต่เอ็นดูเธอ เพราะฉะนั้นฉันก็เลยต้องทำแบ บนี้. ขอโทษที่พูดภาษาเกาหลีไม่ค่อยเก่ง."

라린이 갑자기 태국어를 말했다. 어느새 약 봉투가 거덜났다. 더는 찢을 봉투가 없었다. 빈 봉투들이 바람에 날려 둘의 뒤 편으로 지직 끄는 소리를 내며 날아갔다. 라린은 마지막 약 봉투를 바람에 날려 보낸 뒤 옷 소매로 눈물을 닦고 아윤을 지나쳐서 걸어갔다. 가로등에서 점점 멀어져 어둠 속으로 사라지는 것처럼 보였다. 아윤은 그대로 서서 라린이 몽땅 뜯어 버려놓고 간 약들을 바라보았다. 약이 너무 많았다. 속이 쓰린 것 같았다.

아윤은 자신이 처방받지도 않은 약을 한 움큼 삼키는 것으로 자해를 했다. 남들은 살기 싫을 때마다 몸에 상처를 내고 술을 마시고 담배를 핀다던데, 아윤은 그런 것들로는 자신에게 만족스러운 상처를 줄 수 없었다. 몸에 상처를 내면 부모님께 들키는 점이 귀찮았고, 술은 맛이 없었고, 담배는 펴도 기침만 나왔다. 그래서 아윤은 아빠의 서랍장 두 번째 칸에서 약을 두 손 가득 꺼내 훔쳐 먹었다. 이 짓을 꽤나 오래 해오다 보니 몸 상태도 나빠지는 것을 아윤 자신도 느꼈지만, 죽으면 그만이라고 생각할 뿐이었다.

메스꺼운 몸을 이끌고 집으로 온 아윤은 현관문을 열었다. 현관에 불이 켜졌고 아빠의 신발만이 놓여져 있었다. 방으로 들어가 거의 질질 끌

다시피 가지고 온 책가방을 바닥에 던졌다. 밖을 돌아다니고 옷을 갈아입지 않은 채 침대에 눕는 것은 오랜만이었다. 원래 아윤은 그런 것에 크게 신경 쓰고 살지 않았지만, 라린이 언젠가 자신은 밖에서 입은 옷 그대로 침대에 눕는 걸 별로 좋아하지 않는다고 말한 것을 들은 뒤로 의식적으로 옷을 갈아입고 침대에 눕게 되었다. 정면을 응시하자 아윤의 시야에는 새하얀 천장이 들어왔다. 아윤은 갑자기 눈물이 났다. 아윤은 코 끝이 아려오는 것을 느끼면서 오른쪽으로 돌아누웠다. 시야에는 천장 대신 책상이 보였다. 책상 위에는 알람 시계와 살짝 너저분한 문제집 더미들, 그리고 그 옆에 "기초 태국어"라고 적힌 교재가 놓여 있었다.

알람시계가 쩽쩽하게 귀를 괴롭혔다. 눈을 뜨자 어제 잠들기 전 본 알람시계가 보였다. 화장실로 들어가 거울을 확인한 후 아윤은 한숨을 쉬고 찬물로 세수를 했다. 교복을 입고 양말을 신고, 검은색 후드집업 대신 주머니가 없는 흰색 가디건을 입었다. 교실 문을 열고 들어가자 앞문 바로 앞에 라린이 서 있었다. 칠판 앞에 볼일이 있는 모양이었다. 아윤은 라린을 지나쳐 자리로 향했다. 둘 사이에 어색한 기류가 흘렀지만 라린은 언제나처럼 아윤의 옆자리로 가서 앉았다. 아윤은 라린이 자리에 앉자 입을 열었다.

"나 이제 약 안 먹어. 다 버렸어 어제."

라린은 큰 눈을 깜빡였다. 그때 앞문으로 옆 반 부반장이 문을 열고 선생님의 호출이라며 라린을 불렀다. 라린은 의자에서 일어나 그 친구를 따라서 교무실로 향하는 듯 보였다. 창가로 아침 햇살이 아윤의 얼굴에 비춰왔다. 아윤의 눈썹은 아침 공기처럼 상쾌한 모양을 하고 있었다. 아윤은 책상에 놓여 있던 펜을 손에 쥐었다. 그러고는 라린의 책상에 올려져 있던 필기 노트에다 글씨를 몇 자 적어 내려갔다.

스스로를 상처 주는 니가 미워

미운 너를 너무 아껴

그래서 나는 이럴 수밖에 없어

한국말을 잘 못해서 미안해

나도 태국어 할 줄 알아. 나 아껴줘서 고마워.

자각몽

황은혜

모기가 또 내 눈 앞에 위잉거린다. 파리채를 들고 아무리 쫓아도 잡히는 모기 한 마리 없다.

"진짜 내가 이래서 여름이 싫어. 모기 때문에 잠을 못 자겠단 말이야."

엄마는 눈살을 찌푸리며 신경질이 났는지 조금 화난 목소리로 말했다.

"너도 그만하고 자라. 나는 네가 모기 잡는다고 쫑알대서 잠을 못 자겠다. 그냥 피 좀 빨아먹게 냅 둬."

엄마가 말을 마친 뒤 이불을 머리 끝까지 뒤집어 쓰셨다

"하, 나도 이제 그만하고 그냥 자야겠다. 내일 전기 파리채를 사야겠어. 엄마, 이제 나도 잘게 잘자."

날아다니는 모기의 소리들이 무척이나 거슬렸지만 무시하고 잠을 자기 위해 애썼다.

그날부터 난 기묘한 꿈을 꾸기 시작했다.

난 그저 고요한 거리를 지나고 있었다. 내 앞에는 바람에 흔들리는 나무, 넓은 정자, 그 사이로 걸어오는 한 남자를 보았다. 나는 그저 넋 놓고 바라보고 있었다.

'와, 잘생겼다. 어? 아니다 잠시만 여기가 어디지? 저 남자한테 물어봐야겠다.'

나는 그 사람에게로 걸어갔다.

"안녕하세요. 여기가 어디에요? 딱 봐도 우리 동네는 아닌데. 시골? 촌? 강원돈가?"

그 남자는 어이없다는 듯의 허탈한 웃음을 터트리며 말을 했다.

"무슨 소리에요. 여기 제주도잖아요. 놀러온 거 아니에요?"

남자 말에 당황해 입을 벌린 채로 벙쩌 있었다. 그때 남자가 내 어깨를 툭툭 치더니 다시 말을 이어갔다.

"제주도 처음 오신 거예요? 제가 이 주변에 깨끗하고 좋은 계곡 아는데, 혹시 그쪽 할 일 없으면 저랑 같이 계곡 갔다올래요? 나는 그저 그 잘생긴 얼굴이 끌려 따라갔다.

"어때요? 계곡 좋죠?"

남자는 행복한 웃음으로 계곡을 바라본다. 장난기가 발동한 나는 그 남자의 다리에 계곡물을 뿌렸다 그 남자는 어이없는 표정으로 날 보더니 한번 웃고는 한 웅큼 손에 담아서 내 얼굴에 물을 뿌렸다. 그렇게 한참 물싸움을 하고 지쳐 큰 돌덩이에 앉았다. 그 남자가 다시 먼저 말을 걸었다.

"이름이 뭐예요?"

"아, 한소윤이에요 그쪽은 이름이 뭔데요?"

점점 그 남자의 말이 흐려지기 시작했다. 그 남자의 말 소리 대신 어디선가 우리 엄마의 목소리가 점점 더 크게 들리기 시작했다.

"한소윤! 얼른 일어나! 학교 가야지. 오늘따라 왜 이렇게 못 일어나는 거야? 열 번 넘게 불렀는데, 당장 일어나서 밥 먹고 학교 가."

잠에서 깬 나는 한참 잠자리에 가만히 누워 있었다.

"뭐지? 진짜 생생한 꿈이네. 내 인생에도 그렇게 생긴 남자가 있으면 얼마나 좋을까."

나는 아침부터 중얼중얼 거리며 옷을 갈아입었다.

"학교 갔다 올게요. 나는 학교로 길을 나섰다. 학교 가는 길에 오늘 시간표를 확인했다.

"와, 대박. 일 교시부터 수학이라니 그럴 줄 알았으면 집에 베개라도 챙겨올 걸 그랬어."

나는 투덜투덜 거리며 반에 들어갔다 그리고 들어서자마자 담요를 두르고 엎드렸다.

그렇게 나는 또다시 꿈을 꾸었다.

"야!"

나는 깜짝 놀라 옆을 돌아봤다 그 남자아이가 있었다.

"뭐지? 아침에 꾼 꿈인데, 혹시 자각몽인가?"

나는 그제서야 자각몽이라는 걸 알았다

"조한. 내 이름 조한이라고."

그 남자아이가 거듭 자신의 이름을 말해주었다.

"무슨 생각을 하는 거야? 멍 때리면서 내 말도 안 듣는 거 같고."

나는 손사래를 쳤다. "아니야, 조한이라고? 외자이름이구나 이쁘네."

조한은 나를 보고 한번 웃더니 다시 말을 이어갔다.

"나는 여름이 너무 좋아."

나는 어처구니가 없어 물어봤다.

"뭐? 여름 모기 때문에 간지럽고 맨날 땀 나고 찐득찐득 하기만 하고 뭐가 그렇게 좋은데?"

조한은 곰곰이 생각하는 듯하더니 다시 말했다.

"해가 늦게 져서 어딜 가든 늦게까지 놀 수 있잖아."

나는 헛웃음을 쳤다.

"뭐야 고작 그거 때문에?"

우리는 서로 웃으며 노을이 질 때까지 한참을 더 오래 이야기를 나눴다. 그때 또 어디선가 날 깨우는 친구들의 목소리가 들리는 듯했다.

또 잠에서 깨어나야 할 시간이 임박한 걸 직감한 나는 급하게 조한에게 말했다.

"조한, 또 보자."

나는 그렇게 말을 남기고 다시 잠에서 깨어났다. 친구들이 걱정스러운 말투로 나에게 물어봤다.

"너 어디 아파? 지금 4교시 끝났어 급식 먹으러 가야지."

벌써 점심시간 종소리가 들린다.

'실제로 만날 수 있으면 좋겠다. 왜 자꾸 꿈 속에서만 나타나는지'

학교가 끝나고 싱숭생숭한 마음에 친구들과 떡볶이도 먹으러 가지 않고 곧장 집으로 갔다.

"오늘 밤에도 만날 수 있으면 좋겠다."

그렇게 밤을 기다렸다

"소윤아, 일어나 요즘 잠을 왜 그렇게 오래 자니? 어제도 8시에 잠이 들더니 깨워줄 때까지 일어나지도 않고, 빨리 일어나."

오늘은 꿈을 꾸지 못했다.

"진짜 아무런 꿈도 안 꾸고 잘 잤네. 이제 못 보려나?"

고작 꿈이었고 꿈에서 만난 아이였지만 안 본다 생각하니 좀 섭섭했다.

"아, 됐어. 이런 걸로 섭섭해하고, 잊자, 잊어. 그나저나 몇시지?"

시계를 올려다보니 이미 한참 지각이었다.

"헐, 완전 망했다."

나는 머리도 말리지 않은 채 부랴부랴 집을 나섰다.

학교 앞 횡단보도 신호등에 초록불이 깜박깜박 거린다 나는 빨간불이 되기 전에 건너기 위해 달렸다. 그때 다른 사람과 어깨가 부딪혔다.

"아, 죄송합니다. 제가 학교가 늦어서⋯⋯."

고개를 들어 그 사람을 보자마자 나는 크게 놀랐다. 꿈에서 본 조한이라는 아이와 얼굴이 똑같이 생겼었다.

"어? 조한?"

나도 모르게 그 아이의 이름을 불렀다. 그러자 그 남자는 깜짝 놀라며 나를 쳐다봤다.

"제 이름을 어떻게 아세요? 저랑 아는 사이에요?"

그 아이도 덩달아 놀랐다.

"잠시만요 조한이라고요? 저 일단 전화번호 좀 주세요."

나는 다급하게 그 아이에게 전화번호를 달라고 부탁했다. 그러자 그 아이는 표정이 굳더니 그냥 그 자리를 피했다.

"꿈 속에서는 먼저 말 걸고 좋아해 줬는데 쟤는 왜 저렇게 딱딱한지 몰라, 잠시만, 그럼 지금 나 꿈속에서 만난 아이를 실제로 만난 건가? 이것도 꿈인가?"

나는 나의 볼을 두세 번 꼬집어보았다.

"따라가서 붙잡을 걸 그랬나, 언제 또 만날 수 있을지 모르는데⋯⋯."

아쉬웠지만 다시 뛰어서 학교를 들어갔다. 하루종일 수업에 집중을 못 했다.

"고작 그 애 때문에 오늘 하루종일 멍때리다니⋯⋯ 학교 마치면 커피 사서 독서실 가야겠다."

나는 독서실 바로 옆 작은 카페에 커피를 사러 들어갔다.

"어서 오세요. 나는 카페 직원과 바로 눈이 마주쳤다. 아침에 봤던 조한이었다.

"헐, 진짜 인연인가? 이번엔 진짜 전화번호 물어봐야겠다."

그 사람도 나를 보더니 당황했는지 계속 눈을 피하는 것 같았다.

"또 보네요. 아침에는 당황스러웠죠? 죄송해요. 학교도 늦고 마음이 급해서 그랬어요. 저 진짜 이상한 사람 아니고 그냥 친하게 지내고 싶어서 그런데 전화번호 좀 주실 수 있나요?"

나는 떨리는 마음으로 그 아이에게 다시 전화번호를 물어봤다.

"아, 여기요."

그 아이는 짧게 고민한 후 나에게 전화번호를 주었다. 나는 독서실을 가기로 한 건 잊은 채 다시 집으로 달려가 그 아이이게 문자를 했다.

[아직 일하는 중이죠? 아침에 부딪혔을 때 제가 이름 불러서 많이 놀랐을 텐데 그게 사실 그쪽이 자꾸 제 꿈에 나오거든요..]

"잠시만 이 말을 믿을까? 오히려 이상한 사람이라 생각하고 차단 할 것 같은데 이 말을 안 하는 게 낫겠어."

그렇게 조한과 말을 이어나가기 위해 밤새 문자를 했다. 그리고 그 다음 날도 나는 조한이 일하는 카페에 갔다. 그리고 친해지기 위해 이것저것 쓸데없는 이야기들도 그냥 다 물어봤다. 그때 조한이 꿈에서 여름을 좋아했다던 말이 생각났다. 나는 조한과 공감대를 형성해 더 즐겁게 대화하고 싶어 그 이야기를 꺼냈다.

"여름을 좋아해요? 저는 여름 좋아해요. 해가 늦게 져서 오래 놀 수 있잖아요."

조한은 흠칫하는 듯했다.

"나돈데, 신기하네."

그제서야 조한은 나에게 더 관심을 가지는 듯했다. 그렇게 나는 조한이 일하는 카페에 매일매일 놀러가 수다를 떨었다. 조한도 싫어하는 것 같지는 않았다. 그렇게 우리는 현실에서도 꽤나 가까워져 있었다. 나는 조한에게 꿈 속에서 놀던 것처럼 계곡에 함께 가고 싶어졌다.

"우리 이번주 주말에 같이 계곡 갈래?"

조한은 날 보며 웃었다.

"나랑 통했네. 나도 그 말 하려고 했는데 날씨도 덥고 너랑 계곡 가보고 싶었어."

나는 조한이 나랑 가고 싶어 했다는 그 말에 기분이 좋아 들떴다.

"정말? 그럼 우리 이번주 주말에 계곡 가기러 약속한 거다? 우리 그날 꼭 계곡 가야 해. 알겠지?"

나는 들뜬 목소리로 조한에게 말했다. 조한은 폭소를 터트리며 고개를 끄덕였다. 그날 이후 나는 조한과 함께 계곡 가는 날만을 기다렸다. 기다렸던 그날이 다가왔을 때 나는 흥분을 주체할 수 없었다. 바람에 흔들리는 소나무, 그 옆 넓은 정자 그 사이로 멀리서 걸어오는 조한에게 뛰어갔다. 우리는 계곡에 도착해 그 꿈 속처럼 조한에게 물장난을 쳤다. 그렇게 지칠 때까지 함께 놀고 앉아 함께 노을을 보고 있었다. 조용한 적막을 조한이 먼저 깼다.

"우리 내일도 만날까? 밖에서."

나는 웃음을 감추지 못했다. 배실배실 나오는 웃음을 입술 꽉 깨물어 멈춘 뒤 대답했다.

"그러자."

그리고 나는 조한을 향해 웃었다. 조한도 미소를 짓는 듯하였다 하지만 그때 내 눈앞이 흐려지는 것 같았다. 그 순간 나는 또다시 꿈에서 깨어났다.